# 前　言

程序设计在理工科大学生的知识体系中占有重要位置，其内容组织应该体现创造性思维的素质教育培养过程。面对信息新技术发展和国家对人才信息素质培养的需求，本教材力图在遵循教育和学习规律的基础上，优先注重内容在应用上的层次性，适当兼顾整体在理论上的系统性，注重学习、掌握、使用计算机的知识与技能，突出知识点与技术点的关系。

**本书是国家精品课程"计算机基础"系列课程"C 语言程序设计"的主教材**。本教材与传统 C 语言教材以语法介绍为主的书写方式不同，采用**"问题导入语法、语法引入应用、应用面向实践"**的方式，突出知识点与技术点的关联性，注重内容在应用上的层次性，兼顾整体在理论上的系统性，在有限的时间内使教学者传授更多的知识，使学习者学以致用，真正理解程序设计及其思想。

全书共 11 章，分 **C 语言基础篇**和**程序设计提高篇**两大部分，对 C 语言及程序设计的基本概念、原理和方法，从基本语句、基础使用、理论提升三个层面逐层展开。

基本语句层面从培养学生程序设计基本概念和初步逻辑思维能力入手，主要包括 C 语言概述、基本数据类型与运算、语句与流程控制三方面的知识，重点突出 C 语言的基本数据类和程序控制的基本构架。通过学习，使学习者初步掌握 C 语言的基本语法和程序设计的基本概念。

基础使用层面从培养学生分析问题和解决问题的能力入手，主要包括数组、指针、函数、复杂数据类型、编译预处理和文件操作六方面内容。通过学习，使学习者初步掌握分析问题和解决问题的方法。

理论提升层面通过引入程序设计方法和工程化程序设计的理论，强化逻辑思维能力和程序设计能力培养，进一步提高分析问题和解决问题的能力，使学习者真正掌握程序设计技能。

本书体系完整、结构严谨、注重实用、强调实践，在编写时兼顾了计算机等级考试的要求。为方便教学，本书还**配有电子课件，任课教师可登录华信教育资源网**（www.hxedu.com.cn）**免费注册下载**。

本书由多年从事计算机教育的一线教师编写，董卫军编写第 4～6 章、第 11 章及附录，邢为民编写第 1～3 章和第 7 章，索琦编写第 8～10 章。全书由董卫军统稿，西北大学耿国华教授主审。感谢教学团队成员的帮助，感谢西北大学教务处多年来的支持。由于作者水平有限，书中难免有不妥之处，恳请读者指正。

编　者
于西安·西北大学

高等学校规划教材
国家精品课程系列教材

# C 语言程序设计

董卫军　邢为民　索　琦　编著

耿国华　主审

电子工业出版社
Publishing House of Electronics Industry
北京 · BEIJING

## 内 容 简 介

本书是国家精品课程"计算机基础"系列课程"C 语言程序设计"的主教材,全书内容包括两大部分:第一部分为 C 语言基础篇,主要包括 C 语言概述、基本数据类型与运算、语句与流程控制、数组、指针、函数、复杂数据类型、编译预处理和文件的操作;第二部分为程序设计提高篇,主要包括程序设计方法和工程化程序设计。

本书体系完整、结构严谨、注重应用、强调实践,在编写时兼顾了计算机等级考试的要求。为方便教学,本书还配有电子课件,任课教师可登录华信教育资源网(www.hxedu.com.cn)免费注册下载。

本书可作为高等学校计算机程序设计基础课程的教材,也可作为全国计算机等级考试二级 C 语言的培训或自学教材。

**图书在版编目(CIP)数据**

C 语言程序设计/董卫军,邢为民,索琦编著. —北京:电子工业出版社,2011.6

高等学校规划教材

ISBN 978-7-121-13573-6

I. ①C… II. ①董…②邢…③索… III. ①C 语言—程序设计—高等学校—教材 IV. ①TP312

中国版本图书馆 CIP 数据核字(2011)第 089453 号

策划编辑:索蓉霞

责任编辑:索蓉霞    文字编辑:张 京

印    刷:北京市顺义兴华印刷厂

装    订:三河市双峰印刷装订有限公司

出版发行:电子工业出版社

       北京市海淀区万寿路 173 信箱     邮编:100036

开    本:787×1092   1/16   印张:16   字数:410 千字

印    次:2011 年 6 月第 1 次印刷

定    价:29.50 元

# 目　　录

## C 语言基础篇

## 程序设计提高篇

# C 语言基础篇

## 第 1 章　C 语言概述

C 语言（Combined Language）是一种比较流行的计算机程序设计语言。它既具有高级语言的特点，又具有汇编语言的特点。它可以作为系统程序设计语言，编写系统软件；也可以作为应用程序设计语言，编写应用软件。因此，它的应用范围广泛，不仅用在软件开发上，在其他计算机应用领域也都需要用到 C 语言，如单片机及嵌入式系统开发。

## 1.1　程序与程序设计

从自然语言角度来讲，程序是对解决某个问题的方法步骤的描述；从计算机角度来讲，程序是用计算机语言描述的解决问题的方法步骤。程序的执行过程是问题的解决过程，程序是有始有终的，每个步骤都能操作，所有步骤执行完，程序对应的问题就能得到解决。因此，要想解决问题，首先要写出解决问题的正确步骤。

例如，求一元二次方程 $ax^2+bx+c=0$（设 $a \neq 0$）实数根的步骤如下。

第一步　获得系数 $a, b, c$。

第二步　计算 $d = b^2 - 4ac$。

第三步　若 $d > 0$

计算：$x_1 = (-b + \sqrt{d})/(2a)$，$x_2 = (-b - \sqrt{d})/(2a)$

输出：两个实根 $x_1$ 和 $x_2$，转第六步。

第四步　若 $d < 0$

输出：没有实根，转第六步。

第五步　计算：$x_1 = x_2 = (-b)/(2a)$

输出：两个相同的实数根 $x_1$，转第六步。

第六步　结束。

上述步骤就是求一元二次方程实数根的程序。

程序设计（Programming）就是分析解决问题的方法和步骤，并将其记录下来的过程。在描述问题求解步骤时，就需要使用程序设计语言，所谓程序设计语言是用于书写计算机程序的语言。语言的基础是一组记号和一组规则，C 语言就是一种很好的程序设计语言。程序设计过程一般包括分析、设计、编码、测试、排错等不同阶段。

## 1.2  C 语言的发展和特点

### 1.2.1  C 语言的发展

**1. C 语言产生的背景**

以前操作系统及其他系统软件主要用汇编语言编写，由于汇编语言依赖于机器硬件，程序的可读性和可移植性都很差。为了提高可读性和可移植性，最好使用高级语言，可是一般的高级语言又难以实现汇编语言能直接对硬件进行操作的功能，所以人们设想能否找到一种既具有高级语言的特点、又具有低级语言特点的语言，集它们的优点于一身，于是，C 语言应运而生。

**2. C 语言的发展**

C 语言是在 B 语言的基础上发展起来的，而 B 语言的产生是以 BCPL 为基础的。C 语言的发展过程如图1.1所示。

图 1.1  C 语言的发展过程

① BCPL：它的根源可以追溯到 ALGOL 60。1960 年出现的 ALGOL 60 是一种面向问题的高级语言，它离硬件比较远，不宜用来编写系统程序。1963 年英国剑桥大学推出了 CPL（Combined Programming Language，复合编程语言）。CPL 在 ALGOL 60 的基础上接近了硬件一些，但规模比较大，难于实现。1967 年英国剑桥大学的 Matin Richards 对 CPL 进行简化，推出了 BCPL（基本复合编程语言）。

② B 语言：1970 年美国贝尔实验室的 Ken Thompson 对 BCPL 进一步简化，设计出很简单而又很接近硬件的 B 语言，并用 B 语言写了第一个 UNIX 操作系统，在 PDP-7 计算机上实现。1971 年又在 PDP-11/20 计算机上实现了 B 语言并用它编写了 UNIX 操作系统。但 B 语言过于简单，功能有限。

③ 推出 C 语言：1972—1973 年，贝尔实验室的 D. M. Ritchie 在 B 语言的基础上设计出了 C 语言（取 BCPL 的第二个字母）。最初的 C 语言是一种描述和实现 UNIX 操作系统的工作语言。1973 年，K. Thompson 和 D. M. Ritchie 合作，把 UNIX 程序的90%以上用 C 语言改写，形成了 UNIX 第 5 版。直到 1975 年，UNIX 第 6 版发布后，C 语言的突出优点才引起人们的普遍注意。

④ 推广 C 语言：1977 年出现了不依赖于具体计算机的 C 语言编译文本——可移植 C 语言编译程序，使 C 程序移植到其他计算机时所需做的工作大大简化，这也推动了 UNIX 操作系统迅速在各种计算机上实现。随着 UNIX 的日益广泛使用，C 语言也迅速得到推广。1978 年以后，C 语言先后移植到大、中、小、微型机上，已独立于 UNIX 和 PDP 了。现在 C 语言已风靡全世界，成为世界上应用最广泛的几种计算机语言之一。

目前广泛流行的各种版本的 C 语言编译系统虽然基本相同，但也有一些差别。在微机上使用的 Microsoft C、Turbo C、Quick C、Borland C 等，它们的不同版本略有差异，因此读者需了解所用的计算机系统的 C 编译的特点和规定。本书中，用 Microsoft Visual C++ 6.0 作为 C 语言程序的编译程序。

⑤ C 语言的标准化：C 语言的标准化工作是从 20 世纪 80 年代初期开始。1983 年，美

国国家标准学会（ANSI）根据已有的各种 C 语言版本提出了对 C 语言的扩充和发展方案，颁布了 C 语言的新标准 ANSI C。

### 1.2.2　C 语言的特点

同其他程序设计语言相比，C 语言之所以能够存在和发展，并具有很强的生命力，是因为它有如下主要特点。

**1. 语言简洁、紧凑，使用方便、灵活**

C 语言一共只有 32 个关键字、9 种控制语句，压缩了一切不必要的成分，程序书写形式自由，语句简洁。

**2. 运算符丰富，适用的范围也很广泛**

C 语言共有 34 种运算符，它把括号、赋值符号、强制类型转换符号等都作为运算符处理，从而使 C 语言的运算符类型极其丰富，表达式类型多样化，灵活使用各种运算符可以实现用其他高级语言难以实现的运算和操作。

**3. 数据结构丰富，具有现代化语言的各种数据结构**

C 语言的数据类型有：整型、实型、字符型、数组类型、指针类型、结构体类型、共用体类型等。这些丰富的数据类型能用来实现各种复杂的数据结构（如链、表、树、栈等）的运算。尤其是指针类型的数据，使用起来灵活多变。

**4. 具有结构化的控制语句**

如 if…else 语句、switch 语句、while 语句、do…while 语句、for 语句等，这些语句可以实现程序中所有的控制结构。另外，函数是 C 语言程序的基本单位，将函数作为程序模块的基本单元，以实现程序的模块化。C 语言是结构化的理想语言。

**5. 编程限制少，程序设计自由度大**

一般的高级语言语法规则和检查比较严格，几乎能检查出所有的语法错误。而 C 语言允许程序的编写有较大的自由度，因此放宽了语法检查。编写者应当仔细检查程序，保证其正确性，而不要过分依赖编译软件去查错。"限制"和"灵活"是一对矛盾。限制严格，就失去灵活性；而强调灵活，就必然放松限制。这一点使得 C 语言比其他语言对程序编写者的要求更高。例如，对数组下标越界不进行检查，由程序编写者自己保证程序的正确性。对变量类型的使用比较灵活，例如，整型数据与字符型数据及逻辑型数据可以通用，使得某些运算变得更加简单、直接。

**6. 可直接对硬件操作**

C 语言允许直接访问物理地址，能进行位操作，能实现汇编语言的大部分功能，可以直接对硬件进行操作。这个特点使得 C 语言既具有高级语言的功能，又具有许多低级语言的特点，可以用来编写系统程序。

**7. 目标代码质量好，程序执行效率高**

C 语言生成的目标代码一般只比汇编语言生成的目标代码的效率低 10%～20%。

**8. 程序的可移植性好**

与汇编语言相比，用 C 语言编写的程序基本上不用修改就能用于各种型号的计算机和操作系统，使程序具备了很好的移植性。

以上介绍的是 C 语言的一般特点，至于其内部的其他特点，将结合以后各章节内容逐一进行介绍。正是 C 语言的这些优点，使得它的应用非常广泛。许多大的软件都用 C 语言编写，这主要是由于 C 语言的可移植性好和对硬件的控制能力高，表达和运算能力强。许多以前只能用汇编语言处理的问题现在可以改用 C 语言来处理了。

总之，C 语言对编程者要求较高。由于使用 C 语言编写程序的限制很少、灵活性大、功能强，可以编写出任何类型的程序，所以学习和使用 C 语言的人越来越多。

## 1.3  C 语言的程序结构及特点

本节通过几个简单的 C 语言程序，认识与体会 C 语言程序的结构和特性。

【例 1.1】 输出一行字符串。

```
#include <stdio.h>                      /*编译预处理*/
main( )                                 /*主函数*/
{
    printf("This is a C program.\n");  /*语句*/
}
```

此程序的功能是在屏幕上输出下面的一行信息：

This is a C program.

其中，main 是主函数，每一个 C 语言程序都必须有一个 main 函数，表示整个 C 语言程序的入口。函数体用大括号"{ }"括起来。本例中主函数内只有一个函数调用语句，printf 是 C 语言的输出函数，其功能是将双引号中的字符串原样输出。"\n"是换行控制符，即在"This is a C program."输出之后回车换行。每一个语句后要有一个分号（;），表示语句结束。

【例 1.2】 求两数之和。

```
main( )
{
    int a,b,sum;            /*定义变量 a, b, sum*/
    a=123;                  /*给变量 a 赋值，123 为十进制常量*/
    b=0456;                 /*给变量 b 赋值，456 为八进制常量*/
    sum=a+b;                /*计算 a+b 的和，并将结果赋给 sum 变量*/
    printf("sum is %d\n",sum); /*输出结果，以十进制形式输出*/
}
```

本程序的功能是求两个整数的和，并将其输出。/*……*/表示注释部分，其作用是提高程序的可读性。注释只是给人看的，对编译和运行不起作用。注释可以加在程序中的任何位置。printf 函数中的"sum is %d\n"是"输出格式字符串"，其中%d 是格式字符，用来指定输出时的数据类型和格式，"%d"表示"十进制整数类型"。在执行输出时，此位置代表一个十进制整型数值。printf 函数中最右端的 sum 是要输出的变量，现在它的值为 425，因此执行该程序的结果是输出如下一行信息：

sum is 425

【例 1.3】 输入 a, b 两个值，输出其中大者。

```
main( )                        /*主函数*/
{   int max( );                /*函数声明*/
    int a,b,c;                 /*定义变量*/
    scanf("%d,%d",&a,&b);      /*输入两个整型数给变量 a 和 b*/
```

```
            c=max(a,b),                    /*调用 max 函数，将返回值赋给 c*/
            printf("max=%d",c);            /*输出 c 的值*/
    }
    int max(x,y)                           /*max 函数的定义，函数返回值为整型，x,y 为形式参数*/
    int x,y;                               /*对形参 x,y 进行类型说明*/
    {     int z;                           /*定义 max 中用到的变量 z*/
          if (x>y) z=x;
          else    z=y;
          return(z);                       /*将 z 的值作为函数 max 返回值带回调用处*/
    }
```

本程序由一个主函数 main 和一个被调用函数 max 组成。说明 C 语言源程序由函数构成，包含一个主函数和若干个其他函数。函数可以是系统定义的库函数（如主函数中的 printf、scanf 函数，只能调用，无须定义），也可以是用户自己定义的函数（如此例中的 max 函数）。

max 函数的功能是将 x 和 y 中的较大者赋给变量 z。return 语句将 z 的值返回给主函数 main。返回值通过函数名 max 带回到 main 函数的调用处。在 main 函数中，调用了系统函数 scanf，其作用是通过键盘输入 a 和 b 的值。"&"的含义是"取地址"，表示将输入的值放到 a、b 所代表的地址单元中。

main 函数的第六行调用了 max 函数，在调用时将实际参数 a 和 b 的值分别传送给 max 函数中的形式参数 x 和 y。经过执行 max 函数得到一个返回值，把这个值赋给变量 c，然后输出 c 的值。此程序的执行结果如下：

```
    10,20✓             （输入 10，20 并按回车键，符号✓表示回车）
    max=20             （输出 c 变量的值）
```

通过对以上几个例子的分析，可以总结出 C 语言程序结构有如下特点。

① C 语言程序由函数构成。一个 C 语言程序至少要包括一个主函数，即 main 函数，可以包含一个 main 函数和若干个其他函数。因此，函数是 C 语言程序的基本单位。被调用的函数可以是系统提供的库函数，如 printf 和 scanf 函数，也可以是用户自定义的函数。C 语言中的函数相当于其他语言中的子程序。C 语言用函数来实现特定的功能，C 语言的系统函数库十分丰富，编译系统能够提供三百多个库函数。C 语言的这种特点易于实现程序的模块化。

② 每个函数都由两部分组成：函数的说明部分和函数体。函数的一般形式为：

**函数类型　函数名（形参表）**
**形参类型说明；**
**{**
**　　函数体；**
**}**

其中，说明部分包括函数名、函数类型、形参表、形参类型说明。一个函数名后面必须跟一对圆括弧，可以没有参数，如 main()；函数体即函数说明部分下面的大括弧"{ }"内的部分，如果一个函数中有多对大括弧，则最外层的一对大括弧为函数体的范围。函数体一般包括变量的定义部分和执行部分。

③ main 函数是整个 C 语言程序的入口。一个 C 语言程序总是从 main 函数开始执行，也在 main 中结束，其他函数通过调用得以执行。main 函数可以在程序最前面，也可以在程序最后，或在一些函数之前、另一些函数之后。

④ 程序书写格式自由，一行内可以写几个语句，一个语句也可以分开写在多行上。各

语句之间用分号（；）分隔。分号是 C 语句的必要组成部分。语句结束标志分号不可省略，即使是程序的最后一个语句，也必须有分号。注意，复合语句可以不用分号作为语句结束符。

⑤ C 语言本身没有输入/输出语句。其输入和输出功能是由库函数 scanf 和 printf 等来实现的，即 C 语言对输入/输出实行"函数化"。

⑥ 可以用"/*……*/"对 C 语言程序中的任何部分进行注释，以提高程序的可读性。

# 习　题　1

## 一、填空题

1. 一个 C 语言源程序中至少应包括一个_____。

2. 在一个 C 语言源程序中，注释部分两侧的分界符分别是_____和_____。

3. 一个 C 语言程序的执行从_____函数开始，到_____函数结束。

4. 在 C 语言程序中，输入操作是由库函数_____完成的，输出操作是由库函数_____完成的。

## 二、选择题

1. C 语言属于（　　）。

   A. 机器语言　　　　　　B. 低级语言　　　　　　C. 中级语言　　　　　　D. 高级语言

2. C 语言程序能够在不同的操作系统下运行，这说明 C 语言具有很好的（　　）。

   A. 适应性　　　　　　B. 移植性　　　　　　C. 兼容性　　　　　　D. 操作性

3. 一个 C 语言程序是由（　　）组成的。

   A. 一个主程序和若干子程序　　　　　　B. 函数

   C. 若干过程　　　　　　D. 若干子程序

4. C 语言规定，在一个源程序中，main 函数的位置（　　）。

   A. 必须在最开始　　　　　　B. 必须在系统调用的库函数的后面

   C. 可以任意　　　　　　D. 必须在最后

5. C 语言程序的执行，总是起始于（　　）。

   A. 程序中的第一条可执行语句　　　　　　B. 程序中的第一个函数

   C. main 函数　　　　　　D. 包含文件中的第一个函数

6. 以下叙述不正确的是（　　）。

   A. 一个 C 语言源程序可由一个或多个函数组成

   B. 一个 C 语言源程序必须包含一个 main 函数

   C. C 语言程序的基本组成单位是函数

   D. 在 C 语言程序中，注释说明只能位于一条语句的后面

7. 下面对 C 语言特点的描述，不正确的是（　　）。

   A. C 语言兼有高级语言和低级语言的双重特点

   B. C 语言既可以用来编写应用程序，又可以来编写系统软件

   C. C 语言的可移植性较差

   D. C 语言是一种结构式模块化程序设计语言

8. C 语言程序的注释（　　）。

   A. 由"/*"开头，"*/"结尾

   B. 由"/*"开头，"/*"结尾

    C. 由"//"开头

    D. 由"/*"或"//"开头

9. C语言程序的语句都以（　　）结尾。

    A. "."　　　　　　　B. ";"　　　　　　　C. ","　　　　　　　D. 都不是

10. 用C语言编写的代码程序（　　）。

    A. 可立即执行　　　　　　　　B. 是一个源程序

    C. 经过编译即可执行　　　　　　D. 经过编译解释才能执行

## 三、实验题

1. 编写一个简单的C语言程序完成如下功能，在屏幕上显示如下信息：

    This is my first C program!

2. 上机调试例1.1、例1.2、例1.3。

3. 上机调试程序，体会'\n'的作用，要求输出以下格式：

    \*\*\*\*\*\*\*\*\*\*\*

    Very good!

    \*\*\*\*\*\*\*\*\*\*\*

程序清单如下：

```
main()
{     printf("***********\n");
      printf("Very good!\n");
      printf("***********\n");
}
```

4. 编写一个程序，输入a、b、c三个值，输出其中最大者。上机调试并执行。

程序清单如下：

```
main()
{
      int a,b,c,max;
      printf("请输入三个数 a，b，c:\n");
      scanf("%d,%d,%d",&a,&b,&c);
      max=a;
      if(max<b)    max=b;
      if(max<c)    max=c;
      printf("最大数为:%d",max);
}
```

5. 上机调试程序，体会 scanf 函数的作用，注意输入数据的格式。分析下列程序，从键盘输入两个字母并按回车键，写出其运行结果。

```
#include <stdio.h>
main()
{
      char   c1,c2;
      scanf("%c%c",&c1,&c2);
      c1=c1+1;
      c2=c2-1;
      printf("c1=%c,c2=%c",c1,c2);
}
```

# 第 2 章　基本数据类型与运算

数据类型定义了一个对象（如常量和变量）应具有何种数值及对其可进行什么样的运算。常量和变量是 C 语言程序中最基本的数据处理对象，在使用变量前应先定义变量。变量定义包含了变量名、变量数据类型、变量的存储类别等内容。本章介绍前两个内容，变量的存储类别在第 7 章中介绍。运算是程序的基本功能，运算用运算符来描述，运算符决定运算对象应该进行何种运算。表达式就是用运算符将运算对象连接起来的式子，它的运算结果是一个值。

## 2.1　类型的重要性

在编写程序时必须要做好两件事：一是描述数据；二是描述数据的加工方法。前者通过数据定义语句实现，后者通过若干执行语句完成。数据的加工是建立在数据描述基础上的，数据描述的好坏直接影响数据加工的质量。例如，学生成绩处理程序中应该包含姓名、性别、年龄、计算机成绩、外语成绩和数学成绩等数据，其中姓名应该由多个字符组成，在 C 语言中称为字符串。性别可以由单个字符组成（如用 M 表示男性，F 表示女性），在 C 语言中称为字符型。字符串或字符型数据不能进行加、减等算术运算。年龄应该为整型，各门课程的成绩应该为实型，它们能进行算术运算。因此，对于一个具体问题，在程序设计中，先要解决的是分解步骤，确定运算，然后确定运算对象的类型。

## 2.2　C 语言的基本数据类型

在 C 语言中，任何数据的表现形式都有两种：常量或变量。无论常量还是变量，都必须有各自的数据类型。在一个具体的 C 语言系统中，每个数据类型都有固定的表示方式，如整型（int）、字符型（char）等。这种表示方式实际上确定了常量或变量可以表示的数据范围、在内存中的存放形式及所占内存空间的大小。

C 语言中有 4 种基本数据类型，每一种基本数据类型都用一个关键字表示，如图2.1 所示。

其中，char（字符型）、int（整型）、float（单精度浮点型）和 double（双精度浮点型）都是关键字。在程序中用关键字表示对应的类型。

另外，还有 4 个修饰词可以出现在上述几

图 2.1　C 语言的基本数据类型

个基本类型之前，从而改变原来的含义，它们是：short（短型）、long（长型）、signed（有符号）和 unsigned（无符号）。例如，short int 表示短整型；unsigned char 表示无符号字符型；long int 表示长整型；unsigned short int 表示无符号短整型。

在计算机中，由于机器字长的位数通常是固定的（如 16 位或 32 位），因此，计算机中数的表示范围（允许取值范围）是有限的。另外，实际的数有正数和负数。正号（+）或负号（−）在机器里用一位二进制数来表示，称为符号位。通常这个符号位放在二进制数的最

高位。一般规定 0 代表正号（+），1 代表负号（−），按该格式存放的数据称为符号数或机器数（用 signed 修饰）。不设符号位的数据称为无符号数（用 unsigned 修饰）。因此，一个无符号变量只能存放不带符号的数据，即无符号变量只能是一个大于等于零的数。尽管无符号变量存放数的范围大小和有符号数的范围大小一样，但无符号变量无负数，正数的范围比有符号数正数范围大了一倍多。例如，整型数（int）在 TC（Turbo C）系统中用 2 字节存放，则[signed] int 变量数的范围为−32 768～32 767。而 unsigned int 变量数的范围为 0～65 535。同样，整型数（int）在 VC 6.0 系统中用 4 字节存放，则[signed] int 变量数的范围为−2 147 483 648～2 147 483 647，而 unsigned int 变量数的范围为 0～4 294 967 295。

修饰符 long 一般指存储空间比 int 型扩大了一倍，而 short 一般指存储空间缩小到 int 型的一倍。但不同 C 语言编译系统的具体规定是不同的。例如，TC 中的 int 与 short int 所占用内存的位数一样（都为 2 字节）。表 2.1 给出了 TC 系统和 VC 6.0 系统中的基本数据类型、字宽和范围。

表 2.1　基本数据类型、字宽和范围

| 类　　型 | 类型名（类型说明符） | 所 占 位 数 | | VC 系统数的范围 |
| --- | --- | --- | --- | --- |
| | | TC | VC | |
| 字符型（2 种） | [signed] char | 8 | 8 | −128～127 |
| | unsigned char | 8 | 8 | 0～255 |
| 整型（6 种） | [signed] int | 16 | 32 | −2 147 483 648～2 147 483 647 |
| | [signed] short [int] | 16 | 16 | −32 768～32 767 |
| | [signed] long [int] | 32 | 32 | −2 147 483 648～2 147 483 647 |
| | unsigned [int] | 16 | 32 | 0～4 294 967 295 |
| | unsigned short [int] | 16 | 16 | 0～65 535 |
| | unsigned long [int] | 32 | 32 | 0～4 294 967 295 |
| 实型（3 种） | float | 32 | 32 | 可精确到小数点后 7 位有效数字 |
| | double | 64 | 64 | 可精确到小数点后 16 位有效数字 |
| | long double | 80 | 64 | 可精确到小数点后 16 位有效数字 |

表注：① 在表中出现的"[ ]"，表示该部分可以省略。如 int 与 signed int 都是表示有符号整型变量的说明符；long 与 long int 都是表示有符号长整型变量的说明符。

② C 语言标准没有规定各类数据所占用的内存位数。所以不同 C 语言编译系统的各类数据所占的用内存位数是不同的。上机使用时，应注意使用 C 语言编译系统的具体规定。

注意，在后面的描述中都是针对 VC 6.0 系统来讲的。

## 2.3　标志符

程序中有许多需要命名的对象，以便在程序的其他地方使用。那么，如何表示在不同地方使用同一个对象呢？最基本的方式就是为对象命名，通过名字在程序中建立对象的定义与对象使用之间的关系。为此，每种程序语言都规定了在程序中描述名字的规则，这些名字包括：变量名、常数名、数组名、函数名等，通常被统称为标志符。

C 语言规定，标志符由字母、数字和下画线（_）3 种字符组成，它的第一个字符必须是字母或下画线。这里要说明的是，为了标志符构造和阅读的方便，C 语言把下画线作为一个特殊字符使用，它可以出现在标志符字符序列里的任何地方，特别是它可以作为标志符的第一个字符出现。C 语言还规定，标志符中，同一个字母的大写与小写被看做是不同的字符。这样，a 和 A、AB 和 Ab 是互不相同的标志符。下面是合法的 C 语言标志符：

    my_name    test39    _string1

下面是不合法的 C 语言标志符：

    call…name    （非字母数字或下画线组成的字符序列）

    39test    （非字母或下画线开头的字符序列）

    -string1    （非字母或下画线开头的字符序列）

ANSI C 规定标志符的长度可达 31 个字符，但一般系统使用的标志符，其有效长度不超过 8 个字符。另外，标志符不能采用系统中的 32 个关键字（保留字），系统关键字见附录 D。

## 2.4　常量与变量

### 2.4.1　常量

常量是指程序在运行时其值不能改变的量，它是 C 语言中使用的基本数据对象之一。常量有各种不同的数据类型（见图2.2），不同数据类型的常量由它们的表示方式决定。

图 2.2　常量数据类型

常量的类型决定了常量所占存储空间（指的是寄存器空间）的大小和数的表示范围。在 C 语言程序中，常量直接以自身的存在形式体现其值和类型。例如，在 VC 系统中：123 是一个整型常量，占 4 字节存储空间，数的表示范围是–2 147 483 648～2 147 483 647；123.0 是实型常量，双精度占 8 字节存储空间。

需要注意的是，数值常量和字符常量并不占用内存，在程序运行时它作为操作对象直接出现在运算器的各个寄存器中。常量的类型不同，在寄存器中占的位数也不同。

### 2.4.2　符号常量

在 C 语言程序中，常量除了以自身的存在形式直接表示之外，还可以用标志符来表示。经常会碰到这样的问题，常量本身是一个较长的字符序列，且在程序中重复出现，例如，取常数的值为 3.141 592 7，如果在程序中多处出现，直接使用 3.141 592 7 的表示形式，势必会使编程工作更烦琐，而且，当需要把 3.141 592 7 修改为 3.141 592 653 6 时，就必须逐个查找并修改，这样会降低程序的可修改性和灵活性。因此，C 语言提供了一种符号常量，即用指定的标志符来表示某个常量，在程序中需要使用该常量时，可直接引用标志符。

C 语言中用宏定义命令对符号常量进行定义，其定义形式如下：

    #define 标志符 常量

其中，#define 是宏定义命令的专用定义符，标志符是对常量的命名，常量可以是任何一种常量的表示形式（标志符和常量之间要有空格）。目的是用指定的标志符来代表指定的常量，这个被指定的标志符就称为符号常量。例如，在 C 语言程序中，要用 PAI 代表实型常量 3.141 592 7，用 W 代表字符串常量"Windows 2003"，可用下面两个宏定义命令实现。

        #define PAI 3.1415927
        #define W "Windows 2003"

宏定义的功能是：在编译预处理时，将程序中宏定义（关于编译预处理和宏定义的概念见第 8 章）命令之后出现的所有符号常量用宏定义命令中对应的常量一一替代。例如，对于以上两个宏定义命令，预处理时，系统首先将程序中除这两个宏定义命令之外的所有 PAI 替换为 3.141 592 7，所有 W 替换为"Windows 2003"。因此，符号常量通常也被称为宏替换名。

习惯上人们将符号常量用大写字母表示，而将变量名用小写字母表示。例 2.1 是符号常量的一个简单的应用。其中，PI 为定义的符号常量，程序被预处理时，用 3.1416 替换所有的 PI。

**【例 2.1】** 已知圆半径 $r$，求圆周长 $c$ 和圆面积 $s$ 的值。

```
#define PI 3.1416
main( )
{    float r,c,s;
     scanf("%f",&r);          /*从键盘输入一个实型数给变量 r*/
     c=2*PI*r;                /*编译时用 3.1416 替换 PI */
     s=PI*r*r;                /*编译时用 3.1416 替换 PI */
     printf("c=%6.2f,s=%6.2f\n",c,s);
}
```

### 2.4.3　变量

在程序运行中其值允许改变的量称为变量。变量在使用前必须先定义，一般在函数体的说明部分定义。

每一个变量都应有一个区别于其他变量的名字，称为变量名。每一个变量都应具有一种数据类型（在定义时指定），计算机根据变量的数据类型，在内存分配一定的存储空间，用来存放变量的值。这就是变量的三个基本要素——变量名、数据类型和值。

程序里的一个变量可以看成是一个存储数据的容器，它的功能就是存储数据。对变量的基本操作有两个：①向变量中存入数据值，这个操作被称为给变量"赋值"；②取得变量当前值，以便在程序运行过程中使用，这个操作称为"取值"。变量具有保存值的性质，也就是说，如果在某个时刻给某变量赋了一个新值，此后使用这个变量时，得到的将是这个新值。

因为要对变量进行"赋值"和"取值"操作，程序是通过变量名来使用变量的。在 C 语言中，变量名是变量的标识，其命名规则应符合标志符的所有规定。

C 语言提供的基本变量的数据类型有：数值型（包括整型、实型）、字符型和指针型。

### 2.4.4　变量的定义

#### 1. 变量名

C 语言关于变量名命名的规定与标志符相同，即按标志符的规定来命名变量名。使用变量名时应注意以下几个问题：

① 命名变量名时应尽量做到"见名知意"，这样有助于记忆，又增加了程序的可读性；

② 下画线（_）符号一般是系统函数常用的开始符号，故一般不要用它作为变量名的第一个字符；

③ 不能用数字符号（0～9）作为变量名字的开始字符；

④ 系统规定的保留字不能作为变量名；

⑤ 大写字母与小写字母表示不同的名字，如 area、Area、aREA、AreA、ArEa、areA 等是不同的变量名；

⑥ 习惯上一般变量用小写字母命名，而符号常量则用大写字母命名。

**2. 变量的定义**

C 语言中，定义一个或多个变量时可使用一个定义语句，其格式如下：

   **<类型说明符> <变量名表>；**

其中，类型说明符是 C 语言中的一个有效的数据类型说明符，如整型类型说明符 int、字符型类型说明符 char 等。变量名表的形式是：变量名 1, 变量名 2, …, 变量名 $n$；即用逗号分隔的变量名的集合，最后用一个分号表示结束定义。例如下面是某程序中的变量定义。

```
int a, b, c;        /*定义 a, b, c 为整型变量，每个变量在内存中占 4 字节*/
char cc;            /*定义 cc 为字符变量，在内存中占 1 字节*/
double x, y;        /*定义 x,y 为双精度实型变量，每个变量在内存中占 8 字节*/
```

C 语言规定变量必须先定义、后使用，目的是：

① 保证程序中变量名的正确使用；

② 可分配相应的存储空间；

③ 便于检查变量所进行的运算是否合法。

# 2.5 整型数据

## 2.5.1 整数类型

C 语言提供了多种整数类型，用以适应不同情况的需要。常用的整数类型有：整型、长整型、无符号整型和无符号长整型四种基本类型。类型的不同主要表现在采用了不同的二进制位数和编码方式，所以占用的存储空间也不同，也就会有不同的数值表示范围。

在数学中，整数是一个无限的集合，即整数的表示范围为−∞～+∞。C 语言标准本身并不限制各种类型数据所占的存储字节数。但在计算机中，所有数值的取值范围都受限于采用的系统（如 TC 和 VC 6.0）所能表示的范围，不同的编译系统对数据的存储有具体的规定，计算机内部总是采用二进制补码形式表示一个整型数据。

## 2.5.2 整型常量

C 语言程序中，整型常量有十进制、八进制和十六进制 3 种表示形式，对每种表示形式又有 4 种类型。

**1. 整型常量的 3 种表示形式**

十进制整型常量：由 0～9 十个数字组成的数值，没有小数部分，如 345、12。

八进制整型常量：由 0～7 八个数字组成的数值，并在其前面加 "0"，表示它是一个八进制整型常量，如 0345、012。

十六进制整型常量：在由 0～9 和 A～F（a～f）十六个符号组成的数值，并在其前面加 "0x"（或 "0X"）时，表示它是一个十六进制整型常量，如 0xdf1。

**2. 整型常量的 4 种类型**

① 基本整型常量（int 型），在 VC 6.0 系统中，如果其值在 –2 147 483 648～2 147 483 647 范围内，则认为是 int 型的，它可以被赋值给 int 和 long 型变量，如 345、12。

② 长整型常量（long int 型）。在 VC 系统中，int 型和 long 型表示的数据范围一样。

③ 无符号整型常量（unsigned int 型）就是在常数的末尾增加一个字母 u（或 U），表示无符号基本整型常量，如 345u、238U 就是 unsigned int 型。

④ 无符号长整型常量（unsigned long int 型）就是在常数的末尾增加两个字母 ul（或 UL、lu、LU、Ul、uL）表示无符号长整型常量，如 256ul、12 345 678UL 就是 unsigned long int 型。

在 C 语言中，一个整型常量可以用十进制整型常量表示，也可以用八进制整型常量或十六进制整型常量来表示。例如，十进制整型常量 31，它的八进制整型常量为 037，而十六进制整型常量为 0x1f（或 0x1F）。当然，也可以在它们的后面增加字母 l、u（或 L、U），表示 long（长整型）、unsigned（无符号型）及 unsigned long（无符号长型整型）。例如，037u 是无符号整型常量、0xFul 是无符号长整型常量、0x10L 是长整型常量。

前面已经介绍过程序中的常量并不占内存空间，在程序运行时它作为操作对象直接出现在运算器的各种寄存器中。类型不同的常量在寄存器中占的位数不同，运算的快慢也不同。例如常量 65 535u 和 65 535，在 VC 系统中都占 4 字节。

### 2.5.3　整型变量

在 C 语言中，整型变量具有六种类型：整型、短整型、长整型、无符号整型、无符号短整型和无符号长整型。整型变量以关键字 int 为基本类型说明符，另外配合 4 个类型修饰符，用来扩充基本类型的含义，以适应更灵活的应用。4 个类型修饰符是：long（长）、short（短）、signed（有符号）、unsigned（无符号）。

总之，整型变量六种类型说明符是：[signed]int（整型）、[signed]short [int]（短整型）、[signed]long [int]（长整型）、unsigned[int]（无符号整型）、unsigned short [int]（无符号短整型）和 unsigned long[int]（无符号长整型）。

C 语言程序中用到的所有变量都必须在使用前进行变量定义。变量定义的含义包括：定义变量类型；定义变量名。对于程序中要定义为整型的变量，只需在定义语句中指明整型数据类型和相应的变量名即可。

例如：int a,b,c;　　　　　　　　　/*定义 a,b,c 为整型变量*/

　　　long e,f;　　　　　　　　　/*定义 e,f 为长整型变量*/

　　　unsigned short g,h;　　　　 /*定义 g,h 为无符号短整型变量*/

　　　signed int x,y;　　　　　　 /*定义 x,y 为带符号整型变量，其作用同 int x,y*/

## 2.6　实型数据

### 2.6.1　实型类型

C 语言提供了三种用于表示实数的类型：单精度型、双精度型和长双精度型。

在计算机中，实数是以浮点数形式存储的，所以通常将实数称为浮点数。浮点数在计算机中是按指数形式存储的，即把一个实型数据分成小数和指数两部分。

### 2.6.2 实型常量

实型常量就是人们日常使用的带小数的常数，也叫浮点数，在 C 语言中，只能用十进制表示。它有两种表示形式，即小数表示法和指数表示法（也称科学计数法）。

#### 1．小数表示法

浮点数由整数和小数两部分组成。这两部分可以省略其中的一部分，但不能同时省略（小数点不能省略）。例如，12.35、35.、.689 都是 double（双精度浮点）型常量。

#### 2．指数表示法

指数表示法是在小数表示法后面加字母 E（或 e）表示指数，表示形式为：

    &lt;尾数&gt;E&lt;指数部分&gt;

指数部分可正可负，但必须是整数。例如，1e−2、0.5E10、35.56E-3、7.e−2，它们都是 double（双精度浮点）型常量，分别代表 $1*10^{-2}$、$0.5*10^{10}$、$35.56*10^{-3}$、$7.0*10^{-2}$。注意，用指数形式表示的浮点数必须有尾数且指数必须是整数，如 e4、.e3 和.2e-1.5 这样的写法都是错误的。

在浮点数常量的后面可用字母 F（或 f）表示 float（单精度浮点）类型，可用字母 L（或 l）表示 long double（长双精度浮点）型，如 1e−2f 表示 float 型，而 3.2L 表示 long double 型。如果浮点数常量的后面不加字母，则表示是一个 double（双精度浮点）型常量。

### 2.6.3 实型变量

在 C 语言中，实型变量分为单精度、双精度和长双精度三种类型。ANSI C 标准允许的定义三种实型变量的关键字如下：float（单精度型）、double（双精度型）、long double（长双精度型）。

实型变量的定义，只需在定义语句中指明实型数据类型和相应的变量名即可。

例如：float a,b;　　　　　　/*定义变量 a，b 为单精度实数*/

      double c,d;　　　　　　/*定义变量 c，d 为双精度实数*/

      long double e,f;　　　　/*定义变量 e，f 为长双精度实数*/

## 2.7　字符型数据

在 C 语言中，字符型数据包括字符数据和字符串数据两种。例如，'a'是字符常量，而"Windows"是字符串常量。

字符型数据在计算机中存储的是字符的 ASCII 编码，一个字符的存储占用 1 字节。因为 ASCII 编码形式上就是 0～127 之间的整数，因此 C 语言中字符型数据和整型数据可以通用。例如，字符'A'的 ASCII 码值用二进制数表示是 01000001，字符'A'的存储形式实际上就是整数 65，所以它可以直接与整型数据进行算术运算，可以与整型变量相互赋值，也可以将字符型数据以字符或整数两种形式输出。以字符形式输出时，先将 ASCII 码值转换为相应的字符，然后再输出；以整数形式输出时，直接将 ASCII 编码值作为整数输出。

### 2.7.1　字符型常量

#### 1．一般字符型常量

一般字符型常量的表示是由一个两边加单引号（'）的字符组成。

例如，''（空字符）、' '（空格字符）、'a'（a 字符）、'x'（x 字符）、'D'（D 字符）等。在 ANSI C 中，字符常量在计算机内部存放的值为该字符的 ASCII 编码。例如，ASCII 编码中的字符'0'的编码值为 48，在计算机内部存放的值为 48，而不是数值 0。而'A'的 ASCII 编码值为 65，在计算机内部存放的值为 65。

注意，字符常量只能包含 1 个字符，如'x'和'y'是合法的，而'xy'是不合法的。单引号（'）是定界符，而不属于字符常量的一部分，如'x'代表字符型常量 x，而不代表字符型常量'x'。

#### 2．转义字符常量

除了一般字符常量外，C 语言还有转义字符型常量，由两边加单引号以反斜线（\）开头的字符序列来表示，意思是将反斜线（\）后面的字符转换成另外的意义。一般表示"控制字符"，如'\n'代表一个"换行"控制符，而不是字符 n。常用转义字符见表 2.2。

表 2.2　转义字符

| 字 符 形 式 | 含 义 | ASCII 编码 |
|---|---|---|
| \0 | 空字符（NULL） | 0 |
| \a | 响铃（BEL） | 7 |
| \b | 退格符（BS） | 8 |
| \t | 水平制表符（即跳到下一个输出区）（HT） | 9 |
| \n | 回车换行（LF） | 10 |
| \v | 竖向跳格（VT） | 11 |
| \r | 回车符（CR） | 13 |
| \" | 双引号字符（"） | 34 |
| \' | 单引号字符（'） | 39 |
| \\ | 反斜线字符（\） | 92 |
| \ddd | 1 到 3 位八进制数所代表的字符 | |
| \xhh | 1 到 2 位十六进制数所代表的字符 | |

字符型常量也可以用它的 ASCII 编码来表示，其方法就是用反斜线"\"开头，后面跟字符的 ASCII 编码（用八进制数或十六进制数表示），具体表示方法如下。

① 用'\ddd'表示，其中 ddd 代表不超过三位的八进制数。例如，'\101'代表字符'A'，因为 A 的 ASCII 编码为$(101)_8$；'\60'代表字符'0'（零），因为 0 的 ASCII 编码为$(60)_8$。

② 用'\xhh'表示，其中 hh 代表不超过两位的十六进制数。例如，'\x41'代表字符'A'，因为 A 的 ASCII 编码为$(41)_{16}$；'\x30'代表字符'0'（零），因为 0 的 ASCII 编码为$(30)_{16}$。

【例 2.2】转义字符示例。

```
main()
{
    printf("%c,%c\n",'\101','\60');
    printf("%c,%c\n",'\x41','\x30');
}
```

输出结果：A,0

　　　　　　A,0

### 2.7.2 字符型变量

字符型变量用于存放字符，即一个字符型变量可存放一个字符，所以一个字符型变量占用 1 字节的内存容量。定义字符型变量的类型说明符是 char，另外还有修饰符 signed 和 unsigned。使用时只需在定义语句中指明字符型数据类型和相应的变量名即可。例如：

```
char s1, s2;          /*定义 s1,s2 为字符型变量，各占 1 字节*/
s1='A';               /*为 s1 赋字符常量'A'，即 A 的 ASCII 编码 65*/
s2='a';               /*为 s2 赋字符常量'a'，即 a 的 ASCII 编码 97*/
```

变量 s1 和 s2 在内存中以二进制数的形式存放，形式如下：

| 变量 s1：值 65 | 0 | 1 | 0 | 0 | 0 | 0 | 0 | 1 |
|---|---|---|---|---|---|---|---|---|

| 变量 s2：值 97 | 0 | 1 | 1 | 0 | 0 | 0 | 0 | 1 |
|---|---|---|---|---|---|---|---|---|

也可以用 s1=65；s2=97；代替 s1='A';s2='a';，在一定条件下，一个字符数据可以赋给一个整型变量；反之，一个整型数据也可以赋给一个字符型变量。但要注意的是，字符变量只占 1 字节。对于 unsigned char（无符号字符型）变量，它只能存放 0～255 范围内的整数；对于 signed char（有符号字符型）变量，它只能存放–128～127 范围内的整数。而整型变量（VC 系统中）至少占 4 字节，它存放的数据范围为–2 147 483 648～2 147 483 647。

### 2.7.3 字符串常量

#### 1. 字符串常量的表示

字符串常量是用一对双引号括起来的零个或多个字符序列。

例如，"How are you! " 表示字符串 How are you! 。

"" 表示空字符串。

" " 表示字符串"空格"。

"a" 表示字符串 a。

在字符串中也可使用表 2.2 中的转义字符。

例如，"Please enter \"Y\"or\"N\":" 表示字符串 Please enter "Y" or "N":。

字符串中可以包含空字符、空格字符、转义字符和其他字符，也可以包含汉字等文字符号。

例如，"请输入 x 和 y 两个数据! " 表示字符串：请输入 x 和 y 两个数据!。

注意，在程序中，当字符串一行写不下时，可用续行符反斜线（\）将其写在多行上，如：

"This is \↙

a string"

它等价于：

"This is a string"

其中，符号↙表示回车字符，在处理续行符的程序时，系统会忽略续行符本身及其后的回车符。

#### 2. 字符串常量的存储形式

字符串常量与字符常量的区别：一个字符常量在计算机内部存放只占 1 字节。而字符串常量是用一维字符数组（在以后章节中介绍）来存放的，即在内部用多个连续的字节空间存放，每个字节空间放一个字符，为了标识字符串的结束位置，系统自动在字符串的结尾加一个结束符（\0），这里的'\0'表示空字符的转义字符。例如，'A'仅占 1 字节，用来存放字符 A 的 ASCII 码值 65；而"A"在内部占 2 字节，第一字节放字母 A 的 ASCII 码值 65，第二字节放结束符（\0）的 ASCII 码值 0。因而，字符常量'A'与字符串常量"A"占据的存储空间是不一样的，如图2.3所示。

图 2.3　'A'与"A"的存储空间示意图

阅读下面程序段，理解常量的存储形式。

```
char c;          /*定义一个字符型变量*/
c='a';           /*正确*/
c="a";           /*错误，c 只能容纳一个字符，而"a"要占 2 字节*/
```

## 2.8　变量赋值

在程序中，定义变量的目的是使用变量，使用变量包括给变量存放值（称给变量赋值）和从变量中取值。

### 2.8.1　变量初始化

变量的初始化是给变量赋值的一种方式。在定义变量的同时给变量赋予初始值就称为变量的初始化。初始值必须是常量，常量的类型应该和定义变量的类型一致。

```
例如，int x;              /*变量 x 没有初始化，其值是不确定的*/
    int   a=10;          /*变量 a 初始化，其值是 10*/
    float   f=5.55;
    char   c='a';
    int   a=15,b=15,d=15;   /*注意：不能写为 int a=b=d=15;*/
```

当一个变量初始化后，其值将被保存到分配给该变量的内存单元中，直到重新给该变量赋值。对于没有初始化的变量，由于计算机为它们分配有相应的存储空间，故该存储空间内，必然存在一个先前保留下来的无意义值（对于静态变量系统有默认初始化，其值如 0 或'\0'等），也就是变量的值是不确定的。

### 2.8.2　变量赋值

变量赋值是更新变量值的方法，在程序运行过程中给变量赋新值，原来的值会被新值取代。
C 语言中对变量的赋值可以采用下面的方法：

**变量名=表达式;**

其中，"表达式"将在后面介绍，这里只讲表达式可以是一个常量的情况。因而给一个变量赋值的格式为：

**变量名=常量或符号常量;**

```
例如，char c1;           /*定义 c1 为字符型，其值不确定*/
    c1='b';             /*c1 的值为'b'字符也就是 98*/
    c1='a';             /*c1 的值变为'a'字符也就是 97*/
    c1= c1+1;           /*c1 的值又变为 98 即'b'字符*/
```

又如， int x,y;　　　　　/*定义 x，y 为整型变量，其值不确定*/

char c1;　　　　　　　/*定义 c1 为字符型变量，其值也不确定*/

x=10;y=20;　　　　　/*给变量 x、y 分别赋值 10 和 20*/

c1='H';　　　　　　　/*给字符变量 c1 赋值'H'*/

# 2.9　运算符和表达式

C 语言提供了丰富的运算符，这样就可以对数据进行各种处理，从而保证各种操作的方便实现。但是在所提供的运算符中，有些不同功能的运算符使用了相同的符号。另外，运算符还具有优先级和结合性等。所以在学习运算符时，要掌握每一个运算符的功能、优先级和结合性，以及使用时的格式规定。

表达式是由运算符和运算对象组成的式子，运算对象就是在程序中要处理的各种数据。最简单的表达式就是一个常量或变量。在表达式中，可以使用圆括号来改变优先级，任何一个表达式经过计算都应有一个确定的值和类型。

在计算一个表达式时，应首先确定运算符的功能，然后确定计算顺序。一个表达式的计算顺序是由运算符的优先级和结合性决定的。优先级高的先计算，优先级低的后计算。在优先级相同的情况下，由结合性决定，在多数情况下，从左至右；在个别情况下，从右至左。另外，括号的使用可以嵌套，在计算嵌套括号的表达式时，应先计算内层括号，再计算外层括号。

一个表达式的类型由运算符的种类和操作数（运算对象）的类型决定。C 语言规定，只有同类型的数据才进行计算，不同类型的数据要先转换成同一类型的数据，然后进行计算。

## 2.9.1　算术运算符和算术表达式

### 1．基本算术运算符

基本算术运算符用来对数据进行简单算术运算。要注意字符型数据也可以看成整型数据，参加基本算术运算。

基本算术运算符的运算对象、运算规则等如表 2.3 所示。

表 2.3　基本算术运算符

| 对　象　数 | 名　　称 | 运　算　符 | 运　算　规　则 | 运　算　对　象 | 运　算　结　果 | 结　合　性 |
|---|---|---|---|---|---|---|
| 单目 | 正 | + | 取原值 | 整型或实型 | 整型或实型 | 自右向左 |
| | 负 | – | 取负值 | | | |
| 双目 | 加 | + | 加法 | | | 自左向右 |
| | 减 | – | 减法 | | | |
| | 乘 | * | 乘法 | | | |
| | 除 | / | 除法 | | | |
| | 模（求余） | % | 整除取余 | 整型 | 整型 | |

这七个运算符的优先级规定如下：+（正）和–（负）最高，*、/和%同级，+（加）和–（减）低。用以下的描述方法：{+（正）、–（负）}→{*、/、%}→{+（加）、–（减）}。

① 单目基本运算符优先于双目基本运算符；

② *、/、%优先于+、–；

③ 同级单目基本运算符的结合性是自右向左；

④ 同级双目基本运算符的结合性是自左向右。

关于加、减、乘、除四则运算不再详述，它们对 int 型、float 型和 double 型变量都适用，而%运算符只用于 int 型运算对象。另外，两个整数相除，结果为整数；若分子小于分母，结果为零。例如：

　　　5/2　　　结果为 2。

　　　2/5　　　结果为 0。

假设两个整型数分别为 a 和 b，则求两个数的余数（a%b）的计算方法如下：

　　　a%b=a−int(a/b)*b

其中，int(a/b)表示取 a/b 的整数商。例如：

　　5%3　　　余数是 2，计算方法为 5−int(5/3)*3=5−1*3=2。

　　5%8　　　余数是 5，计算方法为 5−int(5/8)*5=5−0*8=5。

　　−5%3　　余数是−2，计算方法为−5−int(−5/3)*3=−5−(−1)*3=−2。

　　5%−3　　余数是 2，计算方法为 5−int(5/(−3))*(−3)=5−(−1)*(−3)=2。

对于五个双目运算符，其结合性为：自左向右。例如：

　　　10+6−4*2

第一步先计算 10+6，得结果 16；第二步计算 4*2，得结果 8；然后用第一步计算的结果减第二步计算的结果，得结果 8。

注意，C 语言中没有乘方运算符，因此不能直接进行乘方运算。

**2．算术表达式**

算术表达式由算术运算符连接数值型运算对象构成，数值型运算对象称为操作数。表达式的值是一个数值，表达式的类型由运算符和操作数决定。当表达式中的操作数类型相同时，表达式结果的类型就是操作数的类型，若表达式中的操作数类型不相同，计算机将自动进行隐含类型转换。在一个算术表达式中可能出现多个相同或不同的算术运算符时，先进行哪一个运算，后进行哪一个运算，取决于运算符的优先级和结合性。

例如，5+3*(6−2)的计算方法是从左向右扫描表达式，当看到 5+3*时就可以决定不会计算 5+3，因为*的优先级比+的优先级高；再继续扫描到 5+3*()，因为()的优先级最高，先计算（6−2）得 4，再计算 3*4 得 12，最后计算 5+12 得 17。表达式的类型为 int 型。

表达式 3+4.0−3/2.0 的计算顺序：①计算 3+4.0 的过程，将 3 自动转换为 3.0，再计算 3.0+4.0 得 7.0；②计算 3/2.0 的过程，将 3 自动转换为 3.0，再计算 3.0/2.0；③计算第一步的结果减去第二步的结果。表达式的类型为 double 型。注意，4.0 和 2.0 看成 double 型。在表达式计算过程中，为什么将 3 自动转换为 3.0？这是下面要介绍的内容。

**3．数据类型转换**

C 语言允许不同类型的操作数据在表达式中进行混合运算，但运算时先将操作数转换成同一类型数据，然后进行运算。在一般情况下，转换的原则为低级类型向高级类型转换。即将占存储空间小的类型（低级类型）转换成为占存储空间大的类型（高级类型）。表达式的结果类型是占存储空间大的类型。因为这样做不会降低运算结果的精度。

类型转换分为两种：一种是隐含转换，也称自动转换；另一种是强制转换。

（1）隐含转换

隐含类型转换规则如图2.4所示。

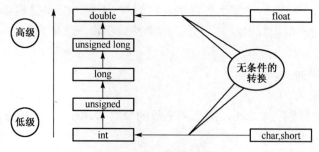

图 2.4   隐含类型转换规则

这里，int 型的级别最低，double 型的级别最高。

在表达式计算过程中，隐含类型转换原则为：short 和 char 型无条件自动转换成 int 型，float 型无条件自动转换成 double 型；当运算符作用的两个运算对象类型不同时，低级类型向高级类型转换。这种隐含的类型转换是一种保值映射，即在转换中数据的精度不受损失。

例如，若有

> int a;long x;

则表达式 a+x 的计算过程为：因为 a 为 int 型，而 x 为 long 型，两个运算对象类型不统一，由图 2.4 可以看到在 long 和 int 中 long 是高级类型的，因此需将 a 的值取出转换为 long 型，再求和。注意，a 变量的类型还是 int 型，没有发生改变。

又如，若有

> int i, float f, double d, long e

则 8+'a'+i*f-d/e 表达式运算次序为：

① 将'a'无条件转换成 97（int 型），然后进行 8+'a'运算，结果为 int 型；

② 将 i 和 f 的值都转换成 double 型，然后进行 i*f 运算，结果为 double 型；

③ 将①的结果转换为 double 型，然后与②的结果相加，结果为 double 型；

④ 将 e 的值转换成 double 型，然后进行 d/e 运算，结果为 double 型；

⑤ 用③的结果减④的结果，结果为 double 型。

（2）强制类型转换

强制类型转换是将某种类型强制性地转换为指定的类型。

【例2.3】  分析下列程序的运行结果。

```
main( )
{
    float x=12.465;
    printf("%d",x);
}
```

程序的运行结果为–2 147 483 648，明显不符合设计要求，主要是在 printf("%d",x);中格式控制符"%d"和变量 x 的类型不一致，为了解决这个问题，提出了强制类型转换。强制类型转换是通过类型转换运算来实现的。

强制类型转换的一般格式如下：

**（类型说明符）（表达式）**

其功能是把表达式的运算结果强制转换成类型说明符所表示的类型。

例如，若有

　　　int a; float x,y;

则强制类型转换(double)a 是将 int 型变量 a 的值强制性地转换为一个 double 型的临时中间数值。(int)(x+y)是将两个 float 型变量 x 加 y 的结果（是一个 float 型）强制性地转换为一个 int 型的临时中间数值。

这种转换是不安全的，因强制性地转换可能会出现从高级类型向低级类型转换，这时数据精度要受到损失，甚至得到一个毫无意义的数据。例如：

若 x=2.22; y=2.60;　则(int)(x+y)结果为 4。

若 float x=32765, y=10;　则(int)(x+y)结果为 32775。

另外，强制类型转换(int)(x+y)，它仅将 x+y 的结果强制性转换为 int 型，并不能改变变量 x 和 y 的原 float 类型，即变量 x 和 y 的类型仍为 float 型。

在使用强制类型转换时应注意以下问题：

① 类型说明符和表达式都必须加括号（单个变量可以不加括号），若把(int)(x+y)写成(int)x+y，则把 x 转换成 int 型之后再与 y 相加；

② 无论是强制转换还是自动转换，都只是为了本次运算的需要而对变量值的数据长度进行的临时性转换，不改变该变量定义的类型。

**【例 2.4】**　强制类型转换示例。

```
main( )
{
    float f=5.75;
    printf("(int)f=%d,f=%f\n",(int)f,f);
}
```

在例 2.4 中，变量 f 的值虽强制转为 int 型，但只在运算中起作用，是临时的，而 f 本身的类型并不改变。因此，(int)f 的值为 5（删去了小数部分），而 f 的值仍为 5.75。

注意，除了上面介绍的这种方法之外，在赋值运算表达式中也有类型转换，在 return 语句中也有类型转换，这些在后面介绍。

## 2.9.2　简单赋值运算符和赋值表达式

### 1. 简单赋值运算符

赋值运算符 "=" 是一种能够改变变量值的运算符。即它在计算赋值表达式的值后，还将会改变其变量的值。赋值运算符是双目运算符，赋值运算符的左边必须是变量。C 语言中赋值运算符分为：简单赋值运算符和自反赋值运算符。在这里只介绍简单赋值运算符，自反赋值运算符在后面再介绍。

简单赋值运算符只有一个：=（赋值运算符）。

简单赋值运算符的运算对象、运算规则等如表 2.4 所示。

表 2.4　简单赋值运算符

| 对象数 | 名　称 | 运算符 | 运算规则 | 运算对象 | 运算结果 | 结合性 |
|---|---|---|---|---|---|---|
| 双目 | 赋值 | = | 将表达式值赋于变量 | 任何类型 | 变量的类型 | 自右向左 |

赋值运算符的运算规则是将赋值运算符右边表达式的值赋给左边的变量；赋值运算符的结合性是自右向左；赋值运算符的优先级比算术运算符的优先级低。

例如：int x=6;

　　　　x=5+10;

第一个语句定义了一个 int 型的变量 x，并且初始化为 6。第二个语句是将赋值运算符右边表达式 5+10 的计算结果 15 赋给左边变量 x，从而使变量 x 的值由原来的 6 变为 15。

### 2．赋值表达式

由赋值运算符和操作对象连接组成的式子称为赋值表达式。

赋值表达式的格式如下：

**　　变量名 = 表达式**

例如：int x,y,z;

　　　　x=y=z=5+6;

上面第二个语句的执行过程是：先计算 z=5+6 的值，计算后变量 z 被更新为 11，表达式取 z 的值即 11。接着，将表达式 z=5+6 的值 11 赋给变量 y。最后将表达式 y=z=5+6 的值 11 赋给变量 x。经过上面的连续赋值，使变量 x, y, z 的值都更新为 11。

### 3．赋值表达式的类型转换

赋值运算符两边的数据类型若不一致，则要进行类型转换。转换原则为：在赋值表达式中，当左值（赋值运算符左边的变量）和右值（赋值运算符右边的表达式）类型不同时，一律将右值类型转换为左值的类型。

例如：int x;

　　　　float y=5.26;

　　　　x=y+1.3;

将 y+1.3 的计算结果值 6.56 赋给整型变量 x 时，由于 6.56 是一个 double 类型数值，舍弃小数部分，将整数部分 6 赋给整型变量 x。注意，当赋值运算符右值大于 int 型的有效范围时，x 将被赋予一个无意义的数值。前面已经介绍过将高级类型向低级类型转换时，都存在这个问题。请大家使用时注意，避免出现错误。

将字符数据赋给整型变量时，是将字符的 ASCII 编码赋给 int 型变量。

例如：int x;

　　　　x='a';

它是将字符'a'的 ASCII 编码 97 赋给 int 型变量 x。

因为，由赋值运算符组成的表达式中，若数据类型不一致，则要进行类型转换。正确掌握转换规则，才能编制出正确的程序。看下面的一个例子：

　　　　int x=5,y;

　　　　y=x+6.89;

在表达式 y=x+6.89 中，要做两次隐含转换，先将变量 x 的值转换成 double 类型，然后与 6.89 进行相加运算，最后将相加的结果值 11.89（double 型）转换成 int 型值 11（取整）赋给变量 y，结果变量 y 的值为 11。

将一个 int 型或 long 型数据赋给一个 char 型变量时，只将其低 8 位原封不动地传送到 char 型变量（发生截断）。例如

```
int i=289;      /*i 中存放的二进制数是 00000000000000000000000100100001*/
char c;
c=i;            /*将 i 变量中低 8 位二进制数 00100001 存入 c 变量中，即十进制为 33*/
```

将 signed（有符号）型数据赋给长度相同的 unsigned（无符号）型变量，将存储单元内容原样照搬（连原有的符号位也作为数值一起传送）。

**【例 2.5】** 将 signed（有符号）型数据赋给 unsigned（无符号）型变量。

```
main( )
{    unsigned a;
     int b=-1;
     a=b;
     printf("%u\n",a);        /*注意 TC 和 VC 系统运行结果不同*/
}
```

例 2.5 的程序在 TC 系统的运行结果为：65 535，而在 VC 6.0 系统的运行结果为：4 294 967 295。

### 2.9.3　关系运算符和关系表达式

**1. 关系运算符**

关系运算符也称比较运算符，用来比较两个数据的大小，以及运算的结果成立或不成立，如果成立，则结果为逻辑值"真"，用整数"1"表示；如果不成立，则结果为逻辑值"假"，用整数"0"表示。

关系运算符的运算对象、运算规则、结合性等如表 2.5 所示。

表 2.5　关系运算符

| 对 象 数 | 名　称 | 运 算 符 | 运 算 规 则 | 运 算 对 象 | 运 算 结 果 | 结 合 性 |
|---|---|---|---|---|---|---|
| 双目 | 小于 | < | 满足则为真，结果为 1<br>不满足则为假，结果为 0 | 整型、实型或字符型 | 逻辑值（整型）1 或 0 | 自左向右 |
| | 小于等于 | <= | | | | |
| | 大于 | > | | | | |
| | 大于等于 | >= | | | | |
| | 等于 | == | | | | |
| | 不等于 | != | | | | |

C 语言中的关系运算符共有 6 个，它们的优先级比算术运算符低，而比赋值运算符高，即算术运算符→关系运算符→赋值运算符。

关系运算符优先级：{>、<、>=、<=}→{==、!=}。

前面 4 个运算符的优先级相同，后面两个运算符的优先级相同；前面 4 个运算符的优先级高于后面两个运算符的优先级。

关系运算符的运算比较简单，要注意的是运算符的写法。例如，大于等于的写法为">="，不能写成"=>"；等于的写法为"=="（即由代数中的两个等号组成），不能写成赋值运算符"="；不能在两个符号中加空格，如"> ="是错误的。

**2. 关系表达式**

由关系运算符和操作数组成的表达式称为关系表达式。关系表达式的值是一个逻辑型的值，即只有两个值（"真"或"假"）。在 C 语言中，真用"1"表示，假用"0"表示。

例如，若有 int x=2, y=3, z=5;

则：x>y　　　结果为 0。

　　z>=y　　　结果为 1。

　　z==y　　　结果为 0。

  z>y>x  结果为 0。先计算 z>y，结果为 1；再计算 1>x，结果为 0。

  x<y==z  等效于(x<y)==z  结果为 0。

  x==y<z  等效于 x==(y<z)  结果为 0。

  x=y>z  等效于 x=(y>z)  结果为 0。

关系运算符的结合性为：自左至右。关系运算符的优先级低于算术运算符的优先级。

又如，若有 int x=2, y=3, z=5;

则：y>=x+x  结果为 0。先计算 x+x，结果为 4；再计算 y>=4，结果为 0。

  x>=z−y  结果为 1。先计算 z−y，结果为 2；再计算 x>=2，结果为 1。

思考：表达式 x>y!=z>y 的结果为 1。请读者自己分析原因，注意运算符的优先级。

### 2.9.4 逻辑运算符和逻辑表达式

#### 1. 逻辑运算符

逻辑运算符是对关系表达式或逻辑值进行运算的运算符，运算的结果仍是逻辑值。逻辑运算符共 3 个，包括：① 单目逻辑运算符：!（逻辑求反或逻辑非）。② 双目逻辑运算符：&&（逻辑与）、‖（逻辑或）。如表 2.6 所示。

表 2.6 逻辑运算符

| 对 象 数 | 名 称 | 运 算 符 | 运 算 规 则 | 运 算 对 象 | 运 算 结 果 | 结 合 性 |
|---|---|---|---|---|---|---|
| 单目 | 逻辑非 | ! | !假为 1、!真为 0 | 整型、实型或字符型 | 逻辑值（整型）1 或 0 | 自右向左 |
| 双目 | 逻辑与 | && | 真&&真为 1、其他为 0 | | | 自左向右 |
| | 逻辑或 | ‖ | 假‖假为 0、其他为 1 | | | |

逻辑运算符的优先级由高到低如下：! →双目算术运算符→关系运算符→&&→‖→赋值运算符。

#### 2. 逻辑表达式

由逻辑运算符连接关系表达式或逻辑值组成的表达式称为逻辑表达式。逻辑表达式的值也是一个逻辑值，即只有真值和假值，真值用"1"表示，假值用"0"表示。但要注意的是，在表达式运算判断时，非"0"即为真，0 才为假。而确定表达式的计算结果时，真为"1"，假为"0"。

① 逻辑求反(!)：真求反得假，假求反得真。

② 逻辑与(&&)：两个操作数都为真时结果才为真，只要有一个操作数为假，结果就为假。

③ 逻辑或(‖)：两个操作数都为假时结果才为假，只要有一个操作数为真，结果就为真。

例如：int x=6, y=3, z=8;

则：!x   结果为 0。

  !!!!x  结果为 1。

  x&&y  结果为 1。

  !x‖y  结果为 1。

双目逻辑运算符的结合性为：自左至右。逻辑与(&&)和逻辑或(‖)运算符的优先级低于关系运算符的优先级。单目逻辑求反(!)运算符的结合性为自右至左，它的优先级高于双目算术运算符的优先级。

例如：int x=3, y=5, z=6;

则：x&&!y&&z　　　　　结果为 0。

　　x>y&&z>y　　　　　结果为 0。

　　x<y||y<z　　　　　　结果为 1。

　　x<z&&y-5　　　　　结果为 0。

　　x<z&&!y-5　　　　　结果为 1。

注意，在由&&和||运算符组成的逻辑表达式中，C 语言规定，只对能够确定整个表达式值所需要的最少数目的子表达式（操作数）进行计算。即在由若干个子表达式（或操作数）组成的一个逻辑表达式中，从左至右计算子表达式的值，当计算出一个子表达式的值后便可确定整个逻辑表达式的值时，后面的子表达式就不再计算了。

例如：int x=3,y=0;

则：!x&&x+y&&x+1　结果为 0。

当计算出!x 为 0 时，便可确定整个逻辑表达式的值为 0，于是，后面的子表达式 x+y 和 x+1 就不再计算了。

又如：int x=3, y=0;

则：x||y||y+x||(y=1)　结果为 1。

当计算出 x 为 3 时，便可确定整个逻辑表达式的值为 1，于是，后面的子表达式 y、y+x 和 y=1 就不再计算了。此时 y 的值仍为 0 而不是 1。

熟练掌握 C 语言的关系运算符和逻辑运算符后，可以巧妙地用逻辑表达式来表示一个复杂的条件。例如，要判断某年（year）是否为闰年，（闰年的条件是符合下面两条件之一：①能被 4 整除，但不能被 100 整除。②能被 100 整除，又能被 400 整除。如，2008 年、2000 年是闰年，2009 年、2100 年不是闰年），就可以用这种方法，并且有多种表达形式：

【方法一】可以用下面逻辑表达式来判断闰年：

　　　　year%4==0&&year%100!=0||year%400==0

当给定年份为某一整数值时，如果上述表达式值为真，则该年为闰年；否则为非闰年。

【方法二】还可以用下面逻辑表达式来判断：

　　　　(year%4!=0)||(year%100==0&&year%400!=0)

若表达式值为真，则为非闰年；否则为闰年。

### 2.9.5　自增、自减运算符

#### 1. 自增、自减运算符简介

自增（++）、自减（－－）运算符都是单目运算符，一般是用来对整型、字符型变量进行算术运算，运算的结果仍是原类型，并存回原运算对象。自增、自减运算符的运算对象、运算规则与结果、结合性如表 2.7 所示。

表 2.7　自增、自减运算符

| 对 象 数 | 名　　称 | 运 算 符 | 运 算 规 则 | 运 算 对 象 | 运 算 结 果 | 结 合 性 |
|---|---|---|---|---|---|---|
| 单目 | 自增（前缀） | ++ | 先加 1，后使用 | 整型、实型、字符型 | 同运算对象的类型 | 自右向左 |
| | 自增（后缀） | ++ | 先使用，后加 1 | | | |
| | 自减（前缀） | －－ | 先减 1，后使用 | | | |
| | 自减（后缀） | －－ | 先使用，后减 1 | | | |

这两个运算符都是单目运算符，也是一种能够改变变量值的运算符，即它在计算表达式的值后，还将会改变其变量的值（使变量的值增 1 或减 1）。

自增（++）、自减（－－）运算符的优先级：{++、－－、! }→双目算术运算符→关系运算符→&&→||→赋值运算。

### 2．自增、自减运算符构成的表达式

C 语言的自增、自减运算符既可作用于一个变量的前面，也可以作用于一个变量的后面。无论作用于一个变量的前面，还是后面，都会使被作用的变量值加 1 或减 1，这就构成了自增或自减表达式。当自增或自减运算符作用于一个变量的前面时，则该变量值先被加 1 或减1，然后该变量才被引用。反之，如作用于一个变量的后面，则先引用该变量，然后该变量值被加 1 或减 1。

例如：　++x;　　－－x;　　（先自增 1、自减 1）。

　　　　x++;　　x－－;　　（后自增 1、自减 1）。

又如，若有 int a=2;则表达式++a+1 的结果为 4，此时，变量 a 的值为 3；而表达式 a－－+1的结果为 3，此时，变量 a 的值为 1。

设有下列程序段，分析变量的值。

```
int x1, x2, x3, x4, y=5;
x1=++y;        /*y 的值变为 6，并赋给 x1,x1 的值为 6*/
x2=－－y;       /*y 的值由 6 变为 5，并赋给 x2,x2 的值为 5*/
x3=y++;        /*y 的值为 5，先赋给 x3，再自增 y,y 变为 6*/
x4=y－－;       /*y 的值为 6，先赋给 x4，再自减 y,y 变为 5*/
```

则经过运算，x1 的值为 6，x2 的值为 5，x3 的值为 5，x4 的值为 6。

### 3．自增、自减运算符在使用时应该注意的问题

【例 2.6】　分析下列程序的输出结果。

```
main( )
    {int x=8,y,z;
    y=(++x)+(x++)+(++x);
    z=(－－x)+(x－－)+(++x);
    printf("y=%d,z=%d,x=%d",y,z,x);
    }
```

ANSI C 中对表达式求值的顺序并无统一规定，在求一般表达式时不会发生歧义，而在求含++和－－运算符的表达式时会出现歧义，在不同系统中可能得到不同的结果。大多数人认为例 2.6 的程序经过运算后 y 的值为 29、z 的值为 30，但实际上在 Turbo C 系统中，程序经过运算，y 的值为 30、z 的值为 33，而变量 x 的值为 10；在 VC 6.0 系统中，程序经过运算，y 的值为 28、z 的值为 31，而变量 x 的值为 10。为什么同一个程序在不同系统中有不同结果呢？这是因为当在表达式中含有自增、自减运算符时，各系统求值顺序不一致。

另外，特别要注意的是，当自增、自减运算符出现在函数的参数中时，它们的计算方法也不同。

例如：

```
int x=8,y;
printf("y=%d",(++x)+(x++)+(++x));
```

Turbo C 系统结果为：y=29。

VC 6.0 系统结果为：y=28。

因此，一般在进行 C 语言程序设计时，函数的参数中都避免使用自增、自减运算符（可以将函数参数中含有自增、自减运算的表达式提到函数调用的外面），从而使设计出的程序可在各种 C 语言编译系统下获得同样的计算结果。

例如，若有如下语句：

　　　printf("z=%d",(++x)+(x++));

则可以将它改为：

　　　y=(++x)+(x++);

　　　printf("z=%d",y);

根据上面分析，在程序中应该尽可能避免这些歧义性的语句出现，要充分认识到++和−−运算符的副作用，主张不要过多地依赖使用++和−−运算符的技巧，要遵循安全第一、易于理解的原则。如果对 y=(++x)+(x++)+(++x);进行如下改造，含义就是确定的。

```
x=8;
a=++x;
b=x++;
c=++x;
y=a+b+c;
```

执行完上述语句后，y 的值为 29，x 的值 11。

当出现难以区分的若干个+或−组成的运算符串时，C 语言规定，自左向右取尽可能多的符号组成运算符。

例如：−i++　　　　　相当于−(i++)

　　　i+++j　　　　　相当于(i++)+j

　　　i−−−j　　　　　相当于(i−−)−j

注意，自增、自减运算符只能作用于一个变量的前面或后面，不能作用于一个常量或表达式的前面或后面。例如，++5、6++、−−(x+y)、(x+2)−−、++(56+x)等都是错误的。

### 2.9.6　条件运算符和条件表达式

条件运算符是 C 语言中仅有的一个三目运算符，该运算符需要三个运算对象，它的格式如下：

　　　**d1?d2:d3**

其中：d1、d2 和 d3 是三个运算对象，d1 可以是任何类型的运算对象，通常要按逻辑对象来理解，d2、d3 是任何类型的运算对象。条件运算符的运算对象、运算规则、结合性如表2.8 所示。

表 2.8　条件运算符

| 对 象 数 | 名　　称 | 运 算 符 | 运 算 规 则 | 运 算 对 象 | 运 算 结 果 | 结 合 性 |
|---|---|---|---|---|---|---|
| 三目 | 条件 | ？： | 对于 d1?d2:d3<br>d1 为真，取 d2<br>d1 为假，取 d3 | 表达式 | 值：d2 或 d3<br>类型：d2、d3<br>高的一个 | 自右向左 |

条件运算符的功能是先计算 d1 的值，根据该值进行判断。如果为非 0，则计算 d2 的值，并把该值作为条件表达式的值；否则计算 d3 的值，并把该值作为条件表达式的值，而表达式的类型为 d2 和 d3 中类型高的。另外，条件运算符的结合性是自右向左。

条件运算符的优先级如下：{++、－－、！}→双目算术运算符→关系运算符→&&→||→条件运算符→赋值运算。

例如，设整型变量 a,b,c,d 的值均为 2，则 a==b?(c=1):(d=0)的结果是：a、b、d 不变，c 为 1；表达式值为 1。

注意，运算顺序相当于(a==b)?(c=1):(d=0)，由于条件运算符的优先级高于赋值运算符的优先级，所以(c=1)和(d=0)的圆括号不能少。

又如：a+1==3?(b=a+2):(c=a+3);　　　结果 a、c 不变，b 为 4，表达式值为 4
　　　a==b?(c=0):a>b?(c=1):(c=-1);　结果 a、b 不变，c 为 0，表达式值为 0

若有下列程序段：

```
float f=32765.0;
int i=10;
```

则表达式 1?f:i 的值为 32765.0，在 VC 系统中类型为 float。表达式 0?f:i 的值为 10.0，在 VC 系统中类型为 float。

【例 2.7】 输入一个字符，判别它是否为大写字母，如果是，则将它转换成小写字母；如果不是，不转换。然后输出最后得到的字符。

关于大写字母和小写字母的转换，实际是字母的 ASCII 编码运算。

```
main()
{    char ch;
     scanf("%c",&ch);
     ch=(ch>='A'&&ch<='Z')?ch+32:ch;
     printf("%c\n",ch);
}
```

【例 2.8】 条件运算示例。

```
main()
{    int x=3,y=4,z;
     z=x>y?++x:++y;
     printf("%d,%d,%d\n",x,y,z);
     z=x-y?x+y:x-3?x:y;
     printf("%d,%d,%d\n",x,y,z);
}
```

程序的运行结果如下：

3, 5, 5

3, 5, 8

### 2.9.7　逗号运算符和逗号表达式

C 语言把逗号（,）作为运算符。逗号运算符的功能是将多个表达式组成一个逗号表达式。逗号运算符是所有运算符中优先级最低的。逗号表达式运算规则是：从左至右依次计算各个表达式的值，最后计算的一个表达式的值和类型便是整个逗号表达式的值和类型。逗号运算符的运算对象、运算规则、结合性如表 2.9 所示。

表 2.9　逗号运算符

| 对 象 数 | 名　称 | 运 算 符 | 运 算 规 则 | 运 算 对 象 | 运 算 结 果 | 结 合 性 |
|---|---|---|---|---|---|---|
| 双目 | 逗号 | , | 依次计算前、后表达式 | 表达式 | 后表达式值和类型 | 自左向右 |

逗号运算符的优先级如下：{++、－－、!}→双目算术运算符→关系运算符→&&→||→赋值运算→逗号运算符。

例如：y=(x=3,5+6,x+5)逗号表达式的值为 8，类型也是表达式 x+5 的类型。

设整型变量 a、b、c、d、e、f，a、b 值为 2，则逗号表达式 b=a+3，c=b+4 的结果为：a 不变，b 为 5，c 为 9，逗号表达式的值为 9（c=b+4 的值）。

逗号表达式 d=a－－，e=d－－，f=－－e 的结果为：a 为 1，d 为 2，e 为 1，f 为 1，逗号表达式的值为 1（f=－－e 的值）。

**【例 2.9】** 逗号运算示例。

```
main()
{    int x=1,y=2,z;
     z=x+y+3;
     printf("%d,%d,%d\n",x,y,z);
     z=(x++,x+=y,x+y);
     printf("%d,%d,%d\n",x,y,z);
}
```

程序的运行结果如下：

　　1，2，6

　　4，2，6

### 2.9.8　数据类型长度运算符

数据类型长度运算符（sizeof）是一个单目运算符，其运算对象可以是任何数据类型说明符或表达式，它的功能是返回给定类型的运算对象所占内存字节数。其引用的格式为：

　　　　**sizeof（类型说明符、数组名或表达式）**

或

　　　　**sizeof 变量名**

显然，sizeof()是单目运算符，只能连接一个运算对象。如果运算对象是一个表达式（如常量、变量、数组名、结构体变量、共用体变量等），则 sizeof()不会对表达式求值，只给出该表达式所占用的字节数；如果运算对象是一个类型说明符（如 char、int 等），它会准确地给出该类型的数据在计算机上的实际长度。

长度运算符的运算对象、运算规则、结合性如表 2.10 所示。

表 2.10　长度运算符

| 对 象 数 | 名 称 | 运 算 符 | 运 算 规 则 | 运 算 对 象 | 运 算 结 果 | 结 合 性 |
|---|---|---|---|---|---|---|
| 单目 | 长度 | sizeof | 测试数据类型所占用的字节数 | 类型名、数组名、表达式 | 整型 | 无 |

长度运算的优先级如下：{sizeof,单目算术运算符，!,++,－－}同级；{sizeof、++、－－、!、单目算术运算符}→双目算术运算符→关系运算符→&&→||→赋值运算→逗号运算符。

例如，若有 int n;short s;unsigned long x;float f;char c;

则：sizeof(n)的值是 4；

　　sizeof(s)的值是 2；

　　sizeof(x)的值是 4；

sizeof(f)的值是 4;

sizeof(c)的值是 1;

sizeof(f+1.2)的值是 8。

【例2.10】 长度运算示例。

```
main( )
{    float f;
     int a[10];
     printf("%d,%d,%d,%d ",sizeof f,sizeof a[5],sizeof(double),sizeof(char));
}
```

该程序在 VC 系统下的运行结果为:

　　4, 4, 8, 1

### 2.9.9 算术自反赋值运算符

算术自反赋值运算符是双目运算符,运算符的左面必须是变量,右面是表达式。

算术自反赋值运算符的运算对象、运算规则与运算结果、结合性如表 2.11 所示。

表 2.11 算术自反赋值运算符

| 对 象 数 | 名　称 | 运 算 符 | 运 算 规 则 | 运 算 对 象 | 运 算 结 果 | 结 合 性 |
|---|---|---|---|---|---|---|
| 双目 | 加赋值 | += | a+=b 相当 a=a+(b) | 数值型、字符型 | 数值型 | 自右向左 |
| | 减赋值 | –= | a–=b 相当 a=a–(b) | | | |
| | 乘赋值 | *= | a*=b 相当 a=a*(b) | | | |
| | 除赋值 | /= | a/=b 相当 a=a/(b) | | | |
| | 模赋值 | %= | a%=b 相当 a=a%(b) | 整型 | 整型 | |

算术自反赋值运算符的优先级如下:算术运算符→关系运算符→双目逻辑运算符→算术自反赋值运算符;{sizeof、++、--、!、单目算术运算符}→双目算术运算符→关系运算符→&&→‖{赋值运算符、算术自反赋值运算符}→逗号运算符。

在计算算术自反赋值运算符的表达式中,应该先计算右边表达式的值,再与左边变量的值运算,将结果赋给算术自反赋值运算符左边的变量。例如:

　　int　x=3,y=4,z=5,p=6;

　　x*=y+1;

等价于　x=x*(y+1);

这里,x 的值为 15。因为先计算右边表达式 y+1 的值,然后再与变量 x 相乘,再将结果赋给变量 x。

又如,x+=y–=z*=p/=2;　计算顺序相当于 x+=(y–=(z*=(p/=2)));计算结果 p 的值为 3;z 的值为 15;y 的值为–11;x 的值为–8。

# 2.10　位运算

位运算是一种对运算对象按二进制位进行操作的运算。位运算不允许只操作其中的某一位,而是对整个数据按二进制位进行运算。位运算的对象只能是整型(包括字符型)数据,运算的结果仍是整型的。位运算符又分为三类:逻辑位运算符、移位运算符和位自反赋值运算符。由位操作运算符连接的操作对象组成的表达式也称为算术表达式。因为位运算符的实质是算术运算符，所以它组成的表达式的值是算术值。另外，位运算符只针对基本数据类型中的 char 型和 int 型数据中的二进制位进行操作，不能对其他类型的数据进行操作。

### 2.10.1　逻辑位运算符

逻辑位运算符是将数据中每个二进制位上的"0"或"1"看成逻辑值，逐位进行逻辑运算的运算符。逻辑位运算符有 4 个，包括：① 1 个单目逻辑位运算符：～（按位求反）。② 3 个双目逻辑位运算符：&（按位与）、|（按位或）和^（按位加或称按位异或）。

位运算符的优先级如下：～和单目逻辑运算符、++、--、单目算术运算符、长度运算符同级；在双目逻辑位运算符中，&高于^，而^又高于|；～→双目算术→关系→&→^→|→双目逻辑。

按位求反(～)是将各个二进制位由 1 变 0，由 0 变 1。

按位与(&)是将两个操作数的二进制位从低位（最右位）到高位依次对齐后，对应位求与。只有两个位都是 1 时结果才为 1，否则为 0。

逻辑位运算符如表 2.12 所示，双目逻辑位运算符规则示例如表 2.13 所示。

表 2.12　逻辑位运算符

| 对　象　数 | 名　　称 | 运　算　符 | 运　算　规　则 | 运　算　对　象 | 运　算　结　果 | 结　合　性 |
|---|---|---|---|---|---|---|
| 单目 | 位非 | ～ | ～1 为 0<br>～0 为 1 | 整型 | 整型 | 自右向左 |
| 双目 | 位与 | & | 参见表 2.13 | | | 自左向右 |
| | 位或 | | | | | |
| | 按位加（异或） | ^ | | | | |

表 2.13　双目逻辑位运算符的运算规则示例

| 对象 1（a） | 对象 2（b） | 位与（&） | 位或（|） | 按位加（^） |
|---|---|---|---|---|
| 0 | 0 | 0 | 0 | 0 |
| 0 | 1 | 0 | 1 | 1 |
| 1 | 0 | 0 | 1 | 1 |
| 1 | 1 | 1 | 1 | 0 |

【例 2.11】　位运算示例。

```
main()
{   short int a=0111,b=0123,x1,x2,x3,x4;
    x1=~a;
    x2=a&b;
    x3=a|b;
    x4=a^b;
    printf("x1=%ho\nx2=%ho\nx3=%ho\nx4=%ho\n",x1,x2,x3,x4);
}
```

注意：程序中"%ho"为短整型八进制数输出格式控制符。

在程序中设 a、b 均为整型变量，a 为八进制数 0111（对应的二进制数为 0000000001001001），b 为八进制数 0123（对应的二进制数为 0000000001010011），则有如下结果：

① ～a 的结果为 0177666（对应的二进制数为 1111111110110110）。

② a&b 的结果为八进制数 0101，运算过程如下：

$$
\begin{array}{r}
0000000001001001 \quad \text{（a，为八进制数 0111 的二进制数）} \\
\&\ \underline{0000000001010011} \quad \text{（b，为八进制数 0123 的二进制数）} \\
0000000001000001 \quad \text{（按位与的结果为八进制数 0101）}
\end{array}
$$

③ a|b 的结果为八进制数 0133，运算过程如下：

$$
\begin{array}{r}
0000000001001001 \quad \text{（a，为八进制数 0111 的二进制数）} \\
|\ \underline{0000000001010011} \quad \text{（b，为八进制数 0123 的二进制数）} \\
0000000001011011 \quad \text{（按位或的结果为八进制数 0133）}
\end{array}
$$

④ a^b 的结果为八进制数 032，运算过程如下：

$$
\begin{array}{r}
0000000001001001 \quad \text{（a，为八进制数 0111 的二进制数）} \\
\text{\textasciicircum}\ \underline{0000000001010011} \quad \text{（b，为八进制数 0123 的二进制数）} \\
0000000000011010 \quad \text{（按位异或的结果为八进制数 032）}
\end{array}
$$

### 2.10.2　移位运算符

移位运算符是将数据看成二进制数，对其进行向左或向右移动若干位的运算。移位运算符分为左移和右移两种，均为双目运算符，分别是：<<（左移）和>>（右移）。

#### 1．左移运算

左移运算是将一个二进制的数按指定的位数向左移位，移掉的高位被丢弃，右边移出的空位一律补 0。

左移运算表达式格式为：

**a<<b**

其中，a 为要左移的运算对象，<<为左移运算符，b 为左移的位数。

例如，设 a 为短整型，a=3，则表达式 a<<4 的结果为 48。

表达式 a<<4 的含义是把 a 的各二进位向左移动 4 位。a 为 0000000000000011（十进制 3），左移 4 位后为 0000000000110000（十进制 48）。

#### 2．右移运算

右移是将一个二进制的数按指定的位数向右移位，移掉的低位被丢弃，左边移出的空位补 0，或者补符号位，这要由被移位的数据是否带符号决定。若是无符号数，则补入数全部为 0；若是带符号数，则补入的数全部等于原数的最左端位上的原数（即符号位）。在使用补码作为机器数的机器中，正数的符号位为 0，负数的符号位为 1。

右移运算表达式格式为：

**a>>b**

其中，a 为要右移的运算对象，>>为右移运算符，b 为右移的位数。

例如，设 a 为短整型，a=15，则表达式 a>>2 的结果为 3。

表达式 a>>2 的含义是把 a 的各二进位向右移动 2 位。a 为 0000000000001111（十进制 15），右移 2 位后为 0000000000000011（十进制 3）。

移位运算符的运算对象、运算规则、结合性如表 2.14 所示。

表 2.14 移位运算符

| 对 象 数 | 名 称 | 运 算 符 | 运 算 规 则 | 运 算 对 象 | 运 算 结 果 | 结 合 性 |
|---|---|---|---|---|---|---|
| 双目 | 左移 | << | a<<b,a 向左移 b 位 | 整型 | 整型 | 自左向右 |
| | 右移 | >> | a>>b,a 向右移 b 位 | | | |

移位运算符的优先级如下：算术运算符→移位运算符→关系运算符。

【例 2.12】 移位运算符应用示例 1。

```
main( )
{   unsigned short   x=6,y,z;
    y=x<<2;
    z=x>>2;
    printf("y=%hu,z=%hu",y,z);
}
```

运行结果为：

    y=24,z=1

运算过程分析：

$$x=: \underline{0000000000000110} \quad (x 为 6 的二进制数)$$
$$x<<2: 0000000000011000 \quad (y 为 24 的二进制数)$$
$$x>>2: 0000000000000001 \quad (z 为 1 的二进制数)$$

注意：在程序运行过程中，x 变量的值没有发生变化。

【例 2.13】 移位运算符应用示例 2。

```
main( )
{   short int x=–6,y,z;
    y=x>>2;
    z=x<<2;
    printf("y=%d,z=%d",y,z);
}
```

运行结果为：

    y=–2, z=–24

运算过程分析：

$$\underline{1111111111111010} \quad (x 为–6 的二进制数补码)$$
$$\underline{1111111111111110} \quad (y 为–2 的二进制数补码)$$
$$1111111111101000 \quad (z 为–24 的二进制数补码)$$

【例 2.14】 编写一个函数 getbits( )，其功能是从一个 16 位的单元中取出连续的几位（即该几位保留原值）。函数调用形式为：

    getbits(value,n1,n2)

其中，value 为该 16 位（两个字节）单元中的数据值，n1 为欲取出的起始位，n2 为欲取出的结束位。例如，getbits(0101675,5,8)表示对八进制 101675 将 16 位单元中的个数，的 16 位表示，将其取出它从左面起的第 5 位到第 8 位的数值。

分析：

① 首先构造一个 16 位的数，其值从左起第 n1 位到第 n2 位的值全为 1，其他位的值均为 0；

② 用构造好的数与输入的数进行位与运算，结果保留了输入数的第 n1 到第 n2 位的值，其他位的值均置为 0；

③ 将得到的值向右移 16–n2 位。

程序如下：

```
main( )
{      unsigned short a;
       int n1,n2;
       printf("Input an octal number:");
       scanf("%ho",&a);
       printf("Input n1,n2:");
       scanf("%d,%d",&n1,&n2);
       printf("result:%o\n",getbits(a,n1-1,n2));
}
getbits(unsigned short value,int n1,int n2)
{      unsigned short z;
       z=~0;                          /*z 各二进制位的值全为 1*/
       z=(z>>n1)&(z<<(16-n2));        /*z 的 n1 到 n2 位的值全为 1，其他位的值均为 0*/
       z=value&z;                     /*保留了 value 的第 n1 到第 n2 位的原值，其他位的值均置 0*/
       z=z>>(16-n2);                  /*将 z 的值右移 16-n2 位*/
       return(z);
       }
```

运行时提示和输入：

Input an octal number:101675✓

Input n1,n2:5,8✓

result:3

### 2.10.3　位自反赋值运算符

位自反赋值运算符是双目运算符，其前面必须是变量，后面是表达式。

位自反赋值运算符的运算对象、运算规则、结合性如表 2.15 所示。

表 2.15　位自反赋值运算符

| 对 象 数 | 名 称 | 运 算 符 | 运 算 规 则 | 运 算 对 象 | 运 算 结 果 | 结 合 性 |
|---|---|---|---|---|---|---|
| 双目 | 位与赋值 | &= | a&=b 相当于 a=a&(b) | 整型 | 整型 | 自右向左 |
| | 位或赋值 | l= | al=b 相当于 a=al(b) | | | |
| | 按位加赋值 | ^= | a^=b 相当于 a=a^(b) | | | |
| | 位左移赋值 | <<= | a<<=b 相当于 a=a<<(b) | | | |
| | 位右移赋值 | >>= | a>>=b 相当于 a=a>>(b) | | | |

位自反赋值运算符的优先级：位自反赋值运算符和赋值运算符、算术自反赋值运算符的优先级是相同的。

例如，设无符号整型变量 a 为 6，b 为 3，则有如下结果：

b&=a　　相当于 b=b&(a)，结果 a 不变，b 为 2，表达式值为 2。

bl=a　　相当于 b=bl(a)，结果 a 不变，b 为 7，表达式值为 7。

b^=a　　相当于 b=b^(a)，结果 a 不变，b 为 5，表达式值为 5。

a<<=b　　相当于 a=a<<(b)，结果 b 不变，a 为 48，表达式值为 48。

a>>=b　　相当于 a=a>>(b)，结果 b 不变，a 为 0，表达式值为 0。

【例 2.15】　编写程序，要求任意输入四位十六进制整数，以反序的方式输出该十六进制数。例如，若输入 6A8F，则输出 F8A6。

分析：对输入的四位十六进制整数，分别取得最低位、次低位、次高位和最高位的一位十六进制数，具体方法是，将该数分别与 0X000F、0X00F0、0X0F00 和 0XF000 进行按位与运算，然后分别左移 12 位、左移 4 位、右移 4 位和右移 12 位，再将所得的每一步移位求和。

程序如下：

```
main( )
{    unsigned short a,b;
     scanf("%4hx",&a);
     b=(a&0X000f)<<12;
     b+=(a&0X00f0)<<4;
     b+=(a&0X0f00)>>4;
     b+=(a&0Xf000)>>12;
     printf("%4hx\n",b);
}
```

【例 2.16】　编程实现：输入一个整数，判断它能否被 3、5、7 整除，并输出相应信息提示，包括以下几种情况：①能同时被 3、5、7 整除；②能被其中两个整除（要指出哪两个）；③能被其中一个整除（要指出哪一个）；④不能被 3、5、7 任一个数整除。

程序如下：

```
main( )
{    int x;char tag;
     printf("Input a integer number:");
     scanf("%d",&x);
     tag=0;
     if(x%3==0)
     tag=tag|4;
     if(x%5==0)
     tag=tag|2;
     if(x%7==0)
     tag=tag|1;
     switch(tag)
     {    case 0: printf("%d can not be divided by 3,5,7 exactly\n",x); break;
          case 1: printf("%d can   be divided by 7 exactly\n",x); break;
          case 2: printf("%d can   be divided by 5 exactly\n",x); break;
          case 3: printf("%d can   be divided by 5,7 exactly\n",x); break;
          case 4: printf("%d can   be divided by 3 exactly\n",x); break;
          case 5: printf("%d can   be divided by 3,7 exactly\n",x); break;
          case 6: printf("%d can   be divided by 3,5 exactly\n",x); break;
          case 7: printf("%d can   be divided by 3,5,7 exactly\n",x); break;
     }
}
```

程序中，tag 变量个位为 1 代表能被 7 整除，十位为 1 代表能被 5 整除，百位为 1 代表能被 3 整除。

## 2.11　运算符的结合性和优先级总结

每一种运算符都有一个优先级，优先级用来标识运算符在表达式中的运算顺序。C 语言将运算符分为 15 个优先级，优先级高的先运算，优先级低的后运算，优先级相同时，由结合性决定运算顺序。常用运算符及其优先级和结合性见附录 B。当然，可以使用圆括号改变运算的顺序。结合性也标识运算符在表达式中的运算顺序。大多数运算符的结合性是从左至右，只有3类运算符的结合性是从右至左，它们是：单目运算符、三目运算符和赋值运算符。

# 习 题 2

## 一、选择题

1. 下面四个选项中，均是合法整型常量的是（    ）。

    A．160, −0xffff, 011                 B．−60, 0fa, 0xe

    C．−01, 986,012, 0668              D．−0x48a, 2e5, 0x

2. 类型修饰符 unsigned 修饰（    ）类型是错误的。

    A．char            B．int            C．long int            D．float

3. 下列不正确的字符常量是（    ）。

    A．'\105'            B．'*'            C．'\4f'            D．'\a'

4. 下列不正确的字符串常量是（    ）。

    A．"\"yes\"or\"No\""    B．"\'OK!\' "           C．"abcd\n"           D．"ABC\0"

5. 下列变量名正确的是（    ）。

    A．CHINA          B．byte-size        C．double           D．A+a

6. 下列转义字符不正确的是（    ）。

    A．'\\'             B．'\"'            C．'074'            D．'\0'

7. 下面四个选项中，均是 C 语言关键字的是（    ）。

    A．auto; enum; include          B．switch; typedef; continue

    C．signed; union; scanf           D．if; struct; type

8. 下列程序执行后的输出结果是（    ）。

```
main( )
{     short int a=−32769;
      printf("%hd\n",a);}
```

    A．32769          B．−32769        C．32767           D．−32767

9. 设 x、y、z 和 k 都是 int 型变量，则执行表达式 x=(y=4, z=16, k=32)后，x 的值为（    ）。

    A．4             B．16            C．32            D．52

10. 若有以下定义，则表达式 a*b+d−c 值的类型为（    ）。

```
char a; int b;
float c; double d;
```

    A．float          B．int            C．char           D．double

11. 设有如下的变量定义，则满足 C 语言语法的表达式是（    ）。

```
int i=8, k, a, b;
unsigned long w=5;
double x=1.42, y=5.2;
```

    A．a+=a−=(b=4)*(a=3)          B．x%(−3);

    C．a=a*3=2                  D．y=float(i)

12. 假定有以下变量定义，则能使值为 3 的表达式是（    ）。

    int k=7, x=12;

　　A．x%=(k%=5)　　　　B．x%=(k−k%5)　　　　C．x%=k−k%5　　　　D．(x%=k)−(k%=5)

13．表示关系 x≤y≤z 的 C 语言表达式为（　　）。

　　A．(x<=y)&&(y<=z)　　B．(x<=y)AND(y<=z)　　C．(z<=y<=z)　　　　D．(x<=y)&(y<=z)

14．已知：int a=5;float b=5.5; ,在下列表达式中，有语法错误的是（　　）。

　　A．a%3+b　　　　　　B．b*b&&++a　　　　　C．(a>b)+(int(b)%2)　　D．−−a+b

15．能使变量 i 的值变为 4 的选项是（　　）。

　　A．int i=0, j=0;　i+=j++;　　　　　　　　B．int i=1, j=0;　j=i=((i=3)*2);

　　C．int i=0, j=1;　(j==1)?(i=1):(i=3);　　　D．int i=1, j=1;　i+=j+=2;

16．以下程序的输出结果是（　　）。

　　A．10 10　　　　　B．12 12　　　　　　C．11 10　　　　　D．11 13

```
main（）
{    int a=12, b=12;
     printf（"%d %d\n", −−a, ++b）;}
```

17．设变量 n 为 float 类型，m 为 int 型，则以下能实现将 n 中数据保留小数点后两位，第三位进行四舍五入运算的表达式是（　　）。

　　A．n=(n*100+0.5)/100.0　　　　　　　B．m=n*100+0.5,n=m/100.0

　　C．n=n*100+0.5/100.0　　　　　　　　D．n=(n/100+0.5)*100.0

18．若有如下程序，运行该程序的输出结果是（　　）。

```
main()
{    int y=3,x=3,z=1;
     printf("%d%d\n",(++x,y++),z+2);
}
```

　　A．34　　　　　　　B．42　　　　　　　C．43　　　　　　　D．33

19．语句 printf("a\bre\'hi\'y\\\bou\n");的输出结果是（　　）。

　　A．a\bre\'hi\'y\\\bou　　　　　　　　B．a\bre\'hi\'y\bou

　　C．re'hi'you　　　　　　　　　　　　D．abre'hi'y\bou

20．下列程序执行后的输出结果是（　　）。

```
main()
{    char x=0xFFFF;
     printf("%d\n",x−−);
}
```

　　A．−32767　　　　B．FFFE　　　　　　C．−1　　　　　　　D．−32768

21．下列程序执行后的输出结果是（　　）。

```
main()
{    int x='f';
     printf("%c\n",'A'+(x−'a'+1));
}
```

　　A．G　　　　　　　　B．H　　　　　　　　C．I　　　　　　　　D．J

22．用十进制数表示表达式 12|012 的运算结果是（　　）。

　　A．1　　　　　　　　B．0　　　　　　　　C．14　　　　　　　D．12

23. 设字符型变量 a=3，b=6，计算表达式 c=（a^b）<< 2 后，c 的二进制值是（　　）。

　　A．00011100　　　　　B．00000111　　　　　C．00000001　　　　　D．00010100

## 二、计算表达式的值

1. 计算 3.5*3+2*7-'a'的值。

2. 计算 26/3+34％3+2.5 的值。

3. 计算 45/2+(int)3.14159/2 的值。

4. 已知 int a,b;求表达式 a=3*5,a=b=3*2 的值。

5. 已知 int a=3,b,c;求下列表达式的值

　　A．a=b=(c=a+=6);　　　　　B．(int)(a+6.5)％2+(a=b=5);

6. 已知 int a=7;float x=2.5,y=4.7;求表达式 x+a％3*(int)(x+y)％2/4 的值。

7. 已知 int a=2,b=3;float x=3.5,y=2.5;求表达式(float)(a+b)/2+(int)x％(int)y 的值。

8. 已知 int i=10,j=5;求下列表达式的值。

　　A．++i-j--;　　　　　B．i=i*=j;　　　　　C．i=3/2*(j=3-2);

9. 已知 int a=5,b=3;求下列表达式的值。

　　A．!a&&b++;　　　　　B．a||b+4&&a*b;　　　　　C．a=1,b=2,a>b?++a:++b;

　　D．++b,a=10,a+5;　　　　　E．a+=b％=a+b;　　　　　F．a!=b>2<=a+1;

10. 已知 int i=3,j=4,k=5,x,y;求下列表达式的值。

　　A．'i'&&'j';　　　　　　　　B．i<=j;

　　C．i||j+k&&j-k;　　　　　　D．!((i<j)&&!k||1);

　　E．i+j>k&&j==k;　　　　　F．i||j+k&&j-k;

　　G．!(i>j)&&!k||1;　　　　　H．!(x=i)&&(y=j)&&0;

　　I．!(i+j)+k-1&&j+k/2;

11. 已知，字符'1'的 ASCII 码值为 49，求下列表达式的值。

　　A．3+2<<1+1;　　　　　B．5％-3*2/6-3;

　　C．8==3<=2&5;　　　　　D．6>=3+2-('0'-7);

## 三、简答题

1. 常量有哪几种类型？它们的含义是什么？

2. 字符常量与字符串常量有什么区别？

3. 变量的类型有什么作用？

4. 在 C 语言中，哪些运算符可以使变量的值被改变？

5. 什么是表达式？表达式的值如何计算？

6. 表达式在进行计算时，其类型是如何确定的？

7. C 语言中，对类型转换有哪些规定？

## 四、程序设计

1. 从键盘上输入两个整型数，比较其大小，并输出其中较小的。

2. 编程实现：输入千米数，输出其英里数。已知 1 英里=1.609 34 千米。

3. 从键盘上输入任意一个小写字母，然后将该字符转换为对应的大写字母并输出，同时输出该字母的 ASCII 编码。

# 第 3 章　语句与流程控制

程序是由多条语句组成的，描述了计算机的执行步骤。人们利用计算机解决一个问题时，必须预先将问题转化为用计算机语句描述的解题步骤，即程序。也就是说，当程序在计算机上执行时，程序中的语句用来完成具体的操作和控制计算机的执行流程，但是程序的执行并不一定是语句的书写顺序，程序中语句的执行顺序称为"程序结构"。如果程序中的语句是按照书写顺序执行的，则称其为"顺序结构"；如果某些语句是按照当时的某个条件来决定是否执行的，则称其为"选择结构"；如果某些语句要反复执行多次，则称其为"循环结构"。

## 3.1　三种基本的程序控制结构

程序设计理论已经证明，任何程序均可由三种基本结构组成，这三种基本结构分别是顺序结构、选择结构和循环结构，如图3.1所示。

图 3.1　程序的三种基本结构

① 顺序结构：从前向后顺序执行 $S1$ 语句和 $S2$ 语句，当 $S1$ 语句执行完后才执行 $S2$ 语句。

② 选择结构：根据条件有选择地执行语句。当条件成立（真）时执行 $S1$ 语句，当条件不成立（假）时执行 $S2$ 语句。

③ 循环结构：有条件地反复执行 $S1$ 语句（也称为循环体），直到条件不成立时终止循环，控制转移到循环体外的后继语句。

以上三种形式是编写程序的基本结构，无论多么复杂和庞大的程序，其模块内部或模块之间都是由三种基本结构组成的。因此，任何一种程序设计语言都会提供与之对应的语句，用其完成程序中的流程控制。

## 3.2　数据的输入与输出

完整的程序都应含有数据的输入和输出功能。没有输出功能的程序是没有用处的，因为运算结果看不见；没有输入功能的程序缺乏灵活性，每次运行只能对相同的数据进行加工，所以输入和输出是程序中不可缺少的部分。一般程序都由三部分组成：输入原始数据部分、计算处理部分和输出结果部分。其他高级语言均提供了输入和输出语句，而 C 语言无输入/

输出语句。为了实现输入和输出功能，在 C 的库函数中提供了一组输入/输出函数，其中，scanf和 printf 函数是针对标准输入/输出设备（键盘和显示器）进行格式化输入/输出的函数。

### 3.2.1 格式化输出函数

printf 函数的调用形式：

**printf(输出格式字符串 ，输出表达式表);**

其中，"输出格式字符串"是由控制输出格式的字符组成的字符串；"输出表达式表"是用逗号分隔的若干个表达式。

printf 函数的功能是按自右向左的顺序，依次计算"输出表达式表"中各表达式的值，然后按照"输出格式字符串"中规定的格式输出到屏幕上。

说明：输出格式字符串是由双引号括起的一串字符，如"China"，用来说明输出表达式表中各表达式的输出格式。输出表达式表中的表达式（常量、变量或表达式）之间用逗号分开。若没有输出表达式表，且输出格式字符串中不含控制输出格式的字符，则输出的是输出格式字符串本身。使用 printf 函数有如下两种基本形式。

#### 1. 普通字符串的输出

调用输出函数 printf 的格式如下：

**printf(字符串);**

字符串中不含输出格式字符，它的功能是按原样输出字符串。

例如：

printf("How are you\n");

在屏幕上输出显示 How are you 之后换行，'\n'表示换行控制字符。

#### 2. 格式化输出函数

调用输出函数 printf 的格式如下：

**printf(输出格式字符串，输出表达式表);**

例如：

printf("r=%d，s=%f\n"，2，3.14*2*2);

先计算 3.14*2*2 表达式的值 12.56，在屏幕上输出显示 r=2，s=12.560000。用格式%d输出整数 2，用%f 输出 3.14*2*2 的值 12.56，%f 格式要求输出 6 位小数，故在 12.56 后面补4 个 0。"%d"和"%f"是格式字符，"r="、"，"和"s="是非格式输出字符，非格式输出字符按原样输出。

格式字符分为整型、无符号整型、单精度实型、双精度实型、字符型、字符串型。格式字符的名称、书写格式、控制的数据对象、宽度控制方法如表 3.1 所示。

表 3.1　输出格式字符表

| 格 式 字 符 | 数 据 对 象 | 输 出 形 式 | 输 出 格 式 |
|---|---|---|---|
| %-md | int<br>short<br>char<br>unsigned short<br>unsigned char | 十进制整数 | 无 m，按实际位数输出；<br>有 m，输出 m 位；<br>超过 m 位，按实际位数输出，<br>不足 m 位，补空格；<br>无–，右对齐（左补空格）；<br>有–，左对齐（右补空格） |
| %-mo | | 八进制整数 | |
| %-mx | | 十六进制整数 | |
| %-mu | | 无符号整数 | |

（续表）

| 格 式 字 符 | 数 据 对 象 | 输 出 形 式 | 输 出 格 式 |
|---|---|---|---|
| %-mld(%-mhd) | long<br>unsigned long<br>(short)<br>(unsigned short) | 十进制长（短）整数 | 无 m，按实际位数输出；<br>有 m，输出 m 位；<br>超过 m 位，按实际位数输出；<br>不足 m 位，补空格；<br>无-，右对齐（左补空格）；<br>有-，左对齐（右补空格） |
| %-mlo(%-mho) | | 八进制长（短）整数 | |
| %-mlx(%-mhx) | | 十六进制长（短）整数 | |
| %-mlu(%-mhu) | | 无符号长（短）整数 | |
| %-m.nf | float<br>double | 十进制小数 | 无 m.n，按实际位数输出；<br>有 m.n，输出 n 位小数，总宽度为 m；<br>超过 m 位，按实际位数输出；<br>不足 m 位，补空格；<br>无-，右对齐（左补空格）；<br>有-，左对齐（右补空格） |
| %-m.ne | | 十进制指数 | |
| %g | | 自动选取 f 或 e 的格式 | |
| %-mc | char<br>int<br>short | 单个字符 | 无 m，输出单个字符；<br>有 m，输出 m 位，补空格；<br>无-，右对齐（左补空格）；<br>有-，左对齐（右补空格） |
| %-m.ns | 字符串 | 一串字符 | 无 m.n，按实际字符串输出全部字符；<br>有 m.n，仅输出前 n 个字符，补空格；<br>无-，右对齐（左补空格）；<br>有-，左对齐（右补空格） |

注意：①其中的 m 或 n 是正整数，m 是输出数据的宽度，n 是小数位的位数或字符串的实际输出字符数。②0～127 之间的整数可以用"%-mc"格式输出对应的字符；字符型数据可以用"%-md"、"%-mo"、"%-mx"和"%-mu"格式输出对应的整数。

下面举例说明 printf( )函数的使用方法。

【例 3.1】 用 printf( )函数输出整数和字符。

```
main( )
{    char c1='A';
     printf("%c   %d",c1,c1);
}
```

运行结果为：

A   65

【例 3.2】 用 printf( )函数输出十进制整数、八进制整数和十六进制整数。

```
main( )
{    int i=123;
     printf("%d   %o   %x",i,i,i);
}
```

运行结果为：

123   173   7b

【例 3.3】 用 printf( )函数输出字符串。

```
main( )
{    printf("%10s\n","hello");
     printf("%-10s\n","hello");
}
```

运行结果为：

␣␣␣␣␣hello

hello ␣␣␣␣␣

其中，符号"␣"表示空格，实际输出为空，%与格式符 s 之间的 10 表示域宽，当域宽大于参数的实际长度时，输出参数的值以右边对齐的方式输出，前面补空格。若在 10 前加一个负号（−），则输出参数的值以左边对齐的方式输出，后面补空格。当域宽小于参数的实际长度时，域宽不起作用，按参数的实际长度输出。

【例 3.4】 printf 函数的几种输出示例。

```
main( )
{    float y=45.4356;
     printf("%9.4f\n",y);
     printf("%0.4f\n",y);     printf("%0.3f\n",y);     printf("%f\n",y);
}
```

运行结果为：

␣ ␣45.4356

45.4356

45.436

45.435600

## 3.2.2  格式化输入函数

scanf 函数的调用形式：

**scanf(输入格式字符串 ， 输入变量地址表)；**

输入格式字符串是由控制输入格式的字符组成的字符串；输入变量地址表是用逗号分隔的若干个接收输入数据的变量地址。

scanf 函数的功能是按照"输入格式字符串"中规定的格式从键盘读取若干个数据，按"输入变量地址表"中变量的顺序，依次存入对应的变量。

输入格式字符串是由格式字符和非格式字符组成的，通常是一个字符串常量。其中非格式字符作为输入时数据的分隔符，必须原样输入；而格式字符对应的数据，必须按规定的格式输入。对数值型格式来讲，在输入格式字符串中有多个格式字符而没有非格式字符分隔时，用键盘输入数据时，默认分隔符为按空格键、Tab 键或回车键。注意，单个字符的输入分隔符不起作用。

格式字符分为整型、无符号整型、单精度实型、双精度实型、字符型、字符串型。格式字符的名称、控制的数据对象、数据输入形式和方法如表 3.2 所示。

表 3.2  输入格式字符表

| 格 式 字 符 | 数 据 对 象 | 输 入 形 式 | 数据输入方法 |
|---|---|---|---|
| %md | int | 十进制整数 | 无 m，按实际位数输入； |
| %mo | short<br>unsigned int | 八进制整数 | 有 m，则输入 m 位，不足 m 位则跟回车键 |
| %mx | unsigned short | 十六进制整数 | |
| %mld(%mhd) | long | 十进制长（短）整数 | 无 m，按实际位数输入； |
| %mlo(%mho) | unsigned long<br>(short) | 八进制长（短）整数 | 有 m，则输入 m 位，不足 m 位则跟回车键 |
| %mlx(%mhx) | (unsigned short) | 十六进制长（短）整数 | |
| %mf<br>%me | float | 十进制小数<br>十进制指数 | 无 m，按实际位数输入；<br>有 m，则输入 m 位，不足 m 位则跟回车键 |

（续表）

| 格 式 字 符 | 数 据 对 象 | 输 入 形 式 | 数 据 输 入 方 法 |
|---|---|---|---|
| %mlf<br>%mle | double | 十进制小数<br>十进制指数 | 无 m，按实际位数输入；<br>有 m，则输入 m 位，不足 m 位则跟回车键 |
| %mc | char | 单个字符 | 无 m，仅取单个字符；<br>有 m，则输入 m 位，仅取第一个字符 |
| %ms | 字符串 | 一串字符 | 无 m，取若干字符直到回车或空格为止；<br>有 m，则仅取前 m 个字符 |

注意，其中的 m 是一个正整数，主要用来控制输入数据的位数。m 可以省略，省略时，可以用非格式字符作为两个数据的间隔；也可以在输入时按空格键、Tab 键或回车键作为两个输入数据的间隔。用%c 作为输入格式字符时，仅接受单个字符。从键盘输入单个字符后应跟回车键作为输入格式字符时，此时回车键作为一个字符将存放在键盘缓冲区，如果下面再有%c 作为输入格式字符，将不再读键盘，而从键盘缓冲区取出没有读完的"回车键"。

【例 3.5】 scanf 函数中的输入格式字符串与程序运行时键盘输入格式的比较。

```
main( )
{    int a,b,c,d;
     char c1;
     scanf("%d %d %d %c",&a,&b,&c,&c1);
     d=a+b+c;
     printf("%c=%d\n",c1,d);
}
```

运行时输入：1 ⊔ 2 ⊔ 3 ⊔ s✓。数字之间必须有空格分隔，因为 scanf("%d %d %d %c",&a, &b,&c,&c1);语句中每两个%d 之间有空格。

输出结果为：s=6

```
main( )
     {int a,b,c,d;
     char c1;
     scanf("%d%d%d%c",&a,&b,&c,&c1);
     d=a+b+c;
     printf("%c=%d\n",c1,d);
}
```

运行时输入：1 ⊔ 2 ⊔ 3s✓

输出结果为：s=6

当有多个数据输入时，一定要注意数据之间所使用的分隔符。

例如，若有：

scanf("%3d%3d",&x,&y);

若输入数据格式为：1234 ⊔ 56789✓，则将 123 赋给 x，4 赋给 y。

若输入数据格式为：123456✓，则将 123 赋给 x，456 赋给 y。

再如，若有：

scanf("%c%c%c",&c1,&c2,&c3);

若输入数据格式为：a ⊔ b ⊔ c✓或 abc✓，则赋值结果是一样的，即将 a 赋给 c1，c 赋给 c2，b 赋给 c3。

在有多个数据输入时，若 scanf( )函数中的格式控制字符串有自定义的数据分隔符，则必须按自定义的分隔符原样输入。

【例3.6】 用自定义的数据分隔符 "," 方式输入数据。

```
main( )
{    int x,y;
     char c;
     scanf("%d,%d,%c",&x,&y,&c);
     printf("%d,%d,%c\n",x,y,c);
}
```

数据输入格式必须为：10,20,a✓

输出结果为：10，20，a

若输入数据格式为：10 20 a，则变量 y 和 c 不能获得数据 20 和 a。这样就会使程序的计算结果产生错误。为了说明此问题，看下面一个例子。

【例3.7】 用逗号(,)字符分隔方式输入数据。

```
main( )
{    int x,y;
     scanf("%d,%d",&x,&y);
     x+=y;
     printf("%d,%d",x,y);
}
```

数据输入格式必须为：50,100✓

输出结果为：150,100

若输入数据格式为：50 100✓，则输出结果为：−858 993 410，−858 993 460（这是一个错误的结果）。

由例 3.7 可以看出，在输入数据时，如果不注意数据的输入格式，尽管程序是正确的，但因为输入的数据格式不对，将造成计算结果出错。在这里特别提醒初学者，对于这种错误，应给予足够的认识。

# 3.3 字符输入与输出函数

## 3.3.1 字符输入函数

字符输入函数的调用形式：

**getchar( )**

getchar( )函数没有参数（即括号内不填写任何内容）。函数的功能是从键盘读取单个字符。执行该函数时，机器等待用户从键盘输入一字符并返回其值。接收该函数值时，可以用字符型或整型变量，也可以直接作为一个操作数参与运算。通常使用的方式是采用下列语句：

**变量=getchar( );**

例如：char c1,c2;

c1=getchar( );

c2=getchar( )+1;   /*getchar( )作为运算对象*/

第一个语句定义了两个 char 型的变量 c1、c2；第二个语句是将从键盘输入的一个字符通过 getchar( )函数读入到程序中，并赋值给变量 c1；第三个语句是将从键盘输入的下一个字

符也读入到程序中，并与常数 1 进行相加运算，最后将计算结果赋值给变量 c2。注意，getchar( )
函数一次只能从键盘读取一个字符。

### 3.3.2　字符输出函数

字符输出函数的调用形式：

**putchar(c);**

参数 c 可以是字符常量、字符变量或整型表达式，若为整型表达式，则其值应在 0～127 之间。

putchar( )函数的功能是将参数 c 对应的字符输出到屏幕上的当前光标处。通常有下列两
种语句形式：

putchar(字符变量);

或　putchar('字符');

【例 3.8】　putchar( )和 getchar( )函数的应用。

```
#include <stdio.h>        /*插入标准输入输出库函数头文件*/
main( )
{     char c1,c2;
      c1=getchar( );
      c2=getchar( )+1;
      putchar(c1);
      putchar(c2);
}
```

输入：ab✓

输出结果：ac

该程序的第一个 putchar(c1)语句，是将变量 c1 中的字符输出到显示器上；第二个
putchar(c2)语句，是将变量 c2 中的字符输出到显示器上。

注意：

①　要使用标准的输入/输出函数，必须在程序的开始增加一个命令#include <stdio.h>。
它的作用是告诉 C 语言的编译系统，该程序中将用到标准的输入/输出函数。但 printf( )和 scanf( )
两个函数可以不加#include <stdio.h>。

②　在例 3.8 中，若从键盘输入两个字符（如 a 和 b），正确的输入方法是：先用键盘输
入字母 a 和 b，然后才能按回车键。而不能输入一个 a 字母，按一次回车键，再输入一个 b
字母，再按一次回车键。

# 3.4　顺序结构语句

### 3.4.1　语句概述

C 语言源程序的基本组成单位是函数，而函数是由很多语句组成的。语句分为基本语句
和复合语句，基本语句按功能可分为两类：一类用于描述计算机要进行的操作和运算（如赋
值语句）；另一类控制操作和运算的执行顺序（如循环控制语句）。操作和运算类语句通常叫
做运算型语句，变量定义等各种定义和声明语句统称为数据描述语句。C 语言的基本语句归
纳如图 3.2 所示。

图 3.2　C 语言的基本语句

### 3.4.2　顺序结构语句概述

C 语言语句中，以分号作为语句的结束符。因此，一个 C 语言程序函数是由若干个带有分号的语句（复合语句除外）组成的。无论一条语句的内容有多长，只要它中间没有分号，就认为是一条语句。但有些情况除外，如 for 语句中三个表达式之间的两个分号不是语句结束符，是分隔符，它属于 for 语句的语法要求。

例如：for(i=0;i<10;i++)

　　　printf("a%d=%c\n",i,'*');

整个是一条语句，最后的分号才是语句结束符。

C 语言中有四种语句是顺序执行的，它们是：表达式语句、空语句、函数调用语句和复合语句。

#### 1．表达式语句

所谓表达式语句，就是在表达式后面加一个分号所构成的语句。有些表达式语句并没有实际意义，但从语法上讲，它是合法的。例如：

　　　i>j;

　　　i;

　　　1*2;

这三个语句无实际意义，因为它们没有保存计算结果，对程序的功能不产生任何影响，只是延长了执行时间，但它是合法的语句。

又如赋值语句 j=i=1;的作用是给变量赋一个新值，也属赋值语句。语句 i++;中，i 变量的新值的大小取决于原值加"1"。

### 2．空语句

空语句是仅由一个分号表示的语句，其格式为：

```
;
```

它不产生任何作用（此语句主要用于循环语句的循环体和标号所标识的语句）。

### 3．函数调用语句

当函数定义好以后，可在程序中使用如下语句来代替整个函数块：

**函数名（参数表）；**

此方法称为函数调用，函数名、括号及括号内的参数表就是函数表达式，函数调语句由函数表达式加一个分号组成。例如：

```
printf("NORTHWEST UNIVERSITY\n");
sqrt(3);
```

虽然函数是一段程序，但是函数的调用是作为语句的形式出现的，且执行顺序是由前向后。

### 4．复合语句

复合语句是由一对花括号括起来的若干语句组成的。复合语句中可以有说明部分，对复合语句中用到的变量进行定义。例如：

```
{    int   sum=0;
     sum+=i;
     i++;
}
```

复合语句是一个整体，可以存在于程序中允许语句出现的任何地方，从逻辑上讲，它是一个语句，即单个语句。复合语句的结束不需要用分号（；）作为语句的结束符，复合语句的右大括号"}"就有语句结束符的作用。如果加一个分号，则表示在复合语句之后多了一个空语句。

### 3.4.3　程序举例

【例 3.9】　从键盘输入一个任意的小写英文字母，将其转换成对应的大写字母后输出。
程序如下：

```
main( )
{    char c;
     printf("请输入一个小写英文字母：");
     scanf("%c",&c);
     c=c-32;
     printf ("%c",c);
}
```

执行过程如下。
请输入一个小写英文字母：a✔

输出结果：A

前面已经介绍，字符在计算机中以 ASCII 码形式存储，要将一个字符变为另一个字符，只要将它的存储编码变换一下，ASCII 是一个编码（0～127 的整数），故在 C 语言中，字符的转换问题实际上是一个整数的计算问题。由于每个小写字母的 ASCII 编码值比它的大写字母的 ASCII 编码值大 32，所以只要减去 32，便是大写字母的 ASCII 码。

下列程序也能完成同样的任务。

```
#include<stdio.h>
main( )
{    char c;
     printf（"请输入一个小写英文字母："）;
     c=getchar( );
     c=c-32;
     putchar(c);
}
```

在程序中，因为调用了 getchar( )和 putchar( )函数，程序的开头必须加#include<stdio.h>命令。语句 c=getchar( );的作用和 scanf("%c",&c);相同；语句 putchar(c);的作用和 printf ("%c",c);相同。

【例 3.10】 求一元二次方程式 $ax^2+bx+c=0$ 的根。$a, b, c$ 的值在运行时由键盘输入。它们的值满足 $b^2-4ac\geqslant 0$。

求根公式：$x_1=\dfrac{-b+\sqrt{b^2-4ac}}{2a}$，$x_2=\dfrac{-b-\sqrt{b^2-4ac}}{2a}$。

计算结果 $x_1$ 和 $x_2$ 为方程的根。

程序如下：

```
/*求一元二次方程式的根*/
#include<math.h>
main( )
{    float a,b,c,x1,x2;
     scanf("%f%f%f",&a,&b,&c);
     x1=(-b+sqrt(b*b-4*a*c))/(2*a);
     x2=(-b-sqrt(b*b-4*a*c))/(2*a);
     printf("x1=%f,x2=%f\n",x1,x2);
}
```

运行情况如下。

输入：4.5 8.8 2.4↙

输出：x1=-0.327612        x2=-1.627944

【例 3.11】 财务人员给员工发工资时经常遇到这样一个问题，即根据每个人的工资额（以元为单位）计算出各种面值的钞票的张数，且要求总张数最少。例如，假设某职工工资为 436 元，发放方案为：100 元 4 张，20 元 1 张，10 元 1 张，5 元 1 张，1 元 1 张。编程实现此功能。

实现程序如下：

```
main( )
{    int  gz;
     int m100,m50,m20,m10,m5,m2,m1;
     printf("请输入工资:");
     scanf("%d",&gz);
     printf("工资=%d\n",gz);
```

```
            m100=gz/100;gz=gz%100;        /*求 100 元的张数之后，gz 中才存放剩余的金额数*/
            m50=gz/50;gz=gz%50;
            m20=gz/20;gz=gz%20;
            m10=gz/10;gz=gz%10;
            m5=gz/5;gz=gz%5;
            m2=gz/2;
            m1=gz%2;
            printf("100 元：%d 张\n 50 元:%d 张\n", m100,m50);
            printf(" 20 元：%d 张\n 10 元:%d 张\n",m20,m10);
            printf("  5 元：%d 张\n  2 元:%d 张\n",m5,m2);
            printf("  1 元：%d 张\n", m1);
    }
```

程序中定义了整型变量，使用了整型数据的除法，求余运算。对于变量命名问题，前面已介绍，从语法上讲，一个变量名只要符合命名规则就是合法的，但在实际编程时，变量名除了要符合语法规则外，还要便于阅读，最好做到见名知义。例如，变量 m100 代表面额为 100 元的钞票的张数。除变量名约定之外，在编写程序中应加入必要的注释说明，使程序的可阅读性大大提高。

# 3.5 选择结构语句

选择结构语句的作用是，在程序执行中能依据运行时某些变量的值确定某些操作是执行还是不执行。C 语言提供了两种选择结构语句，if 语句和 switch 语句，用来在程序中根据不同的条件选择不同的程序段来执行。

## 3.5.1 选择性问题

在实际工作中，假设要计算函数 $y(x)$ 的值，函数表示如下：

$$y(x)=\begin{cases} 1 & x>0 \\ 0 & x=0 \\ -1 & x<0 \end{cases}$$

在编程过程中，仅仅靠程序的顺序结构难以完成，程序的书写永远是顺序的，但必须要有对顺序书写的语句进行有选择的执行，这就是选择结构语句的功能。

程序如下：

```
main( )
{    int x,y;
     printf("请输入 X 的值：");
     scanf("%d",&x);
     if(x>0)
     y=1;
     else if(x==0)
           y=0;
         else y=-1;
     printf("y=%d\n",y);
}
```

可以看出，书写是顺序的，执行是有选择的。这是用 if 语句来实现的，if 语句用来判定所给的条件是否满足，根据判定的结果（真或假）决定执行语句中给出的两种操作之一。

### 3.5.2 if 条件语句

C 语言提供了 if 条件语句的两种基本形式：一种是不带 else 的 if 语句；另一种是带 else 的 if 语句。

**1. 不带 else 的 if 语句（即 if 语句）**

语句格式：

**if（表达式）语句**

在 if 语句中，表达式为判断的条件，语句为内嵌语句，内嵌语句只能是一个语句。注意，内嵌语句的结束符也是 if 语句的结束符。

图 3.3 if 语句执行过程

if 语句执行过程如图 3.3 所示，首先，计算表达式的值；当表达式的值为真（非 0）时，执行内嵌语句，否则什么也不做，顺序向下执行后一条语句。

例如：

    if(a<b)    a=b;

如果表达式 a<b 的值为真，则执行 a=b;，否则（即表达式值为假），不执行语句 a=b;。这个条件语句执行完后，a 中存放的是 a、b 两数中较大的一个。

在程序设计中，当遇到某段语句只有在某种特定条件下才被执行时，就应该用 if 语句来控制，这段语句应变为复合语句并为 if 语句的内嵌语句。

【例 3.12】 任意输入一个整数，求其绝对值并输出。

分析：输入一个整数，此数可以是正数、零或负数，若为负数，则将其转化为正数；若为正数或零，直接输出 x 的值。注意，变量 x 的值在程序运行过程中有可能改变。

程序如下：

```
main( )
{    int x;
     printf("请输入一个整数:");
     scanf("%d",&x);
     if(x<0)    x= -x;
     printf("%d\n",x);
}
```

在该程序中，只有当条件(x<0)为真，才执行 x=-x;语句。

【例 3.13】 任意输入两个实数，将其按由大到小的次序输出。

分析：从键盘输入两个实数，分别存入变量 a 和 b 中，如果条件(a>=b)为真，则执行 printf("%f, %f\n",a,b);，如果条件(a<b)为真，则执行 printf("%f, %f\n",b,a);。

程序如下：

```
main( )
{    float a,b;
     printf("请输入两个实数:");
     scanf("%f%f",&a,&b);
     if(a>=b) printf("%f,%f\n",a,b);
     if(a<b)    printf("%f,%f\n",b,a);
}
```

该程序也可采用下列方法：如果条件(a<b)为真，则交换两变量中的值，否则什么也不做。程序如下：

```
main()
{    float   a,b,t;                       /*变量 t 是变量 a 和 b 值交换时所需的中间变量*/
     printf("请输入两个实数：");
     scanf("%f%f",&a,&b);
     if(a<b)
     {t=a; a=b; b=t; }                    /*变量 a 和 b 值交换时所需的中间变量 t*/
          printf("%f,%f\n",a,b);
}
```

程序运行如下。

请输入两个实数：8.2   10.3✓

输出结果：10.300000，8.200000

注意，凡在程序中要交换两个变量的值，必须借助第三个变量才能完成，这第三个变量称为中间变量。具体可分三步：先将第一个变量的值放如入中间变量中；再将第二个变量的值放入第一个变量中；最后将中间变量的值放回到第二个变量中，这样就完成了两个变量值的交换。

**2．带有 else 的 if 语句（即 if…else 语句）**

语句格式：

    **if（表达式）语句 1    else    语句 2**

这里的语句 1 和语句 2 也是内嵌语句，它们分别也只能是一条语句。

带有 else 的 if 语句的执行过程如图 3.4 所示。首先，计算表达式的值；然后，表达式的值为真（非 0）时，执行语句 1；为假（0）时，执行语句 2；最后顺序向下执行。

图 3.4   if…else 语句执行过程

该语句与不带 else 的 if 语句是不同的，这里语句 1 和语句 2 必须根据条件选择其一执行。对于例 3.13，当条件(a>=b)时，执行 printf("%f,%f\n",a,b);。当条件(a<b)时，执行 printf("%f,%f\n",b,a);。

下面程序是一个 if…else 语句的示例：

```
main()
{    float    a,b;
     printf（"请输入两个实数:"）;
     scanf("%f%f",&a,&b);
     if(a>=b) printf("%f,%f\n",a,b);
          else   printf("%f,%f\n",b,a);
}
```

【例 3.14】 输入三个整数，输出其中最大的一个。

分析：要输出最大的一个，必须将三个数进行比较，先比较其中两个，获得较大的，再去同第三个数比较，最后得到三个数中最大的。要进行两个数的比较，经常用到 if 语句，比较的结果可以作为下一步操作的条件。

程序如下：

```
main( )
{    int a,b,c,max;
     printf("请输入三个整数:");
     scanf("%d%d%d",&a,&b,&c);
     if (a>=b)                    /*求 a,b 中的大者存入变量 max 中*/
     max=a;
else
     max=b;
if (max>=c)
     printf("最大的数为:%d\n",max);
else
     printf("最大的数为:%d\n",c);
}
```

上面程序也可以写成：

```
main( )
{    int a,b,c,max;
     printf("请输入三个整数:");
     scanf("%d%d%d",&a,&b,&c);
     if (a>=b)
          max=a;
     else
          max=b;
     if(c>max)
          max=c;
     printf("最大的数为:%d\n",max);
}
```

**【例 3.15】** 输入三个数，按从小到大的顺序输出。

分析：用变量 a、b、c 分别存放三个数，比较后，a 中存放最小值，c 中存放最大值，b 中存放中间值。

如果(a>b)，将 a 和 b 对调（a 是 a、b 中的小者）。

如果(a>c)，将 a 和 c 对调（a 是 a、c 中的小者，也就是 a、b、c 中的最小者）。

如果(b>c)，将 b 和 c 对调（b 是 b、c 中的小者，也就是三者中的次小者）。

程序如下：

```
main( )
{    float    a,b,c,t;                        /*t 为两个变量值交换的中间变量*/
     printf（"请输入三个实数 （以逗号分隔）"）;
     scanf("%f,%f,%f",&a,&b,&c);
     if(a>b)
          {t=a;   a=b; b=t; }                /*a、b 值互换*/
     if(a>c)
          {t=a; a=c; c=t;    }                /*a、c 值互换*/
     if(b>c)
          {t=b;   b=c; c=t; }                /*b、c 值互换*/
     printf("%10.2f,%10.2f,%10.2f\n",a,b,c);
}
```

在这个程序中，if 语句的内嵌语句必须为复合语句，如果将复合语句中的三个赋值语句变为一个逗号表达式语句，则程序为：

```
main( )
{    float   a,b,c,t;
     printf ("请输入三个实数（以逗号分隔)");
     scanf ("%f,%f,%f",&a,&b,&c);
     if(a>b)
     t=a, a=b, b=t;              /*逗号表达式构成的语句*/
     if(a>c)
     t=a, a=c, c=t;              /*逗号表达式构成的语句*/
     if(b>c)
     t=b, b=c, c=t;              /*逗号表达式构成的语句*/
     printf("%10.2f,%10.2f,%10.2f\n",a,b,c);
}
```

if 语句在使用时要注意：如果语句 1 或语句 2 不是复合语句，其后一定要有一个分号。

【例 3.16】 求三角形面积。已知平面上任意三个点 $A(x_1, y_1)$，$B(x_2, y_2)$，$C(x_3, y_3)$，判断能否构成三角形。若能，则计算三角形的面积；若不能，则输出相应的信息。

分析：三个点可以构成三条边。两个点之间的距离计算公式如下：

$$d = \sqrt{(x_i - x_j)^2 + (y_i - y_j)^2}$$

可以用公式计算出三条边的长度 $d_1$、$d_2$、$d_3$，这三条边能构成三角形的条件是任意两条边之和大于第三边。如果能构成三角形，可以采用海伦公式计算面积。海伦公式如下：

$$area = \sqrt{s(s-d_1)(s-d_2)(s-d_3)},$$

其中，$s = \dfrac{d_1 + d_2 + d_3}{2}$，area 为面积。

程序如下：

```
#include<math.h>
main( )
{    float x1,y1,x2,y2,x3,y3;
     float d1,d2,d3,s,area;
     printf("请输入第一个点的坐标： ");
     scanf("%f%f",&x1,&y1);
     printf("请输入第二个点的坐标： ");
     scanf("%f%f",&x2,&y2);
     printf("请输入第三个点的坐标： ");
     scanf("%f%f",&x3,&y3);
     d1=sqrt((x1-x2)*(x1-x2)+(y1-y2)*(y1-y2));
     d2=sqrt((x1-x3)*(x1-x3)+(y1-y3)*(y1-y3));
     d3=sqrt((x3-x2)*(x3-x2)+(y3-y2)*(y3-y2));
     if(d1+d2>d3&&d2+d3>d1&&d1+d3>d2)
     {    s=(d1+d2+d3)/2;
          area=sqrt(s*(s-d1)*(s-d2)*(s-d3));
          printf("三角形面积 area=%.2f\n",area);
     }
     else
          printf("这三个点不能构成三角形\n");
}
```

输入三个点坐标：

4 5

6 9

7 8

输出显示：

三角形面积 area=3.00

### 3．条件语句的嵌套

前面已经介绍 if(e1) s 和 if(e2) s1 else s2 两种选择结构语句，其中 e1、e2 分别代表表达式 1 和表达式 2；s、s1、s2 分别代表语句、语句 1 和语句 2。这两种语句中都有内嵌语句。而对于 s、s1、s2 来讲，也可以是两种选择结构语句中的一种。

例如，对于下列语句：

```
if(a<b) s1
    else
    c=b;
```

若 s1 代表语句 if(b<c)  c=a;，则完整的语句为：

```
if(a<b)
    if(b<c) c=a;
else
    c=b;
```

从程序段中可以看出，有两个 if、一个 else，对于 else 与这两个 if 中的哪一个配对，会有两种解释。如下形式的语句：

```
if(e1)if(e2)s1 else s2;
```

① else 与第一个 if 配对，则构成 if(e1)s else s2 结构，s 为 if(e2)s1 结构。

② else 与第二个 if 配对，则构成 if(e1)s 结构，s 为 if(e2)s1 else   s2 结构。

总之，在这种情况下会有两种不同的解释，这种现象在程序设计中是不允许的，因此 C 语言规定，else 总是与前面离自己最近的 if 配对。上面的程序段中，else 应与第二个 if 配对，构成 if(e2)s1 else s2 结构，如果希望 else 与第一个 if 配对，则应使用如下复合语句：

```
if(a<b)
    {if(b<c)           /*复合语句*/
        c=a;
    }
else
    c=b;
```

【例 3.17】 在直角坐标系中有一个以原点为中心的单位圆，任给一点（x, y），试判断该点是在单位圆内、单位圆上，还是单位圆外，若在单位圆内，那么是在 x 轴上方，还是在 x 轴的下方？

程序如下：

```
main( )
{    float x,y,z;
     printf("请输入一点的坐标（x,y）:");
     scanf("%f,%f",&x,&y);
     z=x*x+y*y;
     printf("%.2f,%.2f\t",x,y);
     if(z<=1)                  /*在单位圆内或单位圆上*/
     {if(z==1)                 /*在单位圆上*/
     printf("单位圆上\n");
     else
```

```
        if (y>=0)
        if(y>0)
        printf("在单位圆内，x 轴上方\n");
        else
        printf("在单位圆内，x 轴上\n");
        else
        printf("在单位圆内，x 轴下方\n");
        }
        else printf("在单位圆外\n");
    }
```

程序运行如下：

请输入一点的坐标（x,y）:0.10,0.2✓

输出结果：

0.10,0.20    在单位圆内，x 轴上方

### 3.5.3　开关语句

前面已经介绍了 if 语句，用其嵌套可以实现多分支语句，C 语言还专门提供一个多分支语句，即 switch 语句，也叫开关语句，

**1. switch 语句的格式**

switch 语句的基本格式如下：

> **switch（表达式）**
>
> **{**
>
>     **case 常量表达式 1：语句序列 1；**
>
>     **case 常量表达式 2：语句序列 2；**
>
>     **…**
>
>     **case 常量表达式 $n$：语句序列 $n$；**
>
>     **default ： 语句序列 $n+1$；**
>
> **}**

这里，常量表达式 1、常量表达式 2、…、常量表达式 $n$ 应为整型或字符型常量，也可以是整型或字符型的符号常量。

switch 语句的执行过程如下：

① 求表达式的值，并将其值与常量表达式值逐个比较；

② 当表达式的值和某个常量表达式相等时，则执行该常量表达式后边的语句序列；

③ 接着执行下一个常量表达式后边的语句序列，直到后边所有的语句序列都执行完（即执行到语句序列 $n+1$）；

④ 如果表达式的值与所有 case 后的常量表达式都不相等，则执行 default 后面的语句序列。

**【例 3.18】** 写一段程序，完成生肖判断。已知 1985 年是牛年，输入一个年份，输出该年是什么年？

分析：十二生肖的顺序为鼠牛虎兔龙蛇马羊猴鸡狗猪。生肖每 12 年轮回一次。计算 $(n-1985)\%12$ 的值，结果是 0，则为牛年；结果是 1，则为虎年；结果是 2，则为兔年；…结果是 10，则为猪年；结果是 11，则为鼠年。

程序如下：

```
#include<math.h>
main( )
{    int year,cha;
     printf("请输入一个年份：");
     scanf("%d",&year);
     cha=(year−1985)%12;
     if (cha<0) cha=12+cha;    /*如果是负数，则说明在 1985 年前*/
     switch(cha)
          {       case 0:printf("%d 年是牛年 2\n",year);break;
                  case 1:printf("%d 年是虎年 3\n",year);break;
                  case 2:printf("%d 年是兔年 4\n",year);break;
                  case 3:printf("%d 年是龙年 5\n",year);break;
                  case 4:printf("%d 年是蛇年 6\n",year);break;
                  case 5:printf("%d 年是马年 7\n",year);break;
                  case 6:printf("%d 年是羊年 8\n",year);break;
                  case 7:printf("%d 年是猴年 9\n",year);break;
                  case 8:printf("%d 年是鸡年 10\n",year);break;
                  case 9:printf("%d 年是狗年 11\n",year);break;
                  case 10:printf("%d 年是猪年 12\n",year);break;
                  case 11:printf("%d 年是鼠年 1\n",year);
          }
}
```

从本例中可以看出，每个 case 后面的语句序列的最后一个是 break 语句，它的作用是强迫立即退出 switch 语句，否则会按 switch 语句的功能，继续执行下面的每一个 case 后面的语句或 default 后面的语句。

　　break 语句的主要功能是防止从一个 case 语句到下一个 case 语句中，它还可以用在 while、for 和 do…while 循环语句中，强迫立即退出循环。

## 2．switch 语句的几点说明

在程序中使用 switch 语句时应该注意以下几点：

① 在同一个 switch 语句中，任意两个 case 后面的常量表达式的值不能相同；

② 允许多个 case 公用一个执行语句；

③ switch 语句只能将表达式的值与 case 后的整型值（char 型常量作为短整型）进行相等性测试，而 if 描述多路选择问题却不受此条件的限制；

④ switch 语句中 default 部分可以省略。

【例 3.19】 输入一个十进制无符号短整型数，然后按用户输入的代码，分别以十进制数（代码 D）、八进制数（代码 O）、十六进制数（代码 X）输出。

程序如下：

```
main( )
{    unsigned short x;
     char c;
     scanf("%d,%c",&x,&c);
     switch(c)
     {    case 'd':
     case 'D':printf("%dD\n",x);
          break;
```

```
        case 'o':
        case 'O':printf("%oO\n",x);
               break;
        case 'x':
        case 'X':printf("%xX\n");
               break;
        default: printf("input error!\n");
        }
        }
```

运行时输入：

    12，x✓

执行结果为：

    cX

# 3.6 循环结构语句

循环语句用来描述具有规律性的重复运算，可以大大缩短程序的长度，使程序简单明了。C 语言提供了三种形式的循环控制语句，分别为 for 语句、while 语句和 do…while 语句。

## 3.6.1 问题的引入

在实践中，例如，求 1+2+3+…+1000 的值，打印 100 以内的所有奇数（即打印 1，3，5，7，9，11，13，15，…，99）这类问题，如果按顺序写出计算步骤，程序一定很长。因此必须寻找主要的计算步骤和计算规律，在顺序书写结构中，能够重复地执行其中的一部分语句，这种思想就是程序的循环结构。程序循环结构是靠语言中的循环语句来完成的。

## 3.6.2 While 语句

while 语句的一般形式为：

    **while（表达式）**

        **语句**

其中，表达式指明了循环进行的条件，一般是关系表达式或逻辑表达式，也可以是数值表达式。当表达式的值非 0 时，条件成立，执行语句（循环体）。循环体可以是单个语句，也可以是用花括号括起来的由多个语句构成的复合语句。

while 语句的执行过程是：先计算表达式的值；若值非零，就执行循环体，当执行循环体之后，再计算表达式的值，决定是否再次执行循环体；若值为零，则跳出循环语句，如图3.5所示。

图 3.5 while 语句执行流程

【**例 3.20**】 打印 100 以内的所有奇数。

程序如下：

```
main( )
{   int   i=1;
    while (i<=100)
    {printf("%d,",i);
        i+=2;
```

```
        }
    printf ("\n");
    }
```

在执行 while 语句之前，变量 i 的初值为 1，进入 while 语句，首先计算表达式 i<=100 的值，结果为 1，并判断为非"0"，于是执行循环体：先打印 i 的值 1，然后将 i 增加 2，使 i 变成 3，至此，一次循环结束。然后再转去计算表达式 i<=100 的值，由于这时 i 的值是 3，故 i<=100 值仍为 1，非"0"，再重复执行循环体：打印 i 的值 3，并使 i 变为 5，……；如此 重复，当 i=99 时，表达式 i<=100 的值仍为 1，继续打印 i 的值 99，并使 i 的值增加 2，i 变为 101，本次循环结束，进入下次循环，计算表达式 i<=100 的值，为 0，整个循环宣告结束。

要说明的是，while 语句执行结束后程序中变量 i 的值是 101，而不是 99。

while 语句的特点是先判断表达式的值，然后才决定是否执行循环体。如果一开始表达式的值就是 0，那么循环体一次也不执行。例如程序段：

```
i=10;
while(i<3)
printf("i=%d\n",i);
```

在这个 while 语句中，循环体一次也不执行。另外，当表达式的值恒为非"0"时，则表示循环条件永远成立，循环就会无休止地执行下去，这种情况称为"死循环"，在程序设计中必须设法排除。例如：

```
while(10)
{……}
```

是一种死循环形式，但如果在循环体中有 break、return 或 goto 语句（在后面介绍），也能正常结束循环。

【例 3.21】 求 $s = 1^2+2^2+3^2+\cdots+n^2+\cdots$ 的前 $n$ 项之和小于且最接近 10000 时的项数 $n$ 及前 $n$ 项和。

分析：这是一个累加求和问题。用 $s$ 表示级数前 $n$ 项的和，$k$ 表示级数前 $n+1$ 项的和，$i$ 为级数项数计数。如果 $k\leqslant10000$ 时，就进行累加，否则结束循环。

程序如下：

```
main( )
{    int   s=0,k=1, i=0;
    while (k<=10000)
    {i++;
    s=s+i*i;
    k=k+(i+1)*(i+1);
    }
printf("前%d 项的和为 s=%d\n",i,s);
}
```

在程序中，$k$ 是前 $i+1$ 项的和。

运行结果为：

前 30 项的和为 9455

### 3.6.3　for 语句

for 语句的一般形式为：

**for（表达式 1; 表达式 2; 表达式 3）**
　　**语句**

其中，表达式 1——循环初始化表达式，主要作用是对循环变量置初值。

表达式 2——控制是否继续循环的条件表达式，为真则继续循环，否则跳出循环。

表达式 3——对循环控制变量增量或减量的表达式。

语句——循环体，循环过程中将被重复执行。

for 语句的执行流程如图3.6所示，执行过程如下：

① 计算表达式 1 的值；

② 计算表达式 2 的值，若其值为真（非 0）则执行第③步，若为假(0)则执行第⑤步；

③ 执行循环体；

④ 计算表达式 3 的值，返回第②步；

⑤ 语句结束，执行其后继语句。

【例 3.22】 在屏幕上输出所有可显示字符与其 ASCII 码的对照表。

图 3.6　for 语句的执行流程

分析：从 ASCII 码表中可以看出，所有可显示的字符是连在一起的，第一个字符是空格字符，ASCII 码为 32，最后一个字符为"～"，ASCII 码为 126，因此，只要输出 ASCII 码值的范围为 32～126 之间的字符即可，程序如下：

```
main( )
{    char   c;
     for (c=32; c<=126; c++)
         printf("字符%c 对应的 ASCII 码值为%d\n",c,c);
}
```

从本例可以看出，for 语句能有效地控制循环次数已知的循环。

for 语句中的表达式可以是任意表达式，如逗号表达式，可同时对多个变量赋初值及修改值。例如：

　　for( i=0,j=1; j<n&&i<n; i++,j++)

for 语句中的三个表达式可以省略，但分号不能省略。其省略形式有如下几种情况。

① 若省略表达式 1，例如：

```
i=1;
for(;i<4;i++)
printf("%d\n",i);
```

与

```
for(i=1;i<4;i++)
printf("%d\n",i);
```

的结果完全相同。

② 若省略表达式 3，例如：

```
for(i=1; i<4;)
{   printf ("%d\n",i);
    i++;
}
```

这时循环体就不是单个语句，而是一个复合语句，必须用大括号括起来。

③ 若省略表达式 1 和表达式 3，则 while 语句与这样的 for 语句等价。

    for（;表达式;）                 while（表达式）

      语句                          语句

④ 若省略表达式 2，则表达式循环条件永远成立，此时，会出现死循环，除非在循环体中用其他手段（如 break，return 或 goto 语句等）来结束循环。例如：

```
for (i=1;;i++)
{   printf ("%d\n",i);
        if (i>4)
        break;
  }
```

⑤ 若三个表达式全省略。例如：

```
for(;;) 语句
```

完全等价于 while(1)语句。

注意，for(;;);是一个死循环语句。

for 语句的功能完全可以用 while 语句来实现。例如：

     for（表达式 1；表达式 2；表达式 3）

       语句

等价于

     表达式 1；

     while（表达式 2）

     { 语句

      表达式 3；

     }

**【例 3.23】** 用下面公式求 $\pi$ 的近似值，直到最后一项的绝对值小于 $10^{-7}$ 为止。

$$\pi/4 \approx 1-\frac{1}{3}+\frac{1}{5}-\frac{1}{7}+\cdots\cdots$$

程序如下：

```
#include<math.h>
main( )
{   int s=1;
    double n=1,t=1,pi=0;
    while(fabs(t)>1e-7)
    {   pi=pi+t;
        n=n+2;
        s=-s;
        t=s/n;
```

```
        }
        pi=pi*4;
        printf("pi=%g\n",pi);
    }
```

注意：不要将 n 定义为整型变量，否则在执行 t=s/n;时，得到 t 的值为 0。

### 3.6.4　do…while 语句

图 3.7　do…while 语句执行流程

do…while 语句的一般形式是：

> **do**
> **语句**
> **while（表达式）；**

do…while 语句的执行过程（见图3.7）如下：

① 先执行语句（循环体）；

② 计算表达式的值，根据其值判断，为真（非 0）时，返回步骤①再次执行循环体；为假（0）时转步骤③；

③ 结束 do…while 语句，执行其后继语句。

do…while 语句和 while 语句相似，执行 do…while 语句时，它的循环体语句最少执行一次，而 while 语句的循环体语句可能一次也不被执行。

【例 3.24】　while 和 do…while 循环语句比较。

程序 1：输入若干个正整数，当输入的数不大于 10 时，求所输入数之和，否则程序运行结束。

```
main ( )
{    int   sum=0, i;
     scanf("%d", &i);
     while(i<=10)
     {   sum= sum+i;
         scanf("%d",&i);}
         printf("%d\n", sum);
}
```

程序 2：输入若干个正整数，求所输入的数之和，所输入的数大于 10 时，结束程序。

```
main( )
{
     int   sum=0, i;
     scanf("%d",&i);
     do
{    sum=sum+i;
     scanf("%d", &i);}
     while (i<=10);
     printf("%d\n", sum);
}
```

比较这两个程序可以看出，当输入的第一个数小于或等于 10 时，二者得到的结果相同。而当第一个数大于 10 时，二者得到的结果就不同了，这是因为对 while 循环来说，一次也不执行循环体（因为表达式"i<=10"为假）；而对 do…while 语句来说，则要执行一次循环体。可以得出结论：当 while 后面的表达式的值第一次为真时，两种循环结构得到的结果相同；否则，二者结果不同（前提是二者具有相同的循环体）。

**【例 3.25】** 从键盘输入一个正整数，把这个正整数中的各位数字反序显示出来。例如，输入 1234，显示输出 4321。

分析：要将一个整数反序显示出来，需先显示个位数，再显示十位数……具体做法，该整数除以 10 的余数为个位数，再取该数整除 10 的商，得到一个新数，对这个新数进行相同的操作，就可以求出各位数字。例如，整数 1234，由 1234%10 得 4，1234/10 得 123，再由 123%10 得 3，123/10 得 12，再由 12%10 得 2，12/10 得 1，1%10 得 1，1/10 得 0。此时，所给整数的各位已逐一分离出来。循环终止的条件是某次求得商为 0。

程序如下：

```
main( )
{    int n,c;
     printf ("请输入一个整数：");
     scanf ("%d",&n);    /*正整数不能大于 32767*/
     do
     {    c=n%10;
          printf ("%d",c);
     }    while((n/=10)>0);
     printf("\n");
}
```

运行情况如下。

请输入一个整数：1234✓

运行结果为：

  4321

思考：

① 从低位开始取出长整型变量 s 中奇数位上的数，依次构成一个新数放在 t 中。例如，当 s 中的数为 4 576 235 时，t 中的数为 4725。

② 将长整型数中每一位上为偶数的数依次取出，构成一个新数放在 t 中。高位仍在高位，低位仍在低位。例如，当 s 中的数为 87 653 142 时，t 中的数为 8642。

### 3.6.5  break 和 continue 语句

在循环体中使用 break 语句，可以提前结束整个循环，退到循环体外；使用 continue 语句，是为了提前结束本次循环，进入下一轮循环。

#### 1. break 语句

在 switch 语句中已经介绍过，break 语句可以强迫控制立即退出 switch 语句，从而防止执行了一个 case 中的语句之后滑到下一个 case 语句中继续执行。如果在循环体中使用 break 语句，则当执行 break 语句后，将会跳出循环语句，执行循环语句的后继语句。

**【例 3.26】** 输入任意两个整数，求其最大公约数。

分析：假设输入两个整数分别是 8 和 12，最大公约数肯定位于 1 ～ 8（包含 8 和 1）。所以用 8 和 12 依次除以 8、7、6、5、4、3、2、1，最先能够整除的数则为最大公约数。显然当除到 4 时，后边的 3、2、1 就无须再除，循环中止，最大公约数为 4。

程序如下：

```
main( )
{    int a,b,min,i;
     printf ("请输入整数 a ， b: ");
     scanf ("%d,%d",&a,&b);
     min= (a<b)? a:b;
     for (i=min; i>=1; i− −)
          if(a%i==0&&b% i==0)
                break;
     printf ("%d 和%d 的最大公约数为%d", a,b,i);
}
```

【例 3.27】　一位卡车司机违反交通规则，撞死了行人，司机畏罪驾车逃跑。当时有三个目击者，都没有看清卡车的牌照号码，只记得牌照号码的某些特征。甲记住牌照前两个数字是相同的，乙记住牌照的后两位数字是相同的，丙是一位数学家，他说："牌照号码肯定是一个四位数，并且这四位数恰好是一个整数的平方。"根据这些线索，你能否正确地判断出牌照号码吗？若能，请编程实现。

分析：令 $j$ 是汽车牌照号码，$i^2=j$，由于 $j$ 是一个四位数，所以 $i$ 的取值范围一定是 32～99。利用循环语句从 $i = 32$ 开始，步长为 1，直到 $i \leqslant 99$，在循环体内判断由 $i^2$ 得到的 $j$ 是否满足前两位数相等，同时后两位数也相等这个条件。如果满足就退出循环；打印结果，否则，就继续循环。

程序如下：

```
main( )
{    int i,j,j1,j2,j3,j4;
     for(i=32 ; i<=99 ; i++)
     {j=i*i;
     j1=j/1000;
     j2=(j−j1*1000)/100;
     j3=(j− j1*1000−j2*100)/10;
     j4=j%10;
     if(j1==j2&&j3==j4)
     {printf ("%d=%d**2\n",j,i);break;}
     }
}
```

运行结果为：

7744=88**2

7744 就是肇事汽车的牌照号码。

## 2．continue 语句

continue 语句只能出现在循环体中，其作用是结束本次循环，跳过循环体中尚未执行的语句，然后又去进行循环条件判断，决定是否进行下次循环，对于 for 语句，跳过循环体中尚未执行的语句，执行计算表达式 3，再计算表达式 2 并判断，决定是否继续循环。

【例 3.28】　求 1～100 中所有能被 3 整除的数，并打印出来。

```
main ( )
{    int i=1;
     while (i<=100)
     {    if ( i%3!=0)
```

```
            {i++;
                continue;}
            printf ("%d    ",i);
            i++;
            }
    printf("\n");
}
```

在程序的循环体中，如果 i 不是 3 的倍数，i 增值，然后跳过后面语句，结束本次循环，提前进入下一轮循环；否则打印 i 的值，继续下一轮循环。

### 3.6.6　多重循环

当一个循环语句成为另一个循环语句的循环体时，就形成了循环的嵌套，也称为多重循环。

【例 3.29】　打印乘法口诀表。

程序如下：

```
main( )
{   int i,j;
    for (i=1;i<10;i++)
    {for (j=1;j<=i;j++)
        printf ("%10d*%2d=%2d",i,j,i*j);
        printf("\n");
        }
}
```

【例 3.30】　找出所有这样的三位数，要求它的各位数字的立方和正好等于这个三位数。例如，$153=1^3+5^3+3^3$ 就是这样的三位数。

设所求三位数的百位数字是 $i$，十位数字是 $j$，个位数字是 $k$，显然应满足：

$$i^3+j^3+k^3 = 100i + 10j + k$$

程序如下：

```
main( )
{   int i,j,k;
    for (i=1;i<=9;i++)
    for (j=0; j<=9;j++)
    for (k=0;k<=9;k++)
        if (i*i*i+j*j*j+k*k*k== 100*i+10*j+k)
        printf("%d%d%d\n",i,j,k);
}
```

运行结果为：

153

370

371

407

从程序中可以看出，3 个 for 语句嵌套在一起，第二个 for 语句是前一个 for 语句的循环体，第三个 for 语句是第二个 for 语句的循环体，第三个 for 语句的循环体是 if 语句。

三种循环（while 循环、do…while 循环和 for 循环）也可以互相嵌套。

### 3.6.7　goto 语句和标号

在结构化程序设计中，尽量少使用 goto 语句，因为 goto 语句产生的动态转移使程序变得难以阅读和维护。但有时使用 goto 语句能使程序简洁，例如，用 break 语句只能跳出一层循环或开关语句，而使用 goto 语句可以立即跳出任意层的循环或开关语句。

goto 语句的一般形式：

**goto 语句标号；**

语句标号用标志符表示，其命名规则和变量命名相同。它可以出现在任何执行语句之前。但是标号不必进行类型说明，程序中出现的标号应以冒号结尾。

执行 goto 语句后就跳转到有此标号的语句开始执行。因此要跳转到的语句必须在前边写上同样的标号和冒号。注意，在程序中变量的同一作用范围内，不允许两条语句使用相同的语句标号。

【例 3.31】　用 goto 语句设计程序，求 $s = 1^2+2^2+3^2+\cdots+10^2$。

```
main()
{    int   i=1, sum=0;
    loop:   if (i<=10)
            {sum = sum+i*i;
                i++;
                goto   loop;
                }
            printf ("%d\n", sum);
}
```

运行结果如下：

385

# 习　题　3

## 一、选择题

1. 下列程序执行后的输出结果是（　　）。

```
main()
{    int a=6699;
    printf("|%-8d|",a);}
```

　A．|–0006699|　　　　B．|000006699|　　　　C．|6699␣␣␣␣|　　D．输出格式错误

2. 下列程序执行后的输出结果是（　　）。

```
main()
{printf("s1=|%15s|    s2=|%-12s|","NorthWest", "University");}
```

　A．s1=|NorthWest|　　s2=|University|

　B．s1=|␣␣␣␣␣␣NorthWest|　　s2=|University␣␣|

　C．s1=|NorthWest␣␣␣␣␣|　　s2=|University␣␣|

　D．s1=|␣␣␣␣␣␣NorthWest|　　s2=|␣␣University|

3．若 int 类型数据占 4 字节，则下列语句的输出为（　　）。

```
main()
{int k = -1; printf ("%d,%u\n",k,k);}
```

   A．−1，−1

   B．−1，2147483647

   C．−1，2147483648

   D．−1，4294967295

4．阅读以下程序

```
main()
{   int a;float b,c;
    scanf("%2d%3f%4f",&a,&b,&c);
    printf("\na=%d,b=%f,c=%f\n",a,b,c);        }
```

执行时从键盘上输入 9876543210✓（符号✓表示回车），则程序的输出结果是（　　）。

   A．a=98,b=765,c=4321

   B．a=10,b=432,c=8765

   C．a=98,b=765.000000,c=4321.000000

   D．a=98,b=765.0,c=4321.0

5．若有说明语句：int a;float b;，以下输入函数正确的是（　　）。

   A．scanf("%f%f",&a,&b);

   B．scanf("%f%d",&a,&b);

   C．scanf("%d,%f",&a,&b);

   D．scanf("%6.2f%6.2f",&a,&b);

6．在 "if（表达式）语句" 语句中，用于判断的 "表达式" 是（　　）。

   A．关系表达式　　　B．逻辑表达式　　　C．算术表达式　　　D．任意表达式

7．下列程序执行后的输出结果是（　　）。

```
main()
{   int a=2,b=3;
    printf(a>b?"***a=%d":"###b=%d",a>b?a:b);}
```

   A．没有正确的输出格式控制

   B．***a=2

   C．###b=3

   D．***a=2####b=3

8．下列程序执行后的输出结果是（　　）。

```
main()
{   int a=1,b=2,c=2,t=0;
    while(a<b) {t=a;a=b;b=t;c++;}
    printf("%d,%d,%d",a,b,c);}
```

   A．1,2,0　　　　　　B．2,1,0　　　　　　C．1,2,1　　　　　　D．2,1,3

9．已知 int x=10,y=20,z=30;，以下程序段执行后 x、y、z 的值是（　　）。

```
if (x>y)    z=x;x=y;y=z;
```

   A．x=10,y=20,z=30

   B．x=20,y=30,z=30

   C．x=20,y=30,z=10

   D．x=20,y=30,z=20

10．下列程序执行后的输出结果是（　　）。

```
main()
{   int m=5;
    if (m++>5) printf ("%d\n",m);
    else printf ("%d\n",m--);}
```

A. 4　　　　　　　　B. 5　　　　　　　　C. 6　　　　　　　　D. 7

11. 以下语法不正确的语句是（　　）。

A. if (x>y);

B. if (x=y)&&(x!=0) x+=y;

C. if (x!=y)　scanf("%d",&x);else　scanf("%d",&y);

D. if (x<y) {x++;y++;}

12. 若 w、x、y、z、m 均为 int 型变量，则执行下面语句后的 m 值是（　　）。

```
w=1;x=2;y=3;z=4;
m=(w<x)?w:x;
m=(m<y)?m:y;
m=(m<z)?m:z;
```

A. 1　　　　　　　　B. 2　　　　　　　　C. 3　　　　　　　　D. 4

13. 下面有关 for 循环的正确描述是（　　）。

A. for 循环只能用于循环次数已经确定的情况

B. for 循环是先执行循环体语句，后判断表达式

C. 在 for 循环中，不能用 break 语句跳出循环体

D. for 循环的循环体中，可包含多条语句，但必须用花括号括起来

14. 若 i 为整型变量，则以下循环体执行的次数是（　　）。

```
for(i=2;i==0;)　printf("%d",i– –);
```

A. 无限次　　　　　　B. 0 次　　　　　　　　C. 1 次　　　　　　　D. 2 次

15. 执行语句 for(i=1;i++< 4;);后变量 i 的值是（　　）。

A. 3　　　　　　　　B. 4　　　　　　　　C. 5　　　　　　　　D. 不定

16. 以下说法正确的是（　　）。

A. continue 语句的作用是结束整个循环的执行

B. 只能在循环体内和 switch 语句体内使用 break 语句

C. 在循环体内使用 break 语句和 continue 语句的作用相同

D. 在多层循环嵌套中退出时，只能使用 goto 语句

17. 分析下列程序执行后的输出结果是（　　），得出要完成两个整型变量值交换可以不借助其他变量。

```
main( )
{    int a=20,b=30;
     a=a+b;b=a–b;a=a–b;
     printf("a=%d,b=%d\n",a,b);}
```

A. a=20,b=30　　　　B. a=50,b=30　　　　C. a=20,b=50　　　　D. a=30,b=20

18. 下列程序执行后的输出结果是（　　）。

```
main( )
{
    int   x=1,y=9,m=1,n=2;
    while(x<=y)
          switch((m+n+x+y)%4)
          {   case 0: x*=2,m++;
                  case 1: switch(n%3)
```

```
                    {      case 0: x++;break;
                           case 1: y*=2; break;
                           case 2: x+=3;
                    }
            case 2: n++;y− −;break;
            case 3: x/=2;y+=2;
        }
    printf("x=%d,y=%d\n",x,y);}
```

A．x=9,y=7　　　　　　B．x=8,y=6　　　　　C．x=11,y=9　　　　　D．x=8,y= 9

19. 执行下面的程序段后，变量 x 和 i 的值分别为（　　）。

```
int   i, x;
for(i=0,x=5;i<10;i++)
{    if(x>=10) break;
     if(x%2==1){x+=5;continue;}
     x-=3;
}
```

A．10，1　　　　　　B．10，2　　　　　　C．7，2　　　　　　D．7，1

20. 有以下程序段

```
main( )
{    int i=1,sum=0,n;
     scanf("%d",&n);
     do
     {    i+=2;
          sum+=i;
     }while(i!=n);
     printf("%d",sum);}
```

若使程序的输出值为 8，则应该从键盘输入的 n 的值是（　　）。

A．1　　　　　　　　B．3　　　　　　　　C．5　　　　　　　　D．7

## 二、修改错误并调试正确

1. 下面的程序用来计算下面公式的值，修改其中的错误。

$$y(x)=\begin{cases} -1 & (x<0) \\ 0 & (x=0) \\ 1 & (x>0) \end{cases}$$

```
main( )
{    int   x,y;
     scanf("%d", &x);
     y=−1;
     if (x!=0);
         if(x>0);
                 y=1;
                     else;
                 y=−1;
     printf("x=%d,y=%d\n",x,y);
}
```

2. 下面的程序按百分制记分，100 分显示满分，99～90 显示优秀，89～80 显示优良，79～70 显示良好，69～60 显示及格，59 分以下显示不及格。请修改其中的错误。

```
main( )
{    int x;
     printf ("请输入成绩: ");
     scanf("%d",x);
     x=x/10;
     switch(x);
     case x=10: printf("满分");
     case x=9:   printf("优秀"):
     case x=8:   printf("优良");
     case x=7:   printf("良好");
     case x=6:   print("及格");
     case x=5:
     case x=4:
     case x=3:
     case x=2:
     case x=1:
     case x=0    printf("不及格")
}
```

3. 下面程序功能是打印出以下图案，请修改其中的错误。

```
       *
      ***
     *****
    *******
     *****
      ***
       *
```

```
main( )
{    int i,j,k;
     for(i=;i<=4;i++)
            {for ( j=0;j<=2−i;j++)
                 printf (" ");
            for (k=0; k<=2*i;k++)
            printf("*");
            }
     for(i=0;i<=2;i++)
     { for(j=0;j<=i;j++)
     printf(" ");
     for(k=0;k<=4−2*i;k++)
     printf("");
     printf("\n");
}
```

4. 下面的三个程序都用来计算 n!，请修改其中的错误。

```
① main(   )
{    int n,i; long int p
     printf("请输入一个整数：");
     scanf("%d",&n);
     while(i<=20);
     p=p*i;
     i++;
     printf("%d!=%ld\n",n,p);
```

```
        }
    ②  main (   )
    {    int i,n; long int p;
         printf("请输入一个整数: ");
         scanf("%d",&n);
         for(i=1;i<=n;i+=1)
         {    p=p*i;
              i=i+1;
         }
         printf("%d!=%ld\n",n,p);
    }
    ③  main()
    {    int i,n;long int p;
         do
         {i++;
         p=p*i;
         }while (i<=n)
         printf("   %d;=%ld\n")
    }
```

## 三、编程题

1．编一个程序统计几个同学的平均年龄。要求通过键盘输入每位同学的年龄，若输入年龄为–1，则表示所有同学年龄已输入完毕。

2．从键盘输入三条边长 $a, b, c$。若它们能组成三角形，就用下列公式计算由它所组成的三角形的面积。公式为：

$$p = (a + b + c)/2, \quad s = \sqrt{p(p-a)(p-b)(p-c)}$$

其中，$s$ 为三角形面积。按题意编制程序。

3．雨淋湿了算术书的一道题，如下所示，9 个数字只能看清楚 4 个，第一个数字虽然模糊不清，但可看出不是 1：

$$[\Box * (\Box 3 + \Box)] 2 = 8\Box\Box 9$$

其中，□表示淋湿的数字。请编程序将这些数字找出来。

4．有一个数，被 3 除余 2，被 5 除余 3，被 7 除余 2，问该数至少应多大？

5．求 1!+3!+5!+…+11!的值。

6．输出 100 以内能被 3 整除且个位数为 6 的所有整数。

7．利用 $\dfrac{\pi}{2} \approx \dfrac{2}{1} \times \dfrac{2}{3} \times \dfrac{4}{3} \times \dfrac{4}{5} \times \dfrac{6}{5} \times \dfrac{6}{7}$ … 前 100 项之积计算π的值。

8．有一序列：2/1, 3/2, 5/3, 8/5, 13/8, 21/13, ……求这个序列前 20 项之和。

提示：后一项的分母为前一项的分子，后一项的分子为前一项分子与分母之和。

9．编写一程序，要求用户在键盘上输入一个 4 位整数，并把每位数字转换为英文。例如，若输入 1024，则输出 One Zero Two Four。

10．输入 10 对整数，请计算每对数中较大者之和，并输出结果。

11．输入一个年份和月份，打印出该月份有多少天（考虑闰年），用 switch 语句编程。

12．已知 $abc + cba = 1333$，其中 $a$、$b$、$c$ 均为一位数，如 617+716=1333、518+815=1333。试编程求出符合这一规律的 $a$、$b$、$c$，并输出结果

13．求 $S_n = a + aa + aaa + aaaa + aaaaa + \cdots + \underset{n个a}{\underline{aa\cdots a}}$ 的前 5 项之和，其中 $a$ 是一个数字，例如，

2+22+222+2222+22222。

14．请编程，用 scanf()函数输入三个整数，输出其中不大不小的那个数，输出宽度为五位。

15．编程实现输出所有 1～100 能被 9 整除余 2 的数及它们的和。

16．编写一程序，实现如下功能：输入 1、2、3、4、5、6、7（分别对应星期一至星期日）中的任何一个数，便能输出与之对应的英文名称。如输入 1，则输出 Monday。

17．一个数如果正好等于它的因子之和，这个数就称为"完数"。例如，6 的因子为 1、2、3，而 6=1+2+3，因此 6 是"完数"。编程序找出 1000 之内的所有完数，并按下列格式输出其因子：

　　　　6　its　　factors are 1,2,3

18．求一个不超过五位的十进制整数各位数值的和。例如，输入 2634，输出 15。

19．从键盘输入少于 50 个的整数，其值在 0 和 4 之间（包括 0 和 4），用–1 作为输入结束标志，统计整数的个数。请编程实现。

20．一个百万富翁遇到一个陌生人，陌生人找他谈一个换钱计划，该计划如下：陌生人每天给富翁 10 万；而富翁第一天给陌生人一分钱，第二天给两分钱，以后每天给的钱是前一天的两倍，直到满一个月（30 天）。百万富翁欣然接受了这个契约。问一个月后，百万富翁收取了多少钱，付出了多少钱？请编程计算实现。

21．根据普通出租车收费标准编程进行车费计算。具体收费标准如下：起步里程为 3 公里，起步费 10 元；超过起步里程后 10 公里内，每公里 2 元，超过 10 公里以上的部分加收 50％的回空补贴费，即每公里 3 元；在营运过程中，因路阻及乘客要求临时停车的，按每 5 分钟 2 元计收（不足 5 分钟则不收费）。要求用键盘输入行驶里程和等待时间，计算并输出乘客应该支付的车费（元），结果四舍五入，保留到整元。

# 第 4 章　数　　组

在程序设计中，为了处理方便，可以把具有相同类型的若干变量按空间连续的形式组织起来，这些具有连续存储空间的同类数据元素的集合称为数组。一个数组可以分解为多个数组元素，这些数组元素既可以是基本数据类型也可以是构造类型。

## 4.1　数组的引入与定义

### 4.1.1　问题的引入

【例 4.1】　从键盘输入 50 名学生的考试成绩，求平均值。

分析：可以定义变量 score，用来存放每次输入的成绩，定义变量 sum 用来存放成绩的累加和，每输入一名学生的成绩，进行一次累加，直到输入 50 个人的成绩为止。

程序如下：

```
main( )
{
    int i;
    float score,sum;
    for(i=0,sum=0;i<50;i++)
        {
            scanf("%f",&score);
            sum+=score;
        }
    printf("\nthe average score is %f",sum/50);
}
```

通过这种方法可以解决问题，该方法的缺陷在于读入下一个分数时，前一个分数值将被覆盖，所以，在求完平均值之后，就不可能对输入的分数进行别的处理了。

要解决这个问题，一种方法就是定义 50 个变量来存放 50 个学生的成绩。但如果学生数目非常大，定义大量相同类型的变量就是低效而费时的。

如何通过简单的方法，一次定义大量同类型的数据变量呢？对于此问题，通过数组方式就很容易解决。

【例 4.2】　分析下面的程序。

该程序要求用户从键盘输入 20 个整数，求其总和、最大值、最小值。

程序如下：

```
main( )
{
    int i,a[20],max,min,sum;

    for(i=0;i<20;i++)scanf("%d",&a[i]);
    max=min=0;
    sum=a[0];
    for(i=1;i<20;i++)
        {
```

```
            sum+=a[i];
            if(a[i]>a[max])    max=i;
            if(a[i]<a[min])    min=i;
        }
        printf("\n the sum is %d",sum);
        printf("\n the max is %d",a[max]);
        printf("\n the min is %d",a[min]);
    }
```

在这个程序中，使用数组保存 20 个整数，并通过下标调用数组中的元素。其中，max和 min 是分别存放最大值和最小值的数组元素的下标。

### 4.1.2　一维数组的定义

数组是具有相同数据类型的变量集，这些变量拥有共同的名字。一个数组包含了若干个变量，每个变量称为一个元素，每个元素的数据类型相同。可以通过下标来访问数组中的元素。C 语言中的数组是由一段连续的存储单元构成的，最低地址的单元对应数组第一个元素，最高地址的单元对应最后一个元素。

数组可以是一维的，也可以是多维的。在实际问题中遇到的一些成批出现的变量，如数学中的向量和矩阵、数据处理中的表格等，都可以用数组进行存储和处理。

#### 1．一维数组的定义

定义一维数组的格式如下：

　　**数据类型　数组名[常量表达式];**

说明：

① 数据类型用于指明数组中存放的是何种类型的数据（决定每个元素所占空间的大小）；

② 数组名必须符合标志符的命令规定；

③ 常量表达式的值必须为具体的整型常量（系统通过它和数据类型来确定分配给数组的连续空间的大小，总字节数=类型长度×数组长度）。

例如，有如下定义：

```
int a[10],x;        /*正确*/
char c1[20];        /*正确*/
float b[30];        /*正确*/
char s[x];          /*错误*/
```

第一个语句定义了一个一维数组，a 是这个一维数组的数组名，该数组中含有 10 个元素，每个元素都是一个 int 型变量。第二个语句定义了一个字符型数组 c1，c1 是一个含有 20 个字符型元素的一维数组。第三个语句定义了一个一维数组 b，该数组含有 30 个元素，每个元素都是一个 float 型变量。第四个语句使用变量 x 指定数组 s 的大小，该语句出错，这是因为C 语言规定：不能定义动态数组，即不能定义数组元素个数不定的数组。

#### 2．一维数组的存储

为了便于对内存进行管理，系统以字节（Byte）为单位对内存空间编号，这些编号称为地址。编号从 0 开始，并且连续编号，内存空间是线性空间（存储单元的地址从 0 开始编码，最大地址码取决于中央处理器中地址码的位数，这一范围称为中央处理器的地址空间）。

例如，有如下定义：

int a[10];

定义完成后，系统将在内存空间为数组 a 分配连续的 40 字节（共 10 个元素，每个元素 4 字节），以后这 40 字节的空间将不再分配给其他变量，直到释放该空间为止。分配后，该数组的内存空间的结构如图4.1所示。

图 4.1　一维数组空间分配示意图

## 4.2　一维数组的使用

定义完一维数组后，相当于一次定义了多个变量（即数组中的元素），然后就可以通过元素来使用数组了。

### 4.2.1　一维数组初始化

在定义数组时，系统只是根据元素的类型和数组的大小在内存中为其分配连续存储空间，并不清除这些空间中的原有内容（一些随机值）。所以在使用数组之前，必须通过一定的方式改变数组中原来的随机值，使其变为所需要的数值。

要达到这样的目的，一般有两种方法：一种是在定义数组的同时赋初值（初始化）；另一种是在程序运行过程中给数组元素赋值。

初始化形式：

**数据类型　数组名[大小]={值 1, 值 2, 值 3, …… , 值 n};**

说明：

① { }中为所赋初值，用逗号分隔，且从前向后依次对各元素赋值，{ }不能省略；

② 若初值数目少于数组大小，从前向后依次对各元素赋值，剩余部分赋 0 值；

③ 若数组大小省略，则系统根据初值数目多少自动计算数组大小；

④ 若初值数目多于数组大小，则系统编译出错。

例如，有如下定义：

int b[10]={0,1,2,3,4,5,6,7,8,9};
int c[10]={1,2,3,4,5};

系统在定义数组后，将对其进行初始化，数组 b 的 10 个元素将获得初值。数组 c 的前 5 个元素将分别获取初值 1、2、3、4 和 5，而后 5 个元素将获得默认初值 0。

如果有如下定义：

int d[5]={0,1,2,3,4,5,6};

则系统编译出错，并指出初始化参数太多。

### 4.2.2　一维数组元素的引用

对数组的使用是通过对元素的使用来实现的，而对元素的使用则是通过下标引用来实现的。数组元素的引用格式如下：

**数组名[下标表达式]**

说明，C 语言数组的下标从 0 开始，各个元素在内存中是按其下标升序连续存放的。例如：

```
int b[6];
b[0]=b[1]=0;
b[2]=b[3]=1;
b[4]=b[0]+b[2];
```

定义一维数组 b，它的 6 个元素依次表示为 b[0]、b[1]、b[2]、b[3]、b[4] 和 b[5]。其中 0、1、2、3、4、5 称为元素的下标。可以将数组中的元素表示为 b[i]，i 取值范围为 0~5。

【例4.3】 分析程序，说明程序中存在的错误。

```
main()
{    char s[10]={'a', 'b', 'c', 'd'};
     int i;
     s[0]=s[0]-32;
     s[4]=e;
     s[10]='m';
     for(i=0;i<10;i++) scanf("%c",s[i]);
     for(i=0;i<10;i++) printf("\n%c",s[i]);
}
```

分析：

① "s[4]=e;" 语法错误，变量 e 不存在。e 若为字符常量，缺少一对单引号。

② "s[10]='m';" 没有语法错误，但存在逻辑错误。定义 s[10] 后，相当定义了 10 个变量，即 s[0]~s[9]。而 s[10] 越界，C 语言的编译系统并不对越界进行判断，也就是说，在数组使用元素时，越界判断由使用者自己来完成。

③ "scanf("%c",s[i]);" 没有语法错误，但存在逻辑错误。使用 scanf() 函数进行输入时，参数必须是地址，即正确格式为 "scanf("%c",&s[i]);"。

## 4.2.3　一维数组应用举例

【例4.4】 从键盘输入 20 名学生的成绩（每人 3 门课），求每门课程的平均成绩，以及各个学生 3 门课的平均成绩、各门课的最高和最低成绩。

分析：如何保存 20 名学生的 3 门课成绩？可以定义 3 个大小为 20 的一维数组来存放成绩。首先，通过一个循环向这 3 个一维数组读入数据实现成绩的输入。然后，再通过循环对 3 个数组中的元素进行累加、求极值的操作。

定义数组 sum 存放每个学生的总分，总分来源于 3 门课成绩的累加，所以需赋初值 0。定义 s1_sum、s2_sum、s3_sum 分别存放 3 门课的总分，总分来源于 20 个学生的该门课成绩的累加，所以需赋初值 0。

定义 s1_max、s1_min、s2_max、s2_min、s3_max、s3_min 存放 3 门课最高分和最低分的下标（注意：对数组进行操作时，只要得到该元素的下标就很容易得到该元素）。

```
main()
{
     int i;
     float s1[20],s2[20],s3[20];                    /*存放 20 个学生的 3 门课成绩*/
     float sum[20]={0},s1_sum=0,s2_sum=0,s3_sum=0;
     int s1_max,s1_min,s2_max,s2_min,s3_max,s3_min;
     for(i=0;i<20;i++)                               /*数据的输入*/
          scanf("%f,%f,%f",&s1[i],&s2[i],&s3[i]);
```

```
        for(i=0;i<20;i++)
        {
            sum[i]=s1[i]+s2[i]+s3[i]              /*求每个人的总分*/
            s1_sum+=s1[i];                        /*对第一门课累加求和*/
            s2_sum+=s2[i];                        /*对第二门课累加求和*/
            s3_sum+=s3[i];                        /*对第三门课累加求和*/
        }
        /*假定最大值和最小值的下标均为 0*/
        s1_max=s1_min=s2_max=s2_min=s2_max=s3_min=0;
        for(i=1;i<20;i++)
        {
            if(s1[i]<s1[s1_min]) s1_min=i;        /*存放第一门课最小值下标*/
            if(s1[i]>s1[s1_max]) s1_max=i;        /*存放第一门课最大值下标*/
            if(s2[i]<s2[s2_min]) s2_min=i;        /*存放第二门课最小值下标*/
            if(s2[i]>s2[s2_max]) s2_max=i;        /*存放第二门课最大值下标*/
            if(s3[i]<s3[s3_min]) s3_min=i;        /*存放第三门课最小值下标*/
            if(s3[i]>s3[s3_max]) s3_max=i;        /*存放第三门课最大值下标*/
        }
        /*显示结果*/
        printf("\n the average score of every student: ");
        for(i=0;i<20;i++)
            printf("\n%4.1f",sum[i]/3);
        printf("\n the average score of three class: ");
        printf("\n%4.1f, 4.1f, 4.1f",s1_sum/20,s2_sum/20,s3_sum/20);
        printf("\n the max score of every class: ");
        printf("\n%4.1f, 4.1f, 4.1f",s1[s1_max],s2[s2_max],s3[s3_max]);
        printf("\n the min score of every class: ");
        printf("\n%4.1f, 4.1f, 4.1f",s1[s1_min],s2[s2_min],s3[s3_min]);
    }
```

**【例 4.5】** 从键盘输入 500 个字符，统计各个字母出现的次数（不区分大小写）。

分析：这是一个典型的统计问题。存放 500 字符可以通过定义大小为 500 的一维字符数组来完成。字母若不区分大小写则会有 26 种情况，可以定义一个大小为 26 的整型数组来存放各个字母出现的次数。

```
#include<stdio.h>
main( )
{   char str[500];
    int i,s[26]={0};
    for(i=0;i<500;i++) str[i]=getchar( );
    for(i=0;i<500;i++)
    {
        switch(str[i])
        {
            case 'a':
            case 'A':s[0]++;break;
            case 'b':
            case 'B': s[1]++;break;
            case 'c':
            case 'C': s[2]++;break;
              ⋮
            case 'z':
            case 'Z': s[25]++;break;
        }
    }
    for(i=0;i<26;i++) printf("\n%d",s[i]);
}
```

如果通过这种算法解决问题，那么编程就是一件复杂的工作，根本无法体验程序设计的快乐。因为对每一个字符都需要进行 52 种情况的判断。

现在，对该问题重新进行分析。

在解决问题时，数组和循环必须配合使用，二者缺一不可。数组和循环配合使用的关键在于找到问题的规律。同样采用数组 str 来存放所输入的字符，采用大小为 26 的数组 s 来存放各个字母出现的次数。其中，s[0]存放字母 a（不区分大小写）的个数，s[1]存放字母 b 的个数，以此类推，s[25]存放字母 z 的个数。

现在来分析 str[i]中存放的内容，一般只有三种情况：大写字母、小写字母、非字母字符。假定 str[i]现在为大写字母，则该字母的数目一定存放在 s[str[i]−65]中。因为 str[i]−65 正好为存放该字母数目的元素的下标。同理，假定 str[i]现在为小写字母，则该字母的数目一定存放在 s[str[i]−97]中。因为 str[i]−97 正好为存放该字母数目的元素的下标。所以，程序可改写如下：

```
#include    <stdio.h>
main( )
{   char str[500];
    int i,s[26]={0};
    for(i=0;i<500;i++) str[i]=getchar( );
    for(i=0;i<500;i++)
      {
        if(str[i]>='A'&& str[i]<= 'Z') s[str[i]−65]++;
        if(str[i]>= 'a'&& str[i]<= 'z') s[str[i]−97]++;
      }
    for(i=0;i<26;i++) printf("\%5d",s[i]);
}
```

【例 4.6】　从键盘上输入多个工人的工资，对这些工资按照从小到大的顺序进行排序。

分析：排序问题是程序设计中的一类典型问题，它广泛应用于数据管理。排序的方法很多，如交换排序、选择排序、归并排序、堆排序等。

在此通过选择排序来解决该问题。所谓选择排序，就是每次从待排序列中选择出最大值，然后与待排序列的最后一个元素交换位置（或者每次从待排序列中选择出最小值，然后与待排序列的第一个元素交换位置）。例如，现在有 6 个数构成待排序列（12，37，56，17，35，9），从这 6 个数字中可以选出最大值 56，与待排序列的最后一个元素 9 交换位置。得到新的序列（12，37，9，17，35，56）。新的待排序列应该包含 5 个数（56 不包括在内），即（12，37，9，17，35）。从这 5 个数字中可以选出最大值 37，和待排序列的最后一个元素 35 交换位置。得到新的序列（12，35，9，17，37，56）。可以发现 37，56 已经有序，以此类推，可以得到最后的排序结果。若有 $n$ 个数值需要排序，这样的比较需要 $n−1$ 次。

现在写出第一轮排序的算法描述，其中数组 num 存放待排序序列。

```
i=n−1;                              /*最后一个元素的下标*/
k=0;                               /*最初默认的最大值下标*/
for(j=1;j<=i;j++)                   /*求最大值的下标*/
    if (num[j]>num[k]) k=j;
if(k!=i)                           /*若最后一个元素不是最大值则交换*/
  {
    int temp;
    temp=num[i];num[i]=num[k];num[k]=temp;
  }
```

一轮排序只能排出一个数字，则 $n$ 个数字需要进行 $n−1$ 轮排序才能完成。

完整的程序代码如下：

```
main( )
{
  float num[100];
```

```
    int n,i,j,k;
    printf("\n please input the number of worker: ");
    scanf("%d",&n);                              /*输入工人的人数*/
    printf("\n please input the wage of worker: ");
    for(i=0;i<n;i++) scanf("%f",&num[i]);
    for(i=n-1;i>=1;i--)
      {
      k=0;                                       /*最初默认的最大值下标*/
      for(j=1;j<=i;j++)                          /*求最大值的下标*/
        if (num[j]>num[k]) k=j;
      if(k!=i)                                   /*若最后一个元素不是最大值则交换*/
        {
        int temp;
        temp=num[i];num[i]=num[k];num[k]=temp;
        }
      }
    printf("\n display the result of sort\n");
    for(i=0;i<n;i++) printf("%f",num[i]);
  }
```

**【例 4.7】** 从键盘输入 10 个学生的成绩，形成查找表，然后再输入一个成绩，查看该成绩在查找表中是否存在，若存在，统计有几个学生具有该成绩。

分析：这是一个标准的查询问题，即查找某个数据是否存在。查询的方法很多，最常见的方法就是顺序比较法。所谓顺序比较，就是从查找表的第一个元素开始依次和待查找的数进行比较，直到结束为止。

程序如下：

```
  main( )
  {
    int score[10],i,n,s=0;                       /*s 存放找到的学生的人数*/
    printf("\n input the score: ");
    for(i=0;i<10;i++) scanf("%d",&score[i]);     /*输入成绩，形成查找表*/
    printf("\n input the locate score: ");
    scanf("%d",&n);
    for(i=0;i<10;i++)
        if(score[i]==n) s++;
    if(s==0)
        printf("\n not found");
    else
        printf("\n the %d students have the same score",s);
  }
```

顺序比较法的优点是易于实现，而且对查找表中元素的顺序没有要求，缺点是效率低。

**【例 4.8】** 已知一数组存放了职工的编号（不会重复），且这些编号按照号码大小升序存放，输入一个职工的编号，查看该职工编号是否存在，若存在则显示其在数组中的位置。

分析：对这一问题，可以采用顺序比较法来解决，但顺序比较法最大的缺陷在于效率太低，当查找表中元素数目比较多时更明显。由于查找表中元素已经有序存放，可以采用折半查找法来解决该问题。折半查找法又称二分查找法，该方法要求数组中的数据已经排序。假设数组 a 中的数据已按升序排列，待查数为 x，折半查找的基本过程如下所述。

将 x 与数组的中间元素（a[mid]）进行比较，比较结果分三种情况：

① x==a[mid]，说明查找成功；

② x>a[mid]，说明若存在只能存在于数组的后半部分；

③ x<a[mid]，说明若存在只能存在于数组的前半部分。

以此类推，随着查找的进行，查找区间会越来越小，当查找区间没有数据时，查找以失败告终。

设数组 a 用于存放有序的查找表，a[low]～a[high]为查找区间。初始时，low=0，high=N−1，查找区间为 a[0]～a[N−1]。a[mid]为中间数，其中，mid=(low+high)/2。

当 x>a[mid]时，low=mid+1；表示要在后一半数组元素中继续查找。

当 x<a[mid]时，high=mid−1；表示要在前一半数组元素中继续查找。

程序如下：

```
#define   N   10
main( )
{
    int a[N]={12,23,45,53,58,62,68,70,80,98};
    int x,low,high,mid;
    printf ("\n please input the code: ");
    scanf("%d",&x);
    low=0;high=N−1;
    while (low<=high)
        {
        mid=(low+high)/2;
        if(x==a[mid])
            { printf ("%d\n",mid);
              break;
            }
        else
            if (x>a[mid])   low=mid+1;
            else
                high=mid−1;
        }
    if (low>high)   printf("\n not found\n");
}
```

显然，折半查找法比顺序比较法的效率要高得多。

折半查找法查找数字 13 的具体过程如图4.2所示。

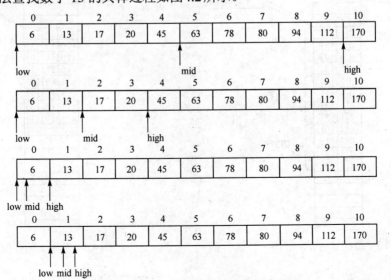

图 4.2　用折半查找法查找数字 13 的过程

## 4.3   二维数组

一维数组具有线性特征。在实际中，很多问题是二维的，具有行和列的特点。例如，对于一个 10 行 10 列的矩阵，该如何存储？

对于此问题，一种解决方法就是定义 10 个大小为 10 的一维数组。如果这样做，不但定义麻烦，而且不利于以后的处理。另外一种解决方法就是使用二维数组。

C 语言允许定义多维数组，其中最简单的就是二维数组。从用户的角度看，二维数组由若干行、列构成，实质上，二维数组最终也是在一维线性空间上实现的。二维以上的数组称为多维数组。

### 4.3.1   二维数组的定义及使用

**1. 二维数组的定义**

定义二维数组的一般形式为：

**类型　　数组名[行数][列数]；**

例如，"float d[3][4]；"相当于一次定义了 12 个 float 型变量。数组 d 是由 3 行 4 列构成（行号、列号均从 0 开始）的一个二维数组，该数组共有 12 个元素。依次表示为 d[0][0]、d[0][1]、d[0][2]、d[0][3]、d[1][0]、d[1][1]、d[1][2]、d[1][3]、d[2][0]、d[2][1]、d[2][2] 和 d[2][3]。可以表示为 d[i][j]，其中 i 为行号，j 为列号。它们在内存中存放的顺序如图4.3所示。

同样，也可以定义更高维数的数组，如三维数组。例如：

```
int c[2][2][2];
```

定义了数组 c 为一个三维数组，该数组共有 8 个元素。依次表示为 c[0][0][0]、c[0][0][1]、c[0][1][0]、c[0][1][1]、c[1][0][0]、c[1][0][1]、c[1][1][0] 和 c[1][1][1]，它们在内存中也是顺序存放的，如图4.4所示。

图 4.3　数组 d 的存放形式　　　　图 4.4　数组 c 的存放形式

注意：

① C 语言中，数组下标无论是行号还是列号，均从 0 开始。

② C 语言中，二维数组存放采用行优先方式（有的语言采用列优先方式），即先存放第 0 行，然后再存放第 1 行，以此类推。而对于每行而言，也是先存放下标为 0 的元素，再存放下标为 1 的元素，以此类推。

**2．二维数组元素的初始化**

① 行初始化方式。例如：

　　　int b[2][3]={{1,2,3},{4,5,6}};

该方法采用行初始化方式，每行用一对{ }括起来。初始化后，数组 b 的 6 个元素将获得数值，如图4.5所示。

又如：

　　　int d[2][3]={{1,2},{3}};

初始化后，数组 d 的 6 个元素将获得数值，如图4.6所示。即二维数组 d 中只有 d[0][0]、d[0][1]和d[1][0]三个元素分别获得数值 1、2 和 3，而其余元素获得系统默认值 0。

图4.5　行初始化方式实例 1

图4.6　行初始化方式实例 2

同样，也可对三维数组赋初值，例如：

　　　int c[2][2][2]={{1,2},{3,4},{5,6},{7,8}};

初始化后，数组 c 的 8 个元素将获得初值，如图4.7所示。

② 对应元素初始化方式。例如：

　　　int e[2][3]={1,2,3,4,5,6};

该方法采用对应元素初始化方式，从下标为 0 的元素开始，依次赋值。

又如：

　　　float a[2][3][2]={2,5,3,0,8,6,1};

初始化后，数组中的元素 a[0][0][0]、a[0][0][1]、a[0][1][0]、a[0][2][0]、a[0][2][1]和 a[1][0][0] 将分别获得数值 2.0、5.0、3.0、8.0、6.0 和 1.0，而其余元素获得系统默认值 0.0，如图 4.8 所示。

### 4.3.2　二维数组应用举例

【例 4.9】　从键盘输入一个 5 行 5 列的矩阵，求其最大元素、最小元素、矩阵主对角线元素的平均值，并显示该矩阵。

图 4.7　行初始化方式实例 3

图 4.8　行初始化方式实例 4

分析：5 行 5 列矩阵可以通过二维数组来存放。所谓矩阵主对角线元素，其实就是二维数组中具有相同行号和列号的元素。求最大元素、最小元素本质上是求出最大元素、最小元素的下标。由于在二维数组中，确定一个元素需要两个下标，所以确定最大元素、最小元素就需要四个下标，可定义一个大小为 4 的一维数组 b 来存放这些下标。其中，b[0]存放最大元素行标，b[1]存放最大元素列标，b[2]存放最小元素行标，b[3]存放最小元素列标。

程序如下：

```
main( )
{
  int a[5][5],i,j,b[4]={0},sum=0;                    /*输入矩阵*/

  for(i=0;i<5;i++)
     for(j=0;j<5;j++) scanf("%d",&a[i][j]);
  /*求最大元素、最小元素的下标*/
     for(i=0;i<5;i++)
       for(j=0;j<5;j++)
         {
            if(a[i][j]>a[b[0]][b[1]]) {b[0]=i;b[1]=j;}
            if(a[i][j]<a[b[2]][b[3]]) {b[2]=i;b[3]=j;}
            if(i==j) sum+=a[i][j];                    /*主对角线元素累加*/
         }
  printf("\n the max is %d",a[b[0]][b[1]]);
  printf("\n the min is %d",a[b[2]][b[3]]);
  printf("\n the average is %7.2f\n",sum/5.0);
  for(i=0;i<5;i++)
    {
     printf("\n");                                    /*换行*/
     for(j=0;j<5;j++)   printf("%6d",a[i][j]);        /*打印一行*/
    }
}
```

【例 4.10】　现在有 10 个学生，每人 7 门课程的成绩。将其在二维数组 a 中保存，要求选出每个人的最高分并存在一维数组 b 中。

分析：本题的编程思路是在数组 a 的每一行中寻找最大的元素，找到之后把该值赋予数组 b 相应的元素即可。

程序如下：

```
main( )
{
  int a[10][7],b[10],i,j,m;
  for(i=0;i<10;i++)
      for(j=0;j<7;j++) scanf("%d",&a[i][j]);
  for(i=0;i<10;i++)
    {   m=a[i][0];
        for(j=1;j<7;j++)
            if(a[i][j]>m) m=a[i][j];
        b[i]=m;
    }
  printf("\n array b:\n");
  for(i=0;i<10;i++)
      printf("%5d",b[i]);
}
```

程序中第 6 行的 for 语句中又嵌套了一个 for 语句，组成了双重循环。外循环控制逐行处理，并把每行的第 0 列元素赋予 m。进入内循环后，把 m 与后面各列元素比较，并把比 m 大者赋给 m。内循环结束时，m 即为该行最大的元素，然后把 m 值赋给 b[i]。等外循环全部完成时，数组 b 中已存入了数组 a 各行中的最大值。

【例 4.11】　编写程序，实现矩阵（3 行 3 列）的转置（即行列互换）。

分析：这个问题的关键在于进行对应元素的互换。由矩阵的对称性不难看出，在进行元素互换时，a[i][j]正好与a[j][i]互换，如图4.9所示。因而只要让程序"走完"矩阵的左上角即可（用 for(i=0;i<2;i++)嵌套 for(j=i+1;j<3;j++)来完成左上角的"走动"）。

图 4.9　矩阵转置

程序如下：

```
#include<stdio.h>
main( )
{
  int i,j,t;
  int array[3][3]={{100,200,300},{400,500,600},{700,800,900}};
  for(i=0;i<3;i++)
    {   printf("\n");
        for(j=0;j<3;j++)
            printf("%7d",array[i][j]);
    }
  for(i=0;i<2;i++)
    for(j=i+1;j<3;j++)
      {t=array[i][j];array[i][j]=array[j][i];array[j][i]=t;}
  printf("Converted array:\n");
  for(i=0;i<3;i++)
    {   printf("\n");
        for(j=0;j<3;j++)
            printf("%7d",array[i][j]);
    }
}
```

## 4.4 字符串与字符数组

### 4.4.1 引入字符串

文字处理是计算机的基本功能之一。正是因为计算机具有文字处理功能，才使得计算机的应用迅速普及。通过计算机进行文字处理，需要解决以下问题：

① 文字如何在计算机中存储？

② 如何对存储的文字进行处理？

此外，存储方式既要保证可对文字方便地进行处理，又要符合人们的习惯。

在 C 语言中，通过字符串表示文字，通过字符数组来存放字符串。

### 4.4.2 字符串与字符数组的概念

所谓"字符串"，是指由若干个字符（可以是 0 个）所构成的字符序列。现实中的文字在计算机中基本都以字符串的方式表示。

所谓"字符数组"，是指数组元素是 char 型的数组，字符数组也可以有一维、二维、三维或多维数组。其定义和使用方法与以前所讲的方法相同。

一维数组常用于存放一个字符串，多维字符数组常用于存放多个字符串。

注意：

① 系统在存放字符串时，会自动在字符串最后一个字符的后边加上字符串结束标志'\0'（要占 1 字节的存储空间）。也就是说，系统判断一个字符数组中存放的是否是一个字符串，就看在该数组中能否找到结束标志'\0'。

② 和其他数组一样，字符数组的越界判断要由用户自己完成。

### 4.4.3 字符数组初始化

字符数组初始化主要有两种方法。

**1. 通过字符初始化**

例如：

```
char s1[4]={ 'a', 'b', 'c', 'd'};
```

其中，s1 被定义为一个一维字符数组，它含有 4 个字符型变量元素。经初始化后，使 s1[0] 为'a'，s1[1]为'b'，s1[2]为'c'，s1[3]为'd'，如图4.10所示。

又如：

```
char s2[5]={'a', 'b', 'c','d','\0'};
```

其中，s2 也被定义为一个一维字符数组，它含有 5 个字符型变量元素。经初始化后，使 s2[0]为'a'，s2[1]为'b'，s2[2]为'c'，s2[3]为'd'，s2[4]为'\0'，如图4.11所示。因此，s2 数组是一个字符串数组，它存放着字符串常量"abcd"。

**2. 通过字符串初始化**

在将一个一维字符数组初始化为字符串时，可用下面的简捷方式：

```
char s2[5]="abcd";
```

或者

char s2[5]={"abcd"};

这两者等价，此时，系统会自动在字符串的最后存放一个结束符'\0'。

图 4.10 通过字符初始化一　　　　　　　　图 4.11 通过字符初始化二

注意：使用该方法时，字符数组的大小应大于等于字符串中字符的个数加 1（因为还要存放字符串结束符'\0'）。

例如：

char s3[5]= "abcde";

此用法是错误的，因为字符串中字符的个数为 5，再加上一个字符串结束符'\0'，共需 6 个存储单元，而定义的字符数组 s3 只有 5 个存储单元，因而越界出错。但是，只要定义的字符数组大小大于等于字符串中字符的个数加 1，就可以正常初始化。

又如：

char s4[10]= "abcde";

则数组 s4[10]在内存中的存放形式如图 4.12 所示。

| s4[0] | s4[1] | s4[2] | s4[3] | s4[4] | s4[5] | s4[6] | s4[7] | s4[8] | s4[9] |
|---|---|---|---|---|---|---|---|---|---|
| a | b | c | d | e | \0 | \0 | \0 | \0 | \0 |

图 4.12 数组在内存中的存放形式

注意：

① 在定义数组时，可以用省略第一维大小的方法来初始化一个数组的各个元素。数组的元素个数虽然没有指定，但它的大小可以由初始化时等号后面的数据的个数决定。例如：

char s3[]="abcde";

虽然字符数组 s3 的元素个数没有指定，但它的大小由等号后面的字符串中字符的个数加 1 决定，即字符数组 s3 初始化后为 6 个元素。它等价于：

char s3[6]= "abcde";

② 二维字符数组的初始化可以用初始值表的方法，也可以用字符串常量的方法。例如：

char s5[3][4]={{ 'a', 'b', 'c','\0'},{ '1', '2', '3','\0'},{ 'm', 'n', 'l','\0'}};

或者

char s5[3][4]={ "abc","123","mnl"};

或者

char s5[][4]= { "abc","123","mnl"};

这三种方法都是等价的。

③ 在使用字符数组时，不能将一个字符串直接赋给一个字符数组名，只能对字符数组的元素逐个赋值。例如，以下用法是错误的。

char s[10];s="abcde";

### 4.4.4 字符串基本处理函数

在 C 语言中，规定了一些字符串基本处理函数。

**1. 字符串的输入与输出**

（1）字符串的输入

可以通过 scanf( )函数和 gets( )函数来完成字符串的输入。

① scanf( )函数。其输入字符串的格式为：

**scanf（"%s",字符数组名）;**

② gets( )函数。其输入字符串的格式为：

**gets（字符数组名）;**

两者的区别：scanf( )函数输入的字符串中不能含有空格（因为 scanf( )函数以按回车键和空格键作为字符串输入结束标志）；gets( )函数则没有限制（仅以按回车键作为字符串输入结束标志）。

（2）字符串的输出

可以通过 printf( )函数和 puts( )函数来完成字符串的输出。

① printf( )函数。其输出字符串的格式为：

**printf（"%s",字符数组名）;**

② puts( )函数。其输出字符串的格式为：

**puts（字符数组名）;**

两者的区别：printf( )函数输出一个字符串后，光标不换行；采用 puts( )函数进行输出后，光标自动换行。

在使用 gets( )函数和 puts( )函数时，须包含头文件"stdio.h"。

**2. 常见字符串操作函数**

① strcpy 函数。其格式为：

**strcpy（字符数组名,"字符串"）;**

其作用是将字符串复制到字符数组中且自动加'\0'。

② strcat 函数。其格式为：

**strcat（字符数组名 1，字符数组名 2）;**

其作用是将第二个字符串的内容连接到第一个字符串内容的后边。

③ strcmp 函数。其格式为：

**strcmp（字符串 1,字符串 2）;**

其作用是比较两个字符串。若两个字符串相等，返回值为 0；若字符串 1 大于字符串 2，则返回值为一个正整数（为串中不同字符的 ASCII 码差值）；若字符串 1 小于字符串 2，则返回值为一个负整数。

④ strlen 函数。其格式为：

strlen（字符串）;

其作用是计算以'\0'结尾的字符串的长度，并且返回字符串的长度，结尾字符'\0'不计算在内。

注意：如果在程序中要使用这四个函数，需要包含头文件"string.h"。

### 4.4.5　字符数组应用举例

【**例 4.12**】　编写程序完成如下功能，从键盘输入一个字符串，求字符串中的字符个数（不能调用系统函数）。

分析：这是求文字长度的问题，对于字符串而言，求其字符个数其实就是求字符数组中结束标志'\0'以前的字符个数。可以采用从前向后逐个判断的方法。

```c
#include<stdio.h>
main( )
{
    char str[100];
    int i=0;
    gets(str);                          /*输入字符串*/
    while(str[i]!='\0')   i++;
    printf("\n the length of string is %d",i);
}
```

【**例 4.13**】　编写程序，实现字符串的复制功能。

分析：字符串的复制是通过对字符逐个赋值来完成的。

```c
#include   <stdio.h>
main( )
{
    char str1[100],str2[100];
    int i=0;
    gets(str1);
    while(str1[i]!= '\0')                /*字符串 1 没有结束,则继续赋值*/
      {
          str2[i]=str1[i]; i++;
      }
    str2[i]= '\0';                       /*加结束标志*/
    puts(str2);
}
```

下面再给出另外一个功能等价的程序。

```c
#include   <stdio.h>
main( )
{
    char str1[100],str2[100];
    int i=0,j=0;
    gets(str1);
    while(str2[i++]=str1[j++]);
    puts(str2);
}
```

在该程序中，核心的语句是"while(str2[i++]=str1[j++]);"，该语句能充分体现 C 语言简洁、高效的特点。

# 习 题 4

## 一、填空题

1. 下面程序的功能是将字符串 a 中下标值为偶数的元素由小到大排序，其他元素不变。请填空。

```
#include   <stdio.h>
main ( )
{   char a[ ]="labchmfye",t;
    int i,j;
    for( i=0; i<7; i+=2)
       for (j = i+2;j<9;____①____)
          if (____②____)
             {t = a[i]; a[i] = a[j];a[j] = t; j++;}
    puts(a);printf("\n");
}
```

2. 下面程序以每行 4 个数据的形式输出 a 数组，请填空。

```
#define N   20
main( )
{
    int a[N],i;
    for (i=0;i<N;i++)   scanf("%d",____①____);
       for(i=0;i<N;i++)
          { if(____②____)  ____③____
             printf("%3d",a[i]);}
    printf("\n");
}
```

3. 下面的程序可求出矩阵 a 的两条对角线上的元素之和，请填空。

```
main( )
{
    int a[3][3]={1,3,6,7,9,11,14,15,17},sum1=0,sum2=0,i,j;
    for (i=0;i<3;i++)
       for(j=0;j<3;j++)
           if(i= =j) sum1=sum1+a[i][j];
    for(i=0;i<3;i++)
       for(____①____;____②____;j- -)
          if ((i+j) = =2) sum2=sum2+a[i][j];
    printf("sum1=%d,sum2=%d\n",sum1,sum2);
}
```

4. 下面程序的功能是检查一个二维数组是否对称（即对所有 i、j 都有 a[i][j]=a[j][i]），请填空。

```
main( )
{
    int a[4][4]={1,2,3,4,2,2,5,6,3,5,3,7,4,6,7,4};
       int i,j,found=0;
    for(j=0;j<4;j++)
    for (____①____;i<4;i++)
       if(a[j][i]!=a[i][j])
```

```
        {   ②   ;break;}
            if (found) printf("no");
            else printf("yes");
    }
```

5. 下面的程序段将输出"computer"，请填空。

```
    char    c[ ] = "It's a computer";
    for ( i=0;    ①    ; i++)
    {    ②    ; printf("%c",c[j]);}
```

6. 下面程序的功能是在 3 个字符串中找出最小的，请填空。

```
    #include    <stdio.h>
    #include    <string.h>
    main( )
    {
        char s[20],str[3][20];
        int i;
        for(i=0;i<3;i++)    gets(str[i]);
        strcpy(s,    ①    );
        if(strcmp(str[2],s)<0)    strcpy(s,str[2]);
            printf("%s\n",    ②    );
    }
```

7. 若有定义：

```
    int a [3][4] = {{1,2},{0},{4,6,8,10}};
```

则初始化后，a[1][2]得到的初值是_____，a[2][1] 得到的初值是_____。

8. 设数组 a 中的元素均为正整数，以下程序的功能是求 a 中偶数的个数和偶数的平均值，请填空。

```
    main( )
    {
        int a[10]={1,2,3,4,5,6,7,8,9,10};
        int k,s,i; float ave;
        for ( k=s=i=0;i<10;i++ )
          {   if (a[i]%2!=0)    ①    ;
              s+=    ②    ;
              k++;
          }
        if (k!=0)
            {
                ave=s/k;
                printf("%d,%f\n",k,ave);
            }
    }
```

9. 下面程序段的功能是输出两个字符串中对应字符相等的字符，请填空。

```
        ⋮
    char x[ ]= "programming";
```

```
    char y[ ]= "Fortran";
    int i = 0;
    while (x[i]!= '\0'&&y[i]!= '\0')
    { if (x[i]= =y[i])
        printf("%c",  ____①____  );
            else
        i++;
    }
```

10. 下面程序段的运行结果是_____。

```
    char x[ ]= "the teacher"; int i=0;
    while (x[++i]!='\0')
    if (x[i-1]= ='t')      printf("%c",x[i]);
```

## 二、选择题

1. 以下对 C 语言字符数组的描述，错误的是（     ）。

    A. 字符数组可以存放字符串

    B. 字符数组中的字符串可以整体输入、输出

    C. 可以在赋值语句中通过赋值运算符"="对字符数组进行整体赋值

    D. 不可以用关系运算符对字符数组中的字符串进行比较

2. 不能把字符串"Hello!"赋给数组 b 的语句是（     ）。

    A. char b[10] = {"Hello! "};

    B. char b[10] ;   b="Hello! ";

    C. char b[10] = { 'H', 'e', 'l', 'l', 'o', '! ','\0'};

    D. char b[10] = "Hello! ";

3. 下面合法的数组定义是（     ）。

    A. int a[ ]= "string" ;                          B. int a[5] = {0,1,2,3,4,5};

    C. char a="string";                             D. char a[ ] = {0,1,2,3,4,5};

4. 以下能对二维数组 a 进行正确初始化的语句是（     ）。

    A. int a[2][ ] = {{1,0,1},{5,2,3}};

    B. int a[ ][3] = {{1,2,3},{4,5,6}};

    C. int a[2][6] = {{1,2,3},{4,5},{6}};

    D. int a[ ][3] = {{1,0,1} { },{1,1}};

5. 若有说明 int   a[3][4] ={0};，则下面叙述正确的是（     ）。

    A. 只有元素 a[0][0]可得到初值 0

    B. 此说明语句不正确

    C. 数组 a 中各元素都可得到初值，但其不一定为 0

    D. 数组 a 中各元素都可得到初值 0

6. 在 C 语言中，引用数组元素时，其数组下标的数据类型允许是（     ）。

    A. 整常量                                          B. 整型表达式

    C. 整型常量和整型表达式                          D. 任何类型的表达式

7. 以下对一维整型数组 a 的正确说明是（     ）。

A. int a (10);                     B. int n=10,a[n];

C. int n;                        D. #define SIZE 10

    scanf ("%d",&n);                    int a[SIZE];

    int a[n];

8. 若有说明 int a[10];，则对 a 数组元素的正确引用是（　　）。

    A. a [10]          B. a [3.5]          C. a (5)          D. a[10–10]

9. 以下对二维数组 a 的正确说明是（　　）。

    A. int a[3][ ] ;                    B. float a (3,4);

    C. double a [1][4];                D. float a (3) (4);

10. 若有说明 int a [3][4];，则对 a 数组元素的正确引用是（　　）。

    A. a[2][4]          B. a[1,3]          C. a[1+1][0]          D. a(2)(1)

11. 若有说明 int a [3][4];，则对 a 数组元素的非法引用是（　　）。

    A. a[0][2*1]          B. a[1][3]          C. a[4–2][0]          D. a[0][4]

12. 对 int a[10]={6,7,8,9,10};语句理解正确的是（　　）。

    A. 将 5 个初值依次赋给 a[1]～a[5]

    B. 将 5 个初值依次赋给 a[0]～a[4]

    C. 将 5 个初值依次赋给 a[6]～a[10]

    D. 因为数组长度与初值的个数不相同，所以此语句不正确

13. 定义如下变量和数组：

    int k; int a[3][3]={1,2,3,4,5,6,7,8,9};

则执行 for ( k=0;k<3;k++) printf ("%d",a[k][2–k]);语句的输出结果是（　　）。

    A. 3 5 7          B. 3 6 9          C. 1 5 9          D. 1 4 7

14. 判断字符串 a 和 b 是否相等，应当使用（　　）。

    A. if (a= =b)                   B. if (a=b)

    C. if (strcpy(a,b))             D. if (strcmp(a,b))

15. 判断字符串 s1 是否大于字符串 s2，应当使用（　　）。

    A. if (s1>s2)                 B. if (strcmp (s1,s2))

    C. if (strcmp (s2,s1)>0)       D. if (strcmp (s1,s2)>0)

16. 下面程序段的功能是将字符串 s 中所有的字符 c 删除，请选择填空（　　）。

```
#include  < stdio.h>
main( )
{
    char s[80];
    int i,j;
    gets(s);
    for(i=j=0;s[i]!='\0';i++)
        if (s[i]!= 'c')  _____;
    s[j]= '\0';
    puts(s);
}
```

    A. s[j++]=s[i]      B. s[++j]=s[i]      C. s[j]=s[i] ;j++      D. s[j]=s[i]

17. 有两个字符数组 a、b，则以下正确的输入格式是（　　）。

    A. gets (a,b);　　　　　　　　　　　　　B. scanf ("％s％s",a,b);

    C. scanf ("％s％s",&a,&b);　　　　　　　D. gets("a"),gets("b");

18. 对两个数组 a 和 b 进行如下初始化，则以下叙述正确的是（　　）。

```
char a[ ]={'A', 'B', 'C', 'D', 'E', 'F'};
char b[ ]="ABCDEF";
```

    A. a 与 b 数组完全相同　　　　　　　　B. a 与 b 数组长度相同

    C. a 与 b 中都存放字符串　　　　　　　　D. b 数组比 a 数组长度长

## 三、程序设计

1. 编写程序，统计学生每门课的平均成绩及所有课程的平均成绩。学生数由键盘输入，每个学生学 4 门功课，并把所有不及格的学生成绩打印出来。

2. 编写程序，将 1～10 顺序地赋给一个整型数组，然后从第一个元素开始间隔地输出该数组。

3. 有 n 个人围成一圈，顺序排号。从第一个人开始报数（从 1～3 报数），报到 3 的人退出圈子，求退出顺序。

4. 编写一程序，将数组 a 中的相同数据只保留一个，然后输出。

5. 求一个字符串的长度。

6. 输入一行文字，找出其中大写字母、小写字母、空格、数字及其他字符各有多少。

7. 输入一个字符串，内有数字和非数字字符（如 A123x4561bcd7960?302tab5876）。输出子字符串，将其中连续的数字作为一个整数，依次存放到一维数组 a 中（例如，123 放在 a[0]中，456 放在 a[1]中），统计共有多少个整数，并输出这些数。

8. 有一字符串，编写程序，将此字符串中从第 m 个字符开始的全部字符复制成另一个字符串。

9. 编写程序，完成字符串的替换功能。

10. 在三个数组中，存放 30 个整数，对这 30 个整数进行排序，排序结果存放在另外一个数组中。

11. 编写程序，求 100～300 中所有的素数，并将其存放到一个数组中。

12. 编写程序，判断一字符串是否是回文（例如，"abcdedcba" 是回文，而 "abcdedfa" 不是回文）。

13. 定义两个整型数组，分别输入 10 个整数，对它们进行升序排序，结果存入新数组中。

14. 从键盘输入一字符串（假定字符串只由 "*" 和字母构成），删除该字符串所有的前导和后继 "*"。例如，输入*********abcdef**dfkh*****，删除后结果为：abcdef**dfkh。

15. 从键盘输入两个 5×5 矩阵，求两矩阵之和（矩阵求和规则：c[i][j]=a[i][j]+b[i][j]。）。

16. 从键盘输入一个十六进制数字字符串，将其转换为十进制数输出。

17. 编写程序完成如下功能：分别将字符串 a 和字符串 b 中的字符倒置。然后按交叉的顺序将两个字符数组合并存到字符数组 c 中，过长的部分直接连接在 c 的尾部。例如，若字符串 a 的内容为 "abcdefgh"，字符串 b 的内容为 "1990"，则结果为 "h0g9f9e1dcba"。

18. 输入一串字符（换行符结束），用循环语句将其中的大小写英文字母互换后输出。

19. 设有语句 int a[3][4];，先为数组输满数据，再将该数组周边的元素输出（元素输出次序不限）。

# 第 5 章 指　针

指针是 C 语言中广泛使用的一种数据类型。运用指针编程是 C 语言最主要的风格之一。指针变量可以指向各种数据结构，能很方便地使用数组和字符串，并能像汇编语言一样处理内存地址，从而编出精练且高效的程序。

## 5.1　指针的概念

### 5.1.1　指针的引入

在进行程序设计时，首先要解决的是数据的存储问题。一般的做法是先定义变量，然后将数据存放在变量中。这样就解决了数据的存储问题。

接下来，要确定如何使用这些存储的数据，方法有两种：一种是通过变量名使用数据；另一种方法是通过存储数据的存储空间的地址来使用数据。后一种方法不仅效率高，而且允许用户对指定存储空间进行操作。那么，如何通过存储数据的存储空间的地址来使用数据呢？C 语言提供的指针可以很好地解决这一问题。

例如，定义变量如下：

```
int a, b;
float f;
```

程序运行后，系统根据存储对象的类型在内存中为变量分配存储空间。这样，每一个对象的存储空间都可以用一个地址码来表示。C 语言中，为 int 型变量分配连续的 4 字节，为 float 型变量分配连续的 4 字节。用连续存储单元中的第一个单元的地址（即首地址）来表示该数据的内存单元地址。变量在内存中的存储情况如图5.1 所示。

图 5.1　变量在内存中的存储情况

其中，变量 a 的地址编码为 2000，变量 b 的地址编码为 2080，它们都占 4 字节的连续存储空间。变量 f 地址编码为 2090，占 4 字节的连续存储空间。

### 5.1.2　指针变量与指针常量

对象在内存中所占存储空间的起始地址称为指向该对象的指针。从本质上讲，指针就是地址。

#### 1. 指针变量

指针变量是指保存其他对象内存地址（指针）的变量（是"指针类型"的变量）。换句话说，指针变量和整型变量一样，均为变量，只不过整型变量中存放的是一个具体的整型数据，而指针变量中存放的是指针（一个指针变量在内存中占 4 字节，一般情况下存放用户自定义的变量的地址，或者用户自己申请的内存空间的首地址）。

C 语言中引入的指针类型数据，实际上就是地址类型的数据。在程序中，既可以通过变量名来访问存储单元，又可以通过单元地址编码（指针）来访问存储单元。若 A 为变量 B 的首地址（可以将该地址存放在一个指针变量中），则称 A 为 B 的指针，B 为 A 所指向的目标（对象）。

注意：

① 对于具有多个内存单元的数据，其地址为连续单元的首地址（第一个单元的地址编码）。

② 注意区分指针和指针变量的概念。指针是一个对象的地址，而指针变量是一个变量，在指针变量中存放另一个对象的地址（即指针）。

③ 指针就是变量的地址。同其他类型的数据一样，指针类型的数据也有指针常量、指针变量，以及各种各样的运算。

**2．指针常量**

同其他基本数据类型一样，指针类型的数据也有常量。在 C 语言中，常用的指针类型常量有数组名、函数名、字符串常量、强制转换成指针类型的无符号整数等。在这些指针常量中，用得最多的是数组名。当定义一个数组后，系统将在内存中为该数组分配连续存储空间，为了便于对该数组进行操作，系统用数组名表示该数组在内存中的起始地址。由于数组所占空间一旦分配就不能移动、不能扩充，所以数组名为指针常量。

图 5.2　数组名与指针关系示例

例如：

int　a[100], *p;

定义 a 和 p 都是指针类型的数据，但是 a 是指针常量，p 是指针变量。可以为指针变量 p 赋值，但不能为指针常量 a 赋值（给数组名 a 赋值）。因而表达式 a++、a=a−2 等所犯的错误如同 10++、5=10−2 等所犯的错误一样。

a 和 p 的另外一个区别在于：当它们被定义之后，a 指向一个能够存放 100 个 int 型数据的内存区域，而 p 在没有赋值之前没有明确的指向。除此之外，a 与 p 完全相同。数组名与指针关系示例如图5.2所示。

# 5.2　指针的使用

## 5.2.1　指针变量的定义与初始化

**1．指针变量的定义**

指针变量的定义形式为：

**类型　*指针变量名;**

说明：

① 类型是指针所指对象的类型；

② 指针变量名须遵循标志符的命名规则；

③ *表示该变量为指针变量，以区别普通变量。

例如：

```
int  *p;                  /* p 是一个指向整型（int）变量的指针变量 */
char *s;                  /* s 是一个指向字符型（char）变量的指针变量 */
long *lpointer;           /* lpointer 是一个指向长整型（long）变量的指针变量 */
int  *p1,*p2,*p3;         /* p1、p2、p3 是指向整型（int）变量的指针变量 */
```

### 2．指针变量的初始化

在定义指针变量的同时，可以对其进行初始化，以保证指针变量中的指针有明确的指向。

例如：

```
int a,*p=&a;
```

将变量 a 的地址放到指针变量 p 中，a 现在就是 p 所指向的对象。

当把一个变量的地址作为初始值赋给指针变量时，变量必须在这个指针变量初始化之前定义过。一般可用取地址运算符（&）获取该变量的地址（如&a）。

下面几种对指针变量初始化的做法是错误的。

① 情形一：

```
float *p=&b;
float b;
```

在定义指针变量 p 时，变量 b 还没有定义，故不能获得变量 b 的地址。

② 情形二：

```
short int a;
float *p=&a;
```

编译不出错，但运行结果会出错。因为系统会认为指针变量 p 所指对象是 float 型的，每次会对连续的 4 字节进行处理，而不是 a 的 2 字节空间。

③ 情形三：

```
float *p=100;
```

编译不出错，其作用是将一个整型数据作为一个内存地址赋给一个指针变量，如果对该地址进行写操作，可能产生严重的错误。

④ 情形四：可以把一个指针变量初始化为一个空指针，不指向任何对象。其方法是用数值 0 来初始化指针变量，如"int *p=0;"。

## 5.2.2　指针的运算

### 1．两个基本运算

（1）取地址运算——&

&是一个单目运算符，用于获取存储单元的首地址，称其为取地址运算。其使用格式为：

**&变量名**

该语句表示获取该变量的地址。例如：

```
int   x;
char  y;
double  z;
```

则&x、&y、&z 都是正确的表达式，它们分别表示变量 x、y 和 z 的地址。而&(x+1)、&('a')、&(z*2)等都是错误的。

（2）引用目标运算——*

*是一个单目运算符，它用于对某一指针所指目标进行访问，称其为引用目标运算。这种运算只能加在指针类型的数据上。其使用格式为：

**\*指针表达式**

例如：

```
int   *p,*q,x,y;
p=&x;q=&y;
*p=10;*q=*p;
```

图 5.3 变量 p 与 q 的引用示例

其中，语句*p=10;是将 10 赋给指针变量 p 所指的变量 x；而语句"*q=*p;"是将指针变量 p 所指的变量 x 的值赋给指针变量 q 所指的变量 y，如图5.3所示。

注意：

① 为了运算正确，一个指针变量应指向同类型的变量。例如：

```
int a, *p;
float f;
p=&a;           /*指针变量 p 指向整型变量 a*/
p=&f;           /*逻辑错误，p 不能指向浮点型变量*/
```

② 表达式*p 表示引用 p 所指向的对象，该对象必须是确定的。因此引用一个指针变量之前，该指针必须已经指向一个变量。

③ 运算符&、*、++、−−的优先级相同，按自右向左的方向结合。例如：

```
int a[10],*p=a;
```

则有如下的等价关系。

- p 等价于 a，等价于&a[0]，等价于&*p；
- *p 等价于 a[0]，等价于*a，等价于*&a[0]；
- (*p)++等价于 a[0]++；
- *p++等价于*(p++)。

④ 区别几个关键的概念，即指针变量和指针变量指向的变量、指针变量的值和指针变量所指向的变量的值。例如：

```
int a,*p;
p=&a;
*p=3;
```

其中，指针变量 p 所指向的变量是 a。指针变量 p 的值为变量 a 的地址，在本示例中为2004，指针变量所指向的变量的值为 3，如图5.4所示。

**【例 5.1】** 交换两个指针本身的值。

程序如下：

```
main( )
{
    int a,b;
    int *p,*q,*t;
    a=100;b=10;
    p=&a;    q=&b;
    printf("*p=%d,*q=%d\n",*p,*q);
    t=q;    q=p;    p=t;
    printf("*p=%d,*q=%d\n",*p,*q);
}
```

运行结果为：

```
*p=100,*q=10
*p=10,*q=100
```

注意：交换前，p 指向 a，q 指向 b；交换后，p 指向 b，q 指向 a。变量 a、b 的值并没有被修改，其交换过程如图5.5所示。

图 5.4　指针变量 p、指针变量 p 指向的变量示例　　　图 5.5　指针变量 p 与 q 值的交换过程示例

**【例 5.2】** 判断下列程序的执行结果，仔细分析区别所在。

程序如下：

```
#include<stdio.h>
main( )
{
    int x,y,*p,*q,t,*r;
    x=100;y=200;
    p=&x;q=&y;
    printf("x=%d y=%d *p=%d *q=%d\n",x,y,*p,*q);
    t=x;x=y;y=t;                          /*交换 x、y 的值*/
    printf("x=%d y=%d *p=%d *q=%d\n",x,y,*p,*q);
    x=100;y=200;
    p=&x;q=&y;
    t=*p;*p=*q;*q=t;                      /*交换 p、q 所指向的对象的值*/
    printf("x=%d y=%d *p=%d *q=%d\n",x,y,*p,*q);
    x=100;y=200;
    p=&x;q=&y;
    r=p;p=q;q=r;                          /*交换 p、q 本身的值*/
    printf("x=%d y=%d *p=%d *q=%d\n",x,y,*p,*q);
}
```

程序的执行结果为：

```
x=100    y=200    *p=100    *q=200
x=200    y=100    *p=200    *q=100
x=200    y=100    *p=200    *q=100
x=100    y=200    *p=200    *q=100
```

三次交换中，各变量的存储内容变化情况如图5.6所示。

图 5.6   变量 p、q、x、y 存储内容的变化情况

从图 5.6 中可以看出，第一次交换与第二次交换有相同的结果，都是对变量 x、y 的交换；而第三次交换则是对指针变量 p、q 的交换，x、y 的值不变。

除了取地址与引用目标运算外，与指针相关的运算还有指针的关系运算、指针与整数的加减运算及指针的减法运算。

### 2. 指针的关系运算

当两个指针指向同一个数组时，两个指针可以比较大小。当这两个指针相等时，说明这两个指针指向同一个数组元素。

运算符包括<、>、<=、>=、==、!=等关系运算符。用比较运算符连接两个相关指针的表达式也是关系运算表达式，而且在 C 语言中都是整型表达式。关系成立时，表达式的计算结果为 1；否则为 0。

### 3. 指针的加减运算

一个指针可以加上或减去一个整数值，包括加 1 或减 1 运算。

由于 p±n 为一指针表达式，所以其运算结果可以赋予与 p 指向相同目标类型的指针变量，在实际编程中最常用到的是指针的增量或减量运算，如 p++、p－－、++p、－－p 等。

C 编译程序在处理一个指针型数据加（减）一个整数 n 这种指针表达式时，并不是简单地将指针加（减）n，而是要将指针加上（减去）n 个目标数据元素所占据的内存单元数目。

例如，指向 char 类型目标的指针和指向 double 类型目标的指针，在程序中有同样的加（减）整数 n 表达式计算，而在编译程序实际处理时，表达式计算结果分别为加（减）整数 n*1 和加（减）整数 n*8。

注意：p － q 表示 p 与 q 之间数据元素（变量）的个数，而不是存储单元的字节数，它实际上等于存储单元的字节数除以每个单元所占内存单元数。

【**例 5.3**】 分析下面的程序，理解指针运算。

程序如下：

```
main( )
{
  int a[5]={1,2,3,4,5};
  int *p;
  p=&a[0];
  printf("%3d",*p);
  p=p+2;
  printf("%3d",*p);
  p− −;
  printf("%3d",*p);
}
```

运行结果为：

    1　3　2

可见，执行 p=p+2 后，p 所指向的位置由 a[0]变为 a[2]，偏移量为 2 个 int 型存储单元，即向后移动了 8 字节。而执行 p− −后，p 所指向的位置由 a[2]变为 a[1]，偏移量为 1 个 int 型存储单元，即向前移动了 4 字节。

### 5.2.3 指针的安全

请看下面的例子：

```
char s='a';
long *ptr;
ptr=&s;
*ptr=1298;
```

指针 ptr 是一个 long 型指针，它指向的类型是 long int，ptr 的值就是变量 s 的首地址。s 占 1 字节，long int 类型占 8 字节。最后一条语句不但改变了 s 所占的 1 字节，还把和 s 相邻的高地址方向的 7 字节也改变了。这 7 字节中原先存放的是什么内容只有编译程序知道，而写程序的人是不知道的。也许这 7 字节里存储了非常重要的数据，也许存储的是程序的一条代码，而由于不正确地使用指针，使这 7 字节的值被改变了，这可能会造成严重错误。

在用指针访问数组的时候，也要注意不要超出数组的最低界限和最高界限，否则也会造成类似的错误。

## 5.3 指针与一维数组

数组名与指针是完全相同的数据类型，它们之间的运算是通用的。它们之间的区别仅在于数组名是指针常量而已。

在使用数组时，通过下标引用来使用数组元素。实际上，通过下标访问元素的运算完全等价于指针的引用目标运算，通过下标访问元素的运算在编译时会自动转换为指针目标引用运算。

以下等价关系成立：

① （指针表达式）[n]等价于*（指针表达式+n）；

② 数组名[n]等价于*（数组名+n）。

例如：

```
int a[10],*p=a,n=3;
```

则 p[n]、*(p+n)、a[n]、*(a+n)等价。

**【例5.4】** 分析下面的程序，理解指针与数组的等价性。

程序如下：

```
main()
{
    int a[10],*p=a,i;
    for(i=0;i<10;i++) scanf("%d",p++);
    for(i=0;i<10;i++)
        printf("a[%d]=%d\n",i,a[i]);
    for(i=0;i<10;i++)
        printf("*(a+%d)=%d\n",i,*(a+i));
}
```

图 5.7 数组名与指针关系示例

从例 5.4 可以看出，*(a+i)与数组 a[i]可实现相同的功能，可访问同一数据。实际上，表达式 a[i]是访问以 a 为起点的第 i 个数据，它先进行地址计算，求 a+i，然后访问该地址的对象。因此，*(a+i)与 a[i]所实现的功能完全相同。

如果指针 p 指向数组 a，如图5.7所示，则*(p+i)与 a[i]也是完全等价的表示形式。在例 5.4 中，a[i]与*(a+i)或*(p+i)是完全等价的表达式。所以，完全可以像访问数组元素那样去访问指针所指向的目标；同样，也可以像引用指针目标那样去访问数组元素。

**【例5.5】** 通过三种方法输出数组的全部元素。

① 下标法。此方法简单、直观。

```
main ()
{
    int a[10], i;
    for(i=0;i<10;i++) scanf("%d", &a[i]);
    printf("\n");
    for(i=0;i<10;i++) printf("%d ",a[i]);
}
```

② 用数组名计算数组元素的地址。此方法不常用。

```
main ()
{
    int a[10],i;
    for(i=0;i<10;i++) scanf("%d", a+i);
    printf("\n");
    for(i=0;i<10;i++) printf("%d ",*(a+i));
}
```

③ 用指针访问各元素。此方法高效、常用。

```
main ()
{
```

```
    int a[10],*p, i;
    for(p=a,i=0;i<10;i++) scanf("%d", p++);
    printf("\n");
    for(p=a,i=0;i<10;i++) printf("%d ",*p++);
}
```

【例 5.6】 用指针的方法实现将数组中的元素颠倒存放。

程序如下：

```
main( )
{
    int a[10],i,t,*p=a,*q=a;
    printf("\n");
    for(i=0;i<10;i++) scanf("%d",p++);
    for(p- -;q<p;p- -,q++)
        {int temp;
          temp=*p; *p=*q;*q=temp;
        }
    printf ("\n");
    for(i=0;i<10;i++)
        printf("% d",a[i]);
}
```

## 5.4 指针与二维数组

不仅可以通过指针使用一维数组，同样也可以通过指针使用二维数组。

### 5.4.1 理解二维数组

在 C 语言中，计算机以行为主序（即一行接一行）把数组存放在一维线性内存空间中，如图 5.8 所示。从图中可以看出，它同一维数组的存放形式一样，但二者引用数组元素地址的计算方法有所区别。

图 5.8 二维数组的顺序存储

① C 语言将二维数组理解为其构成元素是一维数组的一维数组。

C 语言将二维数组定义时的行、列下标分别用中括号（[]）分开。对于图5.8所示的数组 a 而言，a 中有 3 个元素：a[0]、a[1]、a[2]。而每个元素 a[i]（行数组）又由 4 个数据元素 a[i][0]、a[i][1]、a[i][2]、a[i][3] 组成。

② 表达式 a+i 是行指针。

对于二维数组，数组名 a 是一个"指向行的指针"，它指向数组第 0 行。而且它仍然是数组的首地址，即第 0 个元素的地址。由于 a 是指向行的指针，表达式 a+i 中的偏移量 i 是以"行"为单位的，所以 a+i 就是第 i 行的地址。

因此，有如下等价关系：

● a 等价于&a[0]；

● a+i 等价于&a[i]。

也就是说，a+i 表示指向二维数组 a 中第 i 行的地址（指针）。

如下等价关系也成立：*(a+i)等价于 a[i]等价于&a[i][0]。

特别注意，*(a+i)中的"*"已不再是取(a+i)地址中的内容，而是表示数组 a 中的第 i 行的首地址。也可以把 a+i 看成行指针，而把*(a+i)看成列指针。

③ *(a+i)+j 是元素的地址。

因为表达式 a[i]和*(a+i)表示第 i 行的首地址，因而表达式*(a+i)+j 就是第 i 行第 j 个元素的地址，即数组 a 中 a[i][j]元素的地址，所以有等价关系：*(a+i)+j 等价于 a[i]+j 等价于&a[i][j]。

如果在上述表达式前面再加一个"*"，即*(*(a+i)+j)、*(a[i]+j)、*&a[i][j]，则它们都表示数组 a 的元素 a[i][j]。实际上，当用户程序中用 a[i][j]格式来引用该元素时，C 语言对 a[i][j]的地址&a[i][j]计算过程是：先将其转换为*(a[i]+j)，再将其中的 a[i]转换为*(a+i)，最后得到*(*(a+i)+j)。系统最终通过转换后的式子*(*(a+i)+j)来计算地址并引用数组元素。

注意：在一维数组和二维数组中，a+i 和*(a+i)的含义不同。在一维数组中，a+i 表示数组 a 的第 i 个元素的地址，而*(a+i)为数组 a 中第 i 个元素的值；在二维数组中，a+i 和*(a+i)都表示地址，其中 a+i 表示数组 a 的第 i 行首地址，而*(a+i)表示 a 数组中第 i 行第 0 列元素的地址。

④ 二维数组中元素偏移量的计算。

C 语言对二维数组元素地址的处理方法是，先计算行地址，再计算列地址。对于二维数组 a[n][m]中的任意一个元素 a[i][j]，相对于 a[0][0]的偏移量计算公式为：$i*m+j$。其中 m 为该二维数组的列数。从此公式可以看出，二维数组中第 1 个下标 i（行下标）加 1 表示指针跳过一行（即跳过 m 个元素），第 2 个下标 j（列下标）加 1 表示指针向后移动一个元素。

【例 5.7】　用数组元素的偏移量访问数组。

程序如下：

```
main( )
{
    int a[3][4]={{1,2,3,4},{2,3,4,5},{3,4,5,6}};
    int i,j;
    for(i=0; i<3; i++)
        { for(j=0; j<4; j++)
            printf("a[%d][%d]=%-5d",i,j,*(a[0]+i*4+j) );
    printf("\n");
        }
}
```

运行结果为：

| | | | |
|---|---|---|---|
| a[0][0]=1 | a[0][1]=2 | a[0][2]=3 | a[0][3]=4 |
| a[1][0]=2 | a[1][1]=3 | a[1][2]=4 | a[1][3]=5 |
| a[2][0]=3 | a[2][1]=4 | a[2][2]=5 | a[2][3]=6 |

在该程序中，表达式 a[0]+i*4+j 表示第 i 行第 j 列元素的地址，因此 *(a[0]+i*4+j)就是元素 a[i][j]。*(a[0]+i*4+j)不能写成*(a+i*4+j)，因为 a 所指对象是行，a+i*4+j 表示从 a 开始跳过 i*4+j 行所得到的地址。而 a[0]（即*(a+0)）所指的对象为元素，所以 a[0]+i*4+j 表示从 a[0]开始跳过 i*4+j 个元素所得到的地址（即 a[i][j]的地址）。

### 5.4.2　通过指针访问二维数组

由于二维数组在计算机中是顺序存放的，所以只要定义一个与数组元素类型一致的指针变量，再将数组中某个元素的地址赋给这个指针变量，通过对该指针的移动和引用，就可以访问到数组中的每个元素。

【例 5.8】　用指针变量输出二维数组的元素。

[方法一]：

```
main( )
{
    int i,a[2][3]={1,2,3,4,5,6};
    int *p;
    for(p=&a[0][0],i=0;i<6; i++)
        {
            if(i%3==0)
                printf("\n");
            printf("%3d", *p++);
        }
}
```

程序中，利用数组元素在内存中存放的连续性，将二维数组看做是一个以 a[0]为数组名的由 6 个元素组成的一维数组。该方法通过改变指针变量 p 的值（即 p++）实现按顺序对数组元素进行访问，如图 5.9 所示。

应注意此时的指针变量 p，如果还要用该指针变量 p 访问 a 数组中的元素，则应重新给指针变量 p 赋数组 a 地址值，然后才能通过 p 引用数组 a 中的元素。

图 5.9　指针变量 p 访问 a 数组的元素示例

[方法二]：

```
main( )
{
    int a[2][3]={1,2,3,4,5,6};
    int *p,i,j;
    for(p=&a[0][0],i=0;i<2;i++)
        {
            printf("\n");
            for(j=0;j<3;j++)
                printf("%3d", *(p+i*3+j));
        }
}
```

在程序中，通过计算元素地址的偏移量实现对数组元素的访问，输出二维数组元素的值。p 所指的对象为元素，所以 p+i*3+j 为 a[i][j]的地址。

[方法三]：

```
main()
{
    int a[2][3]={1,2,3,4,5,6};
    int i,j;
    for(i=0;i<2;i++)
        {
            printf("\n");
            for(j=0;j<3;j++)
                printf("%3d", *(*(a+i)+j));
        }
}
```

在程序中，通过计算元素地址的偏移量实现对数组元素的访问，输出了二维数组元素的值。三个程序的运行结果相同，都为：

　　1　　2　　3
　　4　　5　　6

可以发现，虽然方法二和方法三都通过计算元素地址的偏移量实现对数组元素的访问。可是两者的使用方法不同：一个是*(p+i*3+j)；另一个是*(*(a+i)+j)。无法实现指针使用格式的统一。原因主要在于指针 p 所指向的对象是一个整型元素，而指针 a 所指向的对象是一个一维数组。

为了实现指针使用格式的统一，需要定义一种指向对象是一维数组的指针变量。

### 5.4.3　指向一维数组的指针变量

指向对象是一维数组的指针变量可以用来指向一个二维数组的某一行，然后进一步通过它再访问数组中的元素。

指针定义形式如下：

**类型标志符（\*标志符）[所指数组元素个数]；**

注意，圆括号不能省略。

例如：

```
int (*p)[4];        /*表示变量 p 是指向有 4 个元素的一维整型数组的指针变量*/
char (*q)[20];      /*表示变量 q 是指向有 20 个元素的一维字符数组的指针变量*/
```

【例 5.9】　输出二维数组任一元素的值。

程序如下：

```
main()
{
    int a[2][6]={0,1,2,3,4,5,6,7,8,9,10,11};
    int (*p)[6],i,j;
    p=a;
    scanf("%d,%d",&i,&j);
    printf("\na[%d][%d]=%d\n",i,j,*(*(p+i)+j));
}
```

若输入：1,2↙

则输出为：

a[1][2]=8

在该程序中，p 是指向二维数组 a 第 0 行的指针变量，p+i 是指向第 i 行的指针，即 p 的变化是以"行"为单位的，这与前面介绍二维数组的行指针 a+i 一样。但它与二维数组名的区别是：p 是指针变量，而数组名是指针常量。

该程序也可写为：

```
main( )
{
    int a[2][6]={0,1,2,3,4,5,6,7,8,9,10,11};
    int (*p)[6],i,j;
    p=a;
    scanf("%d,%d",&i,&j);
    printf("\na[%d][%d]=%d\n",i,j,p[i][j]);
}
```

上述程序实现了指针变量 p 和二维数组 a 使用格式的统一。也就是说，如果 p 是指向二维数组 a 中第 i 行的指针变量，则*p 与 a[i]等价。

注意：由于 p 是指向由 m 个整数组成的一维数组的指针变量，因而 p 和*p 的值相同（因为第 i 行的地址和元素 a[i][0]的地址相等），但含义不同，即 p 指向行的方向，而*p 指向列的方向。

如果有如下定义：

int (*p)[4],　a[3][4];

p=a;

则有如表 5.1 所示的表达式的等价关系成立。

表 5.1

| 等 价 关 系 | | | 含 义 |
| --- | --- | --- | --- |
| p+i | 等价 a+i | 等价 &a[i] | 数组 a 中第 i 行的地址 |
| *p | 等价 a[0] | 等价 &a[0][0] | 数组 a 中第 0 行的首地址 |
| *(p+i) | 等价 a[i] | 等价 &a[i][0] | 数组 a 中第 i 行的首地址 |
| *(p+i)+j | | 等价 &a[i][j] | 第 i 行第 j 列元素的地址 |
| *p+i | | 等价 &a[0][i] | 第 0 行第 i 列元素的地址 |

假设有如下定义：

int a[3][4] ,*p, (*pa)[4];

p = a[0];　　pa = a;

注意区分下列表达式的含义：

① a、*a、**a、a[2]、a+2、*a+2；

② p、p++、p+2、*(p+2)、*p+2、p+1*4+2、*(p+2*4)；

③ pa、pa++、pa+2、*pa、*pa+2、*(pa+2)、*(*pa+2)、*(*(pa+1)+2)。

说明，在二维数组中，由数组名、指向元素的指针变量和指向行的指针变量所组成的表达式只有三种含义。

① 指向行的指针，如 a、a+2、pa、pa++、pa+2。
② 指向元素的指针，即元素的地址，如*a、a[2]、*a+2、p、p+1*4+2 等。
③ 数组的元素，如**a、*(p+2)、*(p+2*4)、*(*pa+2)、*(*(pa+1)+2)。

## 5.5  指针数组与指针的指针

### 5.5.1  指针数组

可以将多个指向同一数据类型的指针存储在一个数组中，用来存储指针型数据的数组称为指针数组。指针数组中的每个元素都是指向同一数据类型的指针。

指针数组的定义形式如下：

**类型标志符 \*数组名[整型常量表达式];**

例如：

```
char    *strings[10];
int     *a[20];
```

其中，char    *strings[10];语句定义了一个有 10 个元素的一维数组 strings，它的每一个元素为指向 char 型数据的指针变量，即可以给每一个元素赋一个字符型数据对象的地址。而语句 int *a[20];定义了一个有 20 个元素的数组 a，它的每一个元素为指向 int 型数据的指针变量。

在使用指针数组时，要注意数组元素的值和数组元素所指向的值。例如：

```
int *p[4], *pa, a=12, b=20;
pa=&a;
p[0]=pa;
p[1]=&b;
```

数组 p 的元素 p[0]的值为整型变量 a 的地址，元素 p[1]的值为变量 b 的地址，如图5.10所示。

【例5.10】 用指针数组输出 n 个字符串。

```
#include<stdio.h>
main( )
{ char *ps[4]={"Unix","Linux","Windows","Dos"};
   int i;
   for(i=0;i<4;i++) puts(ps[i]);
}
```

运行结果为：

```
Unix
Linux
Windows
Dos
```

程序中，指针数组 ps 的元素分别指向 4 个字符串的首地址，如图5.11所示。

指针数组非常有用，因为这种数组中每一个元素实际上都是指向另一个数据的指针。因此，可以通过将不同长度的字符串首地址分别放入指针数组的每一个元素中，实现对这些字符串的处理。

图 5.10　数组元素的值和数组元素所指向的值

图 5.11　ps 的指向示例

### 5.5.2　指向指针的指针

指针数组的数组名是一个指针常量，它所指向的目标是指针型数据。也就是说，其目标是指向其他基本类型数据的指针，所以指针数组名是指向指针类型数据的指针，简称为指针的指针。

指针数组名是指针常量，它是在定义指针数组时产生的。那么，如何定义指向指针类型的指针变量呢？和一般的变量一样，对于一个指针变量，系统也为其在内存中分配相应的内存空间。因此，可以用一个特殊类型的指针指向一个指针变量（或指针数组中的元素）。这个特殊类型的指针就是指向指针类型数据的指针变量。

定义形式如下：

　　**类型符 \*\*变量名；**

例如：

　　float \*\*pp;

表示定义指向指针类型数据的指针变量 pp，它所指向的对象是"float\*"类型（即指向实型数的指针变量）。

例如，有如下程序段：

```
float a=3.14;
float *p;
float **pp;          /*pp 是指向 float *类型数据的指针*/
p=&a;
pp=&p;               /*将 p 的地址赋给 pp*/
```

其变量在内存中的分配情况如图5.12所示。

【例 5.11】　用指向指针类型数据的指针变量输出一个变量。

程序如下：

```
main()
{
   int    a=15,**p;
   int *pp=&a;
   p=&pp;
   printf("%d\n",**p);
}
```

程序中定义了一个指向指针类型的指针变量 p，它所指向的对象是 int *型（即指向 int 型的指针变量）。同时还定义了一个 int 型的指针变量 pp，并将变量 a 的地址赋给它，然后将指针变量 pp 的地址赋值给 p 变量。变量关系如图5.13所示。

图 5.12  变量 p 与 pp 示例          图 5.13  变量关系

因此，指针 p 的目标变量是*p（即 pp）；而 pp 的目标变量是*pp（即 a）。对于表达式**p，它可以变为*(*p)形式，而*p 就是 pp，故**p 为*pp。所以，可以直接用**p 的形式引用变量 a，而不能使用*p 形式。

【例 5.12】 用指向指针的指针变量将一批顺序给定的字符串按反序输出。

程序如下：

```
main()
{
   int i;
   char   *name[ ]={"Unix","Linux","Windows","C language","Internet"};
   char   **p;                    /*定义指针变量 p，用来指向"char *"类型数据的指针*/
   for(i=4;i>=0;i− −)
     {  p=name+i;                 /*由于 name+i 等价&name[i]，所以 p 指向 name[i] */
        printf("%s\n",*p);
     }
}
```

运行结果为：

Internet
C language
Windows
Linux
Unix

注意：该程序用指向指针的指针变量来访问字符串，所以在 printf("％s\n",*p); 语句中使用了*p 形式，请注意其与**p 的区别，**p 表示一个具体的字符对象， p 存放的是 name 数组元素的地址，而*p 是目标对象的地址。

当需要通过函数参数返回指针型的数据时，需要传入该指针型数据的地址，实际上就是指针的指针，在函数中要将返回的结果存入该指针所指向的目标，这是指针的指针类型数据的一个典型应用。另外，指针的指针类型数据也常用于处理字符串集合，处理时需要将每一个字符串的首地址存储在指针数组的每个元素中，然后就可以通过指针的指针访问所有的字符串。

## 5.6　对指针的几点说明

有关指针的说明，很多是由指针、数组、函数说明组合而成的。但它们并不是可以任意组合的，如数组就不能由函数组成，即数组元素不能是一个函数；函数也不能返回一个数组或返回另一个函数。例如，int a[5] ();是错误的。

与指针有关的常见说明和意义如表 5.2 所示。

表 5.2　与指针有关的常见说明和意义

| 指　　　针 | 意　　　义 |
| --- | --- |
| int *p; | p 为指向整型量的指针变量 |
| int *p[n]; | p 为指针数组，由 n 个指向整型量的指针元素组成 |
| int (*p)[n]; | p 为指向整型一维数组的指针变量，一维数组的大小为 n |
| int *p(); | p 为返回指针值的函数，该指针指向整型量 |
| int (*p)(); | p 为指向函数的指针，该函数返回整型量 |
| int **p; | p 为一个指向另一指针的指针变量，该指针指向一个整型量 |

关于括号的说明。在解释组合说明符时，标志符右边的方括号和圆括号优先于标志符左边的"*"号，而方括号和圆括号以相同的优先级从左到右结合。但可以用圆括号改变约定的结合顺序。

阅读组合说明符的规则是"从里向外"。从标志符开始，先看它右边有无方括号"[]"或圆括号"()"，如果有则先做出解释，再看左边有无"*"号。在任何时候遇到了括号，则在继续之前必须用相同的规则处理括号内的内容。

例如：int　*　(*　(*a) ())　[10]

系统由内向外的阅读顺序为①、②、③、④、⑤、⑥、⑦，表示标志符 a 被说明为一个指针变量，它指向一个函数，该函数返回一个指针，该指针指向一个有 10 个元素的数组，其类型为指针型，它指向 int 型数据。

因此 a 是一个函数指针变量，该函数返回的一个指针又指向一个指针数组，该指针数组的元素指向整型量。

# 习　题　5

## 一、填空题

1. 下面程序计算 a、b、k 变量的值为：_____。

```
    int a,b,k=4,m=6,*p1=&k,*p2=&m;
    a=p1==&m;
    b=(-*p1)/(*p2)+7;
```

2. 下面程序结果为：_____。

```
    char *f="a=%d,b=%d\n";
    int a=1,b=10;
    a+=b;
    printf(f,a,b);
```

3. 下面程序结果为：_____。

```
    char str[ ]="abcdefgh",*p=str;
    printf("%s %d\n",p+3,*( p+3 ));
        }
```

4. 下面程序结果为：_____。

```
    main( )
    {    char s[20]="Hello!",*sp=s;
         s[2]='\0';
         puts(sp);
    }
```

5. 设 sizeof(short)==2，下面程序结果为：_____。

```
    main( )
    {
        short *p, *q;
        short ar[10]={0};
        p = q = ar;
        p++;
        printf("%5d", p-q);
        printf("%5d", (char*)p - (char*)q);
        printf("%5d", sizeof(ar)/sizeof(*ar));
    }
```

6. 下面程序结果为：_____。

```
    main( )
    {
        short ar[11]={1,2,3,4,5,6,7,8,9,0,11};
        short* par=&ar[1];
        int i;
        for(i=0; i<10; i++)
          printf("\n%-5d%-5d%-5d", ar[i], par[i],*(ar+i));
    }
```

7. 若有定义：int a[3][5],i,j;(且 0≤i<3,0≤j<5)，则 a 数组中任一元素可用五种形式引用。它们是：

①a[i][j]

②*(a[i]+j)

③*(*_____);

④(*(a+i))[j]

⑤*(_____+5*i+j)

8. 以下程序将数组 a 中的数据按逆序存放，请填空。

```
#define M 8
main( )
{   int a[M],i,j,t;
    for(i=0;i<M;i++)scanf("%d",a+i);
    i=0;j=M-1;
    while(i<j)
    {
        t=*(a+i);_____;*(_____)=t;
        i++;j- -;
    }
    for(i=0;i<M;i++)printf("%3d",*(a+i));
}
```

## 二、选择题

1. 已有定义 int k=2, *ptr1,* ptr2;,且 ptr1 和 ptr2 均已指向变量 k,下面不能正确执行的赋值语句是（　　）。

A. k=*ptr1+*ptr2;　　B. ptr2=k ;　　C. ptr1=ptr2;　　D. k=* ptr1*(* ptr2);

2. 变量的指针是指该变量的 （　　）。

A. 值　　　　　　B. 地址　　　　　C. 名　　　　　　　D. 一个标志

3. 如果有定义 int a=5;，则下面对①、②两个语句的正确解释是 （　　）。

①int * p=&a;　②* p=a;

A. 语句①和②的含义相同，都表示给指针变量 p 赋值

B. 语句①和②的执行结果，都是把变量 a 的地址值赋给指针变量 p

C. ①在说明 p 的同时进行初始化，使 p 指向 a；②将变量 a 的值赋给指针变量 p

D. ①在说明 p 的同时进行初始化，使 p 指向 a；②将变量 a 的值赋给*p

4. 若已定义 char s[10];，则下面表达式中不表示 s[1]的地址的是 （　　）。

A. s+1　　　　　B. s++　　　　　C. &s[0]+1　　　　D. &s[1]

5. 若有以下定义，则正确引用 a 数组元素的是 （　　）。

```
int a[5],* p=a;
```

A. *&a[5]　　　　B. a+2　　　　　C. *(p+5)　　　　D. *(a+2)

6. 若有以下定义，则对 a 数组元素地址的正确引用是 （　　）。

```
int a[5],* p=a;
```

A. p+5　　　　　B. *a+1　　　　　C. &a+1　　　　　D. &a[0]

7. 设有如下程序段，则输出结果为 （　　）。

```
char s[]="goodbay! ";
char *p=s;
while (*p!='\0')p++;
printf("%d",p-s);
```

A. 3　　　　　　B. 6　　　　　　C. 8　　　　　　D. 0

8. 执行以下程序后，y 的值是（　　）。

```
main( )
{
   int a[]={2,4,6,8,10};
   int y=1,x,* p;
   p=&a[1];
   for(x=0;x<3;x++)
      y+=*(p+x);
   printf("%d\n",y);
}
```

A. 17　　　　　　　　B. 18　　　　　　　　C. 19　　　　　　　　D. 20

9. 下面各语句行中，能正确进行字符串赋值操作的语句是（　　）。

A. char st[4][5]={"ABCDE"};　　　　　　　B. char s[5]={'A', 'B', 'C', 'D', 'E'};

C. char * s;s="ABCDE";　　　　　　　　　D. char *s;scanf("％s",s);

10. 下面程序段的输出结果是（　　）。

```
char str[]="ABCD",* p=str;
printf("%d\n",*(p+4));
```

A. 68　　　　　　　　B. 0　　　　　　　　C. 字符 'D' 的地址　　　D. 不确定的值

11. 以下程序的功能是从键盘接收一个字符串，然后按照字符顺序从小到大进行排序，并删除重复的字符。请选择填空（　　）。

```
#include<stdio.h>
#include<string.h>
main( )
{
   char string[100],*p,*q,*r,c;
   gets(string);
   for(p=string;*p;p++)
     {for(q=r=p;*q;q++)
        if (_____①_____)  r=q;
        if (_____②_____)
           { c=*r;*r=*p;*p=c;}
      }
   for(p=string;*p;p++)
      {
      for(q=____③____;*p= =*q;q++)
           strcpy(p,q);
      }
    printf("result;%s\n",string);
}
```

① A. *r>*q　　　　　B. *r>*p　　　　　C. r>q　　　　　D. r>p

② A. r= =q　　　　　B. r!=q　　　　　C. p!=q　　　　　D. r!=p

③ A. p++　　　　　B. p　　　　　C. p−1　　　　　D. p+1

12. 执行以下程序段后，m 的值是（　　）。

```
int a[2][3]={{1,2,3},{4,5,6}};
int m,*ptr;
ptr=&a[0][0];
m=(*ptr)*(*ptr+2)*(*ptr+4);
```

A. 15 B. 48 C. 24 D. 无定值

13. 能够正确表示数组元素 x[1][2]的表达式是（ ）。

A. *((*p+1)[2]) B. (*p+1)+2

C. *(*(p+5)) D. *(*(p+1)+2)

## 三、程序设计

1. 用指向指针的指针的方法对 5 个字符串排序并输出。

2. 用指针实现一个 3*3 矩阵转置。

3. 通过指针数组 p 和一维数组 a 构成一个 3×2 的二维数组，并为 a 数组赋初值 2、4、6、8、…。要求先按行的顺序输出此二维数组，再按列的顺序输出。

4. 用指针实现，使一个一维数组首尾颠倒。

5. 有 $n$ 个数，使其前面 $n-m$ 个数顺序向后移 $m$ 个位置，最后 $m$ 个数变成前面 $m$ 个数。要求通过指针实现。

6. 有一个字符串，包含 $n$ 个字符。通过指针，将此字符串中从第 $m$ 个字符开始的全部字符复制到另一个字符串。

7. 设有数组 int a[100]，其中隐藏着若干 0，其余为非 0 整数，通过指针实现：将 a 中的 0 移至后面，非 0 整数移至数组前面并保持有序。

8. 输入 $n$ 个整数，将其中最小的数与第一个数对换，把最大的数与最后的一个数对换。

# 第6章 函　　数

通过对函数的调用可以实现特定的功能，C 语言不仅提供了极为丰富的库函数，还允许用户自定义函数。用户可把自己的算法编成一个个相对独立的函数，然后用调用的方法来使用函数。可以说，C 程序的全部工作几乎都是由各式各样的函数完成的，所以也把 C 语言称为函数式语言。函数提供了编制程序的手段，使程序易读写、易理解、易维护。

## 6.1　引入函数

### 6.1.1　函数的概念

函数是一个能完成特定功能的代码段。可以把函数看成一个"黑盒子"，只要输入数据就能得到结果，而函数内部究竟是如何工作的，外部程序是不知道的。外部程序所知道的仅限于给函数输入什么及函数输出什么。

**1. 库函数**

先看下面一个例子。

【例 6.1】 从键盘输入两个字符串，连接并输出结果。

程序如下：

```
#include    <stdio.h>
#include    <string.h>
main( )
{
    char s1[200],s2[100];
    gets(s1);                    /*使用 gets( )函数输入字符串*/
    gets(s2);
    strcat(s1,s2);               /*使用 strcat( )函数进行字符串的连接*/
    puts(s1);                    /*使用 puts( )函数输出结果*/
}
```

在这个例子中，通过调用 gets( )函数、strcat( )函数、puts( )函数使得整个程序结构清晰并易于阅读、易于理解。在使用这些函数时，程序员并不需要知道函数内部究竟是如何工作的，只要能正确地使用这些函数就可以了。

这些由系统定义好的、用户可直接使用的函数叫做库函数，也称为系统函数。每一个库函数都是已经预先编好并经过编译的一段程序（以目标代码的形式存储在含有若干个函数目标代码的函数库中，函数库中包含了每个函数的名字、函数的目标代码及在连接程序时所需要的信息）。如果用户在程序中调用了库函数，那么在编译源程序后的连接过程中，连接程序就从函数库中取出相应函数的目标代码，将其与程序中主函数及其他函数的目标代码连接在一起，形成最终的可执行程序。

C 提供了数百个库函数，每个库函数都可完成特定的功能，都可由用户随意调用。了解这些库函数的功能并根据需要使用它们，可以省去很多不必要的编程工作。但这些库函数只用于解决常见问题，并不是任何一个问题都可以找到对应的库函数而得以解决的。对于一些特殊的问题，需要由用户自己编写函数进行处理。

### 2．用户自定义函数

【例6.2】 从键盘输入 20 对数字，自己编写函数求每对数字中的最大值。

程序如下：

```
int get_max(int x,int y)
{ return(x>y?x:y);}
main( )
{
    int a[20][2],i,s[20];
    for(i=0;i<20;i++)
        scanf("%d,%d",&a[i][0],&a[i][1]);          /*输入 20 对数字*/
    for(i=0;i<20;i++)
        s[i]=get_max(a[i][0],a[i][1]);             /*求每对数字的最大值*/
    for(i=0;i<20;i++)   printf("\n %6d",s[i]);
}
```

在这个例子中，用户自己编写了 get_max( )函数。该函数的功能是求两个数的最大值，然后在主程序中调用该函数，求每对数字的最大值。

这些由用户自己编写的函数称为用户自定义函数。

## 6.1.2 使用函数的目的

C 语言程序鼓励和提倡人们把一个大问题划分成一个个子问题，而解决一个子问题则可对应地编制一个函数。因此，C 语言程序一般是由大量的小函数构成的，即"小函数构成大程序"。这样的好处在于让各部分相对独立且任务单一，因而这些相对独立的小模块可以作为一种固定规格的小"构件"，用于构成大程序。这种程序设计方法很好地反映了结构化程序的设计思想。

以前编写程序实际上都是在编写 main( )函数，每一个 main( )函数都是针对某个具体问题的。问题越复杂，编写的难度越大，涉及的语句也就越多。为了简化编程工作，一般将一个大问题分解为几个相对独立的小问题，每个小问题用一个函数来实现，并由 main( )函数总体控制，形成一个整体。C 语言程序的结构如图6.1所示。

图 6.1 C 语言程序的结构图

可见，C 语言程序是由一组函数组成的，而且，C 语言程序总是从 main( )函数处开始执行。main( )函数可以调用其他函数，其他函数之间也可以相互调用，且被调用次数不限，但其他函数不能调用 main( )函数。

在编写程序时，使用函数（不管是系统函数还是用户自定义函数）具有以下优点。

① 实现程序的模块化。当需要处理的问题比较复杂时，把一个大问题划分成若干个独立的小问题。不同的小问题，可以分别采用不同的方法加以处理，做到逐步求精。

② 反映结构化程序设计思想。将函数视为一个个模块，模块之间联系相对减少，当修改一个模块时，对其他模块影响较小，最大限度地保证了程序的正确性。

③ 减轻编程、维护的工作量。把程序中常用的一些计算或操作编成通用的函数，以供随时调用，可以大大减轻程序员的编程工作量。

### 6.1.3　函数的分类

在 C 语言中，可从不同的角度对函数分类。

**1. 从函数定义的角度划分**

从函数定义的角度，函数可分为库函数和用户自定义函数两种。

（1）库函数

库函数由 C 语言系统提供，用户无需定义，也不必在程序中做类型说明，只需在程序前包含该函数原型的头文件即可在程序中直接调用它。例如前面用到的 printf( )、scanf( )、getchar( )、putchar( )、gets( )、puts( )、strcat( )等函数均属此类。

（2）用户自定义函数

用户自定义函数是由用户根据需要编写的函数。对于此类函数，不仅要在程序中定义函数本身，而且要在主调函数模块中对被调函数进行类型说明，然后才能使用。例如，例 6.2 中的 get_max( )函数就是用户自定义函数。

**2. 从数据传送的角度划分**

从主调函数和被调函数之间数据传送的角度，函数又可分为无参函数和有参函数两种。

（1）无参函数

函数定义、说明及调用中均不带参数的函数称为无参函数。主调函数和被调函数之间不进行参数传送。此类函数通常用来完成某个特定的功能，可以返回也可不返回函数值。

（2）有参函数

有参函数也称为带参函数，在函数定义及函数说明时都有参数。这种在函数定义和说明时所带的参数称为形式参数（简称为"形参"）；调用有参函数时传递的参数称为实际参数（简称为"实参"）。函数调用时，主调函数将把实参的值传送给形参，供被调函数使用。

## 6.2　函数的定义与说明

函数定义就是确定该函数完成什么功能及怎么运行。库函数已经由系统定义，而用户自定义函数必须由用户自己定义。

函数说明用于说明函数是什么类型的函数。库函数的说明包含在相应的头文件中。例如，标准输入/输出函数的说明包含在"stdio.h"中，字符串处理函数的说明包含在"string.h"中。库函数的说明只需在程序的开始包含对应的头文件即可，只有这样，程序在编译、连接时，编译系统才知道它是库函数；否则，将认为是用户自己编写的函数而不进行连接。用户自定义函数则根据需要由用户通过一定的方式加以说明。

### 6.2.1　自定义函数的定义

编写程序时遇到的问题往往是多种多样的，库函数常常无法满足要求，此时，用户需要自己编写函数，根据具体问题自行设计可以完成某种功能的函数。用户自定义函数分为有参函数和无参函数。

### 1．有参函数定义格式

有参函数的定义格式如下：

　　　**数据类型说明符　函数名（带类型的形式参数列表）**

　　　　　　**{**

　　　　　　**数据定义语句序列**

　　　　　　**执行语句序列**

　　　　　　**}**

例如，有如下函数定义，其功能是求 n!的值。

```
long x(int n)
{
    int i;
    long k=1;
    if(n==0)
        return(1);
    else
        for(i=1;i<=n;i++) k*=i;
    return(k);
}
```

### 2．无参函数定义格式

无参函数的定义格式如下：

　　　**数据类型说明符　函数名( )**

　　　　　　**{**

　　　　　　**数据定义语句序列**

　　　　　　**执行语句序列**

　　　　　　**}**

例如，有如下函数定义，其功能是求两个整数的平均值。

```
float ave( )
{
    int a,b;
    scanf("%d,%d",&a,&b);
    return((a+b)/2.0);
}
```

有参函数比无参函数多了带类型的形式参数列表。在形参列表中的参数可以是各种类型的变量，各参数之间用逗号间隔。在进行函数调用时，主调函数通过实参向这些形参传值。

关于函数的定义有以下几点说明：

① 数据类型说明符规定了函数返回值的类型，即被调用函数返回给主调函数的值的类型，如果省略此项，C 语言默认函数返回值的类型为 int 型。

② 函数名应符合 C 语言对标志符的规定，并且在同一程序中是唯一的。函数名后面的( )不可省略，无参函数也不例外。

③ 形参列表中要列出所有形参，形参用于接收主调函数传送来的数据。当形参超过一个时，用逗号分隔。

④ 数据定义语句序列和执行语句序列构成函数体，形参接收的初始数据要靠函数体来处理，处理过程中需要的变量要由数据定义语句加以说明，而具体的执行步骤则由执行语句来完成。

⑤ 用户自定义函数可以有任意多个，这些函数的位置也没有限制，可以在 main 函数前，也可以在其后。

⑥ 在 C 语言中，所有的函数定义都是平行的。也就是说，在一个函数的函数体内，不能再定义另一个函数，即函数不能嵌套定义。但是函数之间允许相互调用，也允许嵌套调用。习惯上把调用者称为主调函数，把被调用者称为被调函数。函数还可以自己调用自己，称为递归调用。

【例6.3】 编写函数求两个双精度数据之和。

函数代码如下：

```
double plus(double x,double y)    /*定义函数返回值类型、函数名、形式参数*/
{
    double z;                     /*函数体变量定义*/
    z=x+y;
    return(z);                    /*将 z 值作为结果值返回到主调函数*/
}
```

其中，plus 是函数名，x 和 y 是两个 doube 类型的形参，plus 前面的 double 是 plus( )函数返回值的类型，该函数必须被主调函数调用才能运行。

当主调函数调用该函数时，它从主调函数处接收两个数（实参）之后开始计算。形参 x 和 y 的作用就是接收从主调函数传递过来的实参。z 是函数体内定义的变量，用于临时存放运算结果。运算结束后，通过 return 语句将结果返回到主调函数。

```
      *
    *   *
  *       *
 *         *
 *          *
 *          *
*************
```

图 6.2　打印三角形

【例6.4】 在某一系统中，经常要打印一个很规范的图形，如图6.2所示，编写函数在屏幕上显示该图形。

分析：由于图形规范，每次显示的图形元素大都相同，所以可以定义函数来实现该功能，在需要显示图形的时候，调用该函数即可。而且函数不需要从主调函数接收数据，所以将该函数定义为无参函数。

图6.2形由 7 行组成，第 1 行和第 7 行具有相同的格式，即行前空格和连续的*。第 2～6 行具有相同的格式，即行前空格紧跟一个*，接着再跟连续的空格，之后再跟一个*。有规律的问题可以通过循环来解决，现在问题的关键在于找出循环变量和显示内容之间的关系。

函数代码如下：

```
void print_image(int n)
{
    int i,j;
    printf("\n");
    for(i=0;i<n-1;i++) printf(" ");printf("*");        /*显示第一行*/
    for(i=0;i< n-2;i++)                                /*显示第二行到第六行*/
        {printf("\n");
         for(j=0;j< n-2-i;j++) printf(" ");            /*显示行首空格*/
         printf("*");
         for(j=0;j<2*i+1;j++) printf(" ");             /*显示中间的空格*/
```

```
        printf("*");
    }
    printf("\n");
    for(i=0;i<2*n-1;i++) printf("*");                    /*显示最后一行*/
}
```

在实际中，通常把不需要从主调函数接收数值就能完成其功能的函数定义为无参函数。

### 6.2.2 函数的返回值

函数返回值就是从被调函数返回到主调函数的计算结果。一个函数可以有返回值，也可以没有返回值。

返回值的数据类型就是定义函数时所指定的函数类型。C 语言规定，对于不加类型说明符的函数，返回值一律按整型处理。当返回值是数值时，返回值的类型可以是 char 型、int型、short 型、long 型、float 型及 double 型；当返回值为地址时，函数的返回值应为指针型。

#### 1. return 语句

函数返回值通过 return 语句实现。

return 语句的常用格式如下：

> **return（表达式）;**
>
> **return 表达式;**
>
> **return;**

其中，return（表达式）;与 return 表达式;等价。当程序执行完 return 语句时，就退出被调函数，返回到主调函数的断点处。若 return 后跟表达式，此时将该表达式的值带回到主调函数中去；若 return 不含表达式，则返回一个不确定的值。

在同一个函数内，可以根据需要在多处出现 return 语句，执行到哪个 return 语句，哪一个 return 语句就起作用。函数体内也可以没有 return 语句，没有 return 语句时，程序的流程就一直执行到函数末尾的"}"，然后返回到主调函数。

【例 6.5】 编写函数 isprime()，判断一个数是否为素数，若为素数，函数返回 1；否则返回 0。所谓素数，是指仅能被 1 和自身整除的大于 1 的整数。

函数代码如下：

```
#include<math.h>
int isprime(int n)
{
    int i;
    for(i=2;i<=sqrt(n);i++)
        if((n%i)==0) return 0;
    return 1;
}
```

isprime()函数根据形参值是否为素数决定返回值，函数体最后将处理的结果由 return 语句返回给主调函数。sqrt(n)函数的功能是求 n 的算术平方根，其函数说明在头文件"math.h"中。具体返回过程为：① "return 0;"判断出 n 能被某个数整除，说明 n 不是素数，返回 0。② "return 1;"判断出 n 不能被 2 到 sqrt(n)之间的任何一个数整除，说明 n 是素数，返回 1。

## 2．无返回值

如果某个函数不需要给主调函数返回值，可以将该函数定义为 void 型。void 是 C 语言提供的一种"无类型"标志符，当函数返回值类型限定为 void 型时，函数将没有返回值。

## 3．指针作为函数的返回值

指针类型的数据除了可以作为函数的形参外，还可以作为函数的返回值。返回指针类型数据的函数定义形式为

**类型标志符　*函数名（形式参数表）**

**{**

　　**函数体**

　　**return 指针表达式**

**}**

其中，函数名前的"*"号表示函数返回指针类型的数据，类型标志符则表示函数返回的指针所指向目标的类型。在函数体中要用语句"return 指针表达式；"返回指针表达式的计算结果，指针表达式所指向目标的类型要同函数头中的类型标志符一致。

**【例 6.6】** 编写函数，求一个一维数组中的最大元素的地址。

函数代码如下：

```
int *max(int a[],int n)
{   int *pa,*pmax;
    pmax = a;
    for(pa=a+1;pa<a+n;pa++)
        if(*pmax<*pa) pmax=pa;
    return   pmax;
}
main()
{
    int a[10],*p;
    for(p=a;p<a+10;p++)         scanf("%d", p);
    p=max(a,10);
    printf("max=%d",*p);
}
```

## 6.2.3　自定义函数的说明

C 语言规定：除主函数外，所有自定义函数都应遵循"先说明，后使用"的规则。

## 1．函数说明的形式

ANSI 规定的说明形式如下：

**函数类型 函数名（数据类型 形参 1, 数据类型 形参 2, …, 数据类型 形参 n）；**

C 语言允许函数说明以一条语句的形式独立出现。如例 6.6 中的 max 函数说明可写成如下形式。

```
int*max(int a[ ], int n);
```

## 2．函数说明的位置

C 语言规定，除函数类型为 int 型或被调函数的定义出现在主调函数之前时可省略函数说明外，而其他情况均要求对被调函数进行说明。

　　函数说明的位置可以视情况而定，既可以放在所有函数之外，又可以放在主调函数体内的说明部分。如果某函数说明放在所有函数之外，则在该函数说明位置后面的所有函数均可调用该函数。例如：

```
void pr(int n);
main( )
{ …
   pr(5);
   …}
fun(int x,int y)
   {  …
      pr(9);
      …}
void pr(int n)
   {…}
```

　　函数说明出现在 main( )函数和 fun( )函数的前面，所以，main( )函数和 fun( )函数均可调用 pr( )函数。

　　如果函数说明放在某函数体内，则只有在该函数内部才能识别这个被说明的函数。如果将上面程序段中 pr( )函数说明语句放在 main( )内，则只能在 main( )函数中使用 pr( )函数，而在 fun( )函数内就不能使用 pr( )函数。

# 6.3　函数调用

## 6.3.1　函数调用的一般形式

　　定义了一个函数后，只有调用该函数才能执行该函数的功能；否则，该函数在程序中只是一段静态的代码，永远不可能被执行。

　　有参函数调用的一般形式：

**函数名（实际参数表）；**

　　无参函数调用的一般形式：

**函数名（ ）；**

　　函数调用时传递的参数是实参，实参可以是常量，也可以是表达式。当实参数量超过一个时，用逗号分隔。实参的个数应与形参的个数一致，实参的类型也应与形参的类型匹配。

　　函数的调用过程是：

　　① 为所有形参分配内存单元，再将主调函数的实参的值传递给对应的形参；

　　② 转去执行被调用函数，为函数体内的变量分配内存单元，执行函数体内的语句；

　　③ 遇到 return 语句时，返回到主调函数并带回返回值（无返回值的函数例外），释放形参及被调用函数中各变量所占用的内存单元，返回到主调函数继续执行。若程序中无 return 语句，则执行完被调用函数后返回到主调函数。

　　【例 6.7】　通过调用函数，判断某数是否为素数。

　　程序如下：

```
#include<math.h>
main( )
{
```

```
    int x;
    int isprime(int n);                              /*函数说明*/
    printf("\nEnter a integer number:    ");
    scanf("%d",&x);                                  /*从键盘输入一个整数*/
    if(isprime(x))                                   /*调用函数*/
      printf("\n%d is prime",x);                     /*函数返回 1，输出是素数*/
    else
      printf("\n%d is not prime",x);                 /*函数返回 0，输出不是素数*/
}
int isprime(int n)                                   /*函数定义*/
{
    int i;
    for(i=2;i<=sqrt(n);i++)
      if ((n%i)==0)    return 0;
    return 1;
}
```

程序从 main( )函数开始执行，当执行到调用 isprime( )函数时，调用步骤如下：

① 根据函数名 isprime 找到被调函数，将实参 x 的值传递给对应的形参 n。

② 中断 main( )函数的执行，转去执行被调函数 isprime( )，由 return 语句将返回值 1（是素数）或 0（不是素数）带回到 main( )函数，终止被调用函数执行。

③ 从主调函数的中断处 if(isprime(x))继续执行，根据 isprime(x)的值直接进行处理。

【例 6.8】 编写函数，求 3 个数中的最大值。

程序如下：

```
    #include "stdio.h"
    int maxmum(int x, int y, int z);          /*函数说明*/
    main( )
    {
      int i,j,k;
      printf("i,j,k=?\n");
      scanf("%d%d%d",&i,&j,&k);
      printf("The maxmum value of the 3 data is %d\n",maxmum(i,j,k));
    }
     maxmum(int x,int y,int z)
     {int max;
      max=x>y?x:y;
      max=max>z?max:z;
      return(max);
    }
```

关于参数的几点说明如下：

① 形参只有当函数被调用时才临时分配存储单元；

② 实参一定要有确定的值，可以是表达式；

③ 实参和形参的类型应相同；

④ 参数的传递是通过调用来完成的，且传递方向是由实参向形参单向值传递。

### 6.3.2　参数传递

【例 6.9】 分析下面的程序。

```
    void swap1(int x,int y)
    {int temp;
```

```
    temp=x;x=y;y=temp;                       /*完成形参内容的交换*/
    }
    void swap2(int *p,int *q)
    {int *temp;
       temp=p;p=q;q=temp;                     /*完成形参（指针型）内容的交换*/
    }
    void swap3(int *p,int *q)
    {int temp;
       temp=*p;*p=*q;*q=temp;                 /*完成指针所指对象内容的交换*/
    }
    main( )
    {int a,b;
       scanf("%d,%d",&a,&b);
       printf("\na=%d,b=%d",a,b);
       swap1(a,b);
       printf("\na=%d,b=%d",a,b);
       swap2(&a,&b);
       printf("\na=%d,b=%d",a,b);
       swap3(&a,&b);
       printf("\na=%d,b=%d",a,b);
    }
```

如果在输入过程中，给 a 输入 100，给 b 输入 200，则显示结果如下：

```
    a=100,b=200                /*原始的输入数据*/
    a=100,b=200                /* swap1(a,b);执行的结果*/
    a=100,b=200                /* swap2(&a,&b);执行的结果*/
    a=200,b=100                /* swap3(&a,&b);执行的结果*/
```

在三个函数调用中，swap1(a,b)中的实参为具体的数值，而 swap2(&a,&b)、swap3(&a,&b)中的实参为指针。两者的实参虽均为地址，却有不同的运算结果。这究竟是为什么？下面对这一问题进行讨论。

### 1．数值作为函数参数

把数值作为实参传递给形参，这是最常见的一种参数传递方式。该方式最大的特点是：对形参的改变不会影响到实参。

【例 6.10】　下面的程序显示了函数参数之间的单向传递过程，请观察结果。

```
    void fun(int x,int y,int z)
    {printf("2: x=%d     y=%d   z=%d\n",x,y,z);
     x=x+3;
     y=x-z+2;
     z=x*y;
     printf("3: x=%d     y=%d   z=%d\n",x,y,z);
    }
    main( )
    {
       int x,y,z;
       x=1;y=2;z=3;
       printf("1: x=%d     y=%d   z=%d\n",x,y,z);
       fun(x,y,z);
       printf("4: x=%d     y=%d   z=%d\n",x,y,z);
    }
```

运行结果：

```
1: x=1      y=2      z=3
2: x=1      y=2      z=3
3: x=4      y=3      z=12
4: x=1      y=2      z=3
```

分析：程序从 main() 处开始执行，按定义在内存中为 x、y、z 开辟 3 个 int 型的存储单元，并赋值 1、2 和 3，定义语句后的 printf 语句输出结果验证了这些值；调用 fun() 函数之后，程序流程转向 fun() 函数，系统为 fun() 函数中的 3 个形式参数另外分配 3 个 int 型的存储单元，实参 x、y 和 z 分别把值 1、2 和 3 传递给对应的形式参数。应该注意的是，虽然形参和实参同名，但它们占有不同的存储单元，如图6.3所示。

转入 fun() 函数后，首先执行第一条 printf 语句，输出 fun() 函数中的 x、y 和 z 值，此时 x、y 和 z 的值就是传递过来的 1、2 和 3。当执行赋值语句 x=x+3;y=x−z+2;z=x*y;之后，x、y 和 z 的值变为 4、3 和 12，如图6.4所示。随后的 printf 语句输出结果验证了这些值。当退出 fun() 函数后，fun() 函数中 x、y 和 z 所占的存储单元被释放，程序流程返回到 main() 函数调用处，继续执行最后一条 printf 语句，main() 函数中的 x、y 和 z 值没有变化，输出结果为 1、2 和 3。由此可以看出，形参值的变化并没有引起实参值的变化。

结论：对形参的修改不会影响到实参。

图 6.3　形参和实参占有不同的存储单元　　　图 6.4　执行赋值语句后的值

### 2．地址作为函数参数

调用函数时，将地址作为实参传递给形参，形参和实参均为地址。也就是说，它们均指向相同的存储单元。在这种方式中，被调函数改变该存储单元中的数值，即使没有 return 语句，也能将其值"带回"到主调函数中。

采用地址传递方式的实参一般为变量地址、数组名或指针变量。同样，接收地址值的形参变量也只能是数组名和指针变量。

注意以下两点。

① 地址作为参数时，参数的传递仍是单向的。即对形参内容的改变不会影响实参。如果仅在函数中对形参的值进行了修改，而没有通过引用对象运算对形参所指对象进行修改，则实参所指对象的内容不会发生变化，例如，例 6.9 中的 swap2() 函数：

```
void swap2(int *p,int *q)
{int *temp;
 temp=p;p=q;q=temp;
}
```

但是，如果在函数中通过引用对象运算对形参所指对象进行了修改，则可以改变实参所指对象的值，例如，例 6.8 的中 swap3() 函数：

```
void swap3(int *p,int *q)
{int temp;
```

```
          temp=*p;*p=*q;*q=temp;
    }
```

这是在使用地址作为参数时应该注意的一个问题。

② 当数组作为形式参数向被调函数传递时，只传递数组的起始地址，而不是将整个数组元素都复制到函数中去。即用数组名作为实参调用子函数，调用时将指向该数组第一个元素的指针传递给子函数。数组变量的类型在两个函数中必须相同。

【例 6.11】 输入 $n$ 个学生的成绩，通过函数求平均成绩。

程序如下：

```
    float average(float b[],int n)          /*数组做形参*/
    {
      int i;
      float sum;
      sum=b[0];
      for(i=1;i<n;sum+=b[i++]);             /*求累加和*/
      return(sum/n);
    }
    main( )
    {
      float a[80],aver;
      int i,n;
      scanf("%d",&n);
      printf("input n scores:\n");
      for(i=0;i<n;i++)
          scanf("%f",&a[i]);
      aver=average(a,n);                    /*函数调用，a 为实参*/
      printf("average score is %7.2f",aver);
    }
```

与其等价的程序如下：

```
    float average(float *b,int n)           /*指针做形参*/
    {
      int i;
      float sum;
      sum=b[0];
      for(i=1;i<n;sum+=b[i++]);             /*求累加和*/
      return(sum/n);
    }
    main( )
    {
      float a[80],aver;
      int i,n;
      scanf("%d",&n);
      printf("input n scores:\n");
      for(i=0;i<n;i++)   scanf("%f",&a[i]);
      aver=average(a,n);                    /*函数调用，a 为实参*/
      printf("average score is %7.2f",aver);
    }
```

可见，用数组名作为函数参数，不是进行值的传送，而是把实参数组的起始地址传递给形参数组。在函数调用后 a 和 b 指向同一内存单元，a 与 b 之间的关系如图6.5所示。

图6.5 a 与 b 之间的关系

此时，a 与 b 指向同一内存单元。如果对形参 b 所指向的对象进行修改，则数组 a 的对应元素也发生变化。

**【例6.12】** 输入若干工人的工资，编写函数实现排序。

程序如下：

```c
void sort(float num[],int n)
{int i,j,k;
 for(i=n-1;i>=1;i--)
{
  k=0;                          /*最初默认的最大值下标*/
  for(j=1;j<=i;j++)             /*求最大值的下标*/
    if (num[j]>num[k]) k=j;
  if(k!=i)                      /*若最后一个元素不是最大值则交换*/
    { float temp;
    temp=num[i];num[i]=num[k];num[k]=temp;
    }
  }
}
main( )
{
  float a[100];
  int i,m;
  printf("\n please input the number of worker:");
  scanf("%d",&m);               /*输入工人的人数*/
  printf("\n please input the wage of worker:");
  for(i=0;i<m;i++) scanf("%f",&a[i]);
  sort(a,m);
  printf("\n display the result of sort\n");
  for(i=0;i<m;i++) printf("%7.2f",a[i]);
}
```

注意：采用数组名作为函数参数时，应在主调函数中定义实参数组、在被调函数中定义形参数组，且实参数组与形参数组类型一致。实参数组和形参数组的大小可以不一致，C 语言编译程序对形参数组大小不做检查，只是将实参数组的首地址传递给形参数组。还有一点需要注意，数组元素做实参与数值做实参具有相同的作用。

### 6.3.3 函数的递归调用

递归是一种常用的程序设计技术，C 语言中，允许函数递归调用。递归是在连续执行某一处理过程时，该过程中的某一步要用到它自身的上一步（或上几步）的结果。在一个程序中，若存在程序直接或间接调用自己的现象，就构成了递归。

如果函数 funA 在执行过程又调用函数 funA 自己，则称函数 funA 为直接递归。如果函数 funA 在执行过程中先调用函数 funB，函数 funB 在执行过程中又调用函数 funA，则称函数 funA 为间接递归。程序设计中常用的是直接递归。

一个函数在它的函数体内直接或间接调用其自身称为递归调用，这种函数称为递归函数。在递归调用中，执行递归函数将反复调用其自身，每调用一次就进入新的一层。例如，有函数 f 如下：

```
int f (int x)
{int y;
 z=f(y);
 return z;}
```

这个函数是一个递归函数。但是运行该函数时将无休止地调用其自身，这当然是不正确的。为了防止递归调用无终止地进行，必须在函数内有终止递归调用的手段。常用的办法是加条件判断，满足某种条件后就不再递归调用，然后逐层返回。

使用递归函数可以使程序简洁、紧凑。通常用递归函数解决的问题应该具备下面的条件：
① 可以递归定义为数学式；
② 有明确的结束递归的条件。

例如，下面的数学式子都可以用递归方法实现。

当 n 为自然数时，阶乘可以定义为：

$$n! = \begin{cases} 1 & \text{当}(n=0) \\ n*(n-1) & \text{当}(n>0) \end{cases}$$

从数学角度来说，令 $f(n)$ 为 $n!$，如果要计算出 $f(n)$ 的值，就必须先算出 $f(n-1)$，而要求 $f(n-1)$ 就必须先求出 $f(n-2)$。这样递推下去直到计算 $f(1)$ 时为止。由于已知 $f(1)$，就可逆向反推，计算出 $f(n)$。

勒让德多项式可以定义为：

$$P_n(x) = \begin{cases} 1 & (n=0) \\ x & (n=1) \\ ((2n-1)xP_{n-1}(x) - P_{n-2}(x))/n & (n>1) \end{cases}$$

斐波拉契级数可以定义为：

$$F(n) = \begin{cases} 1 & (n=0) \\ 1 & (n=1) \\ F(n-1) + F(n-2) & (n>1) \end{cases}$$

根据结束递归的条件和递归定义式就可以编写出递归函数。由于递归函数是自己反复调用自己，这种调用应该是有限次的，通常采用 if 语句加以控制。

【例 6.13】 用递归方法求解 $n!$。

程序如下：

```
long fac(n)
int n;
{long f=0;
 if(n==0) f=1;
  else f= n*fac(n-1);
  return f;
```

```
   }
main( )
{int n;
  long x;
  printf("input a integer number:");
  scanf("%d",&n);
  if(n<0) printf("n<0,    error!");
else
{x=fac(n);
  printf("%d!=%20ld",n,x);
}
}
```

在程序中，使用 fac 函数求 n 的阶乘，在 fac 函数中使用了 f=n*fac(n–1);的语句形式，该语句中调用了 fac( )函数，这是典型的直接递归调用，fac( )是递归函数。

在函数的递归调用过程中，并不是重新复制该函数，而是重新使用新的变量和参数。每次递归调用时都要保存旧的参数和变量，使用新的参数和变量，每次递归调用返回时，再恢复旧的参数和变量，并从函数中上次递归调用的地方继续执行。

注意，在编写递归函数时，必须使用 if 语句建立递归的结束条件，使程序能够在满足一定条件时结束递归，逐层返回。如果没有这样的 if 语句，在调用该函数进入递归过程后，就会无休止地执行下去而不会返回，这是编写递归程序时经常发生的错误。在例 6.13 中，n==0就是递归的结束条件。

【例 6.14】 编写求斐波拉契级数前 20 项的函数。

程序如下：

```
long f(int n)
  {
   if(n==0||n==1) return 1;
   else return f(n–1)+f(n–2);
   }
main( )
{ int i;
   for(i=0;i<20;i++)
   printf("%ld ",f(i));
   printf("\n");
}
```

# 6.4   函数指针

## 6.4.1   函数指针变量定义

在 C 语言中，一个函数总是占用一段连续的内存空间，而函数名就是该函数所占内存区的首地址，该首地址就是一个指向函数的指针，简称函数指针。

利用函数指针实现多态是很多系统软件常用的方法。例如，在操作系统中为了能够支持不同硬件设备的统一管理，往往会定义一个内部的数据结构，这个结构中定义了具体的硬件操作函数的函数指针，针对不同的硬件设备，这些函数指针指向不同的操作函数。当上层软件需要访问某个设备时，操作系统将根据这个数据结构调用不同的操作函数，这就使得虽然底层的操作函数各不相同，但是上层的软件可以统一。

同指向数据的指针一样，指向函数的指针也有常量与变量之分，函数指针常量就是在程序中已定义的函数名，而函数指针变量则需要通过定义语句定义之后才能使用。

函数指针变量定义的格式如下：

**类型标志符（\*标志符）（形参列表）；**

类型标志符说明函数指针变量所指函数的返回值类型，标志符则为变量名。注意：定义函数指针变量时不能写做 int \*fun( );，因为这是一种函数说明的形式，表示 fun 是返回值为指针类型的函数。

定义一个函数指针后，并不意味着它马上就可以使用。和其他指针一样，使用函数指针前必须让它指向某个函数。

例如：

```
int    (*fun) ( );
int max( ), min( );
…
fun=max;
…
fun=min;
```

该例中，第一条语句是对函数指针变量 fun 的定义，而第二条语句是对 max 和 min 两个函数的说明。fun 是函数指针变量，可以为它赋值，例如，在程序中将 max 和 min 分别赋给 fun；而 max、min 是两个函数指针常量，只能引用不能赋值（这里的引用即为函数调用）。

### 6.4.2　函数指针变量的使用

通过函数指针变量调用函数的语法格式为：

**（\*函数指针变量名）（实参列表）；**

例如，6.4.1 节的例子中对 fun 变量所指函数的调用格式为：

```
(*fun)( a, b );
```

这里，假定 max、min 函数有两个形式参数，在实际应用中通过函数指针变量调用函数时，所传入的参数个数及类型要和它所指向的函数的参数个数及类型完全符合。

另外一点需要说明的是，将程序中已定义过的函数名作为常量传给某一函数指针变量时（如本例中的赋值操作，以及将函数名作为参数传给另一个函数的情况），该函数必须在这个赋值操作之前已经被定义过，否则就必须经过说明后方能执行该操作。

【**例 6.15**】　输入两个数的四则运算式，通过函数指针求该运算式的值。

程序如下：

```
float add(float a,float b)
{return    a+b;}
 float minus(float a,float b)
{return    a−b;}
 float mult(float a,float b)
{return    a*b;}
 float div(float a,float b)
```

```
{return   a/b;}
 main( )
{
   float m, n, r;
   char op;
   float (*p)(float,float);
   scanf("%f%c%f", &m, &op, &n);
   switch(op)
       {case '+':p=add;   break;
        case '-':p=minus;break;
        case '*':p=mult; break;
        case '/':p=div;   break;
        default:printf("Error Operation!");
        return;
        }
   r=(*p)(m,n);
   printf("%f", r);
}
```

【例 6.16】  编写一个函数，输入 $n$ 为偶数时，调用函数求 $1/1+1/2+1/4+\cdots+1/n$；当输入 $n$ 为奇数时，调用函数求 $1/1+1/3+\cdots+1/n$。要求利用函数指针。

程序如下：

```
#include   <stdio.h>
main( )
{
     float peven( ),podd( ),dcall( );
     float sum;
     int n;
     scanf("%d",&n);
     if(n%2==0)
         {
         printf("Even="); sum=dcall(peven,n);
         }
     else
         {
         printf("Odd="); sum=dcall(podd,n);
         }
     printf("%f",sum);
}
float peven(int n)
{
     float s=1;int i;
     for(i=2;i<=n;i+=2) s+=1/(float)i;
     return(s);
}
float podd(int n)
{
     float s=0;int i;
     for(i=1;i<=n;i+=2) s+=1/(float)i;
     return(s);
}
float dcall(float (*fp) ( ),int n)
{
     float s;
     s=(*fp)(n);
     return(s);
}
```

在程序中，函数指针作为 dcall 的参数。

## 6.5　函数应用举例

【例 6.17】 编写一个函数 change，要求它能将一个整数字符串转换成一个整数。如将"2345"转换为 2345。

分析：按要求，函数接收的初值是一字符串，返回给调用函数的是一个整数。

字符 '2' 和数字 2 的关系：'2'–48 为 2。字符 '2' 的 ASCII 码值是 50。所以，只要从头到尾取出所有的数字字符就可以得到对应的单个数字：2、3、4、5。

现在要解决的问题是如何将其变为一个数字 2345。可以发现，存在如下关系：2*10+3 等于 23，23*10+4 等于 234，234*10+5 等于 2345。其关系可抽象为 $s=s*10+j$。$s$ 初值为 0，$j$ 分别取 2、3、4、5。

程序如下：

```
long change(char str[ ])              /*整数字符串转换成整数函数*/
{
   int i=0;
   long num=0;
   while(str[i])                      /*str[i]和 str[i]!= '\0'功能等价*/
      { num=num*10+(str[i]–48);i++;}
   return(num);                       /*返回转换结果*/
}
#include<stdio.h>
main( )
{
   char str[10];
   long int number;
   printf("input a digit string:\n");
   scanf("%s",str);                   /*输入一整数字符串*/
   number=change(str);                /*调用转换函数*/
   printf("%ld",number);              /*输出转换结果*/
}
```

【例 6.18】 编写函数 fun，其功能是从字符串中删除指定的字符。同一字母的大、小写按不同字符处理。例如，若程序执行时，输入字符串为"this is the c program"。从键盘上再输入字符 't'，则输出后变为"his is he c program"。如果输入的字符在字符串中并不存在，则字符串照原样输出。

分析：让变量 i 控制流程在字符串中一个字符接一个字符地"往后走"。在移动过程中，如果 s[i] 不是要删的字符，则将其按顺序放到新串中（新串依旧放在数组 s 中，只是用变量 k 控制新串的下标，由于要删除一些元素，因此新字符串的下标总是比原字符串下标 i 要小）。

程序如下：

```
#include<stdio.h>
int fun(char s[],char c)
{int i,k=0;
 for(i=0;s[i];i++)
     if(s[i]!=c) s[k++]=s[i];
```

```
    s[k]='\0';
  }
main( )
{
    char str[100], ch;
    gets(str);
    scanf("%c",&ch);
    fun(str,ch);
    printf("str[ ]=%s\n",str);
}
```

# 习　题　6

## 一、填空题

1. 以下程序的输出结果是_____。

```
    fun2(int x,int y)
    {    int z; z=x*y%3;
         return z;

    }
    fun1(int x,int y)
    {    int z;
         x+=x;y+=y;
         z=fun2(x,y);
         return z*z;

    }

    main( )
    {
         int x=11,y=19;
         printf("%d\n",fun1(x,y));

    }
```

2. 下面的程序是求 $x$ 的 $y$ 次方，请填空。

```
    double fun(double x,double y)
    {    int a;
         double z=1;
         for(a=1;a<=____;a++)
             z=_____;
         return z;

    }
```

3. 下面程序的输出结果是_____。

```
    fun( )
    {   int x=0;
        x+=1;
        printf("%d\n",x);

    }
    main( )
```

```
    {
        fun( );
        fun( );
    }
```

4．下面程序的输出结果是_____。

```
    fun(int x)
    {   int y;
        if(x==0||x==1)return (3);
        y=x;
        return y;
    }
    main( )
    {   printf("%d\n",fun(9));
    }
```

5．下面程序的输出结果是_____。

```
    #include<stdio.h>
    void fun(char a[ ],char b[ ],int n)
    {   int c;
        for(c=0;c<n;c++)
        b[c]=(a[c]-'A'-3+26)%26+'A';
        b[n]= '\0';
    }
    main( )
    {   char s1[5]="ABCD",s2[5];
        fun(s1,s2,5);
        puts(s2);
    }
```

6．下面程序的输出结果是_____。

```
    fun(int n)
    {   int m=1;
        do
            {m*=n%10;n/=10;}
        while(n);
        return m;
    }
    main( )
    {
        int n=26;
        printf("%d\n",fun(n));
    }
```

## 二、选择题

1．以下函数调用语句中，含有的实参个数是（　　）。

```
    func((x1,x2), x3,x4,x5);
```

　　A．1　　　　　　　　B．2　　　　　　　　C．4　　　　　　　　D．5

2. C 语言规定，程序中各函数之间（　　）。

    A．既允许直接递归调用又允许间接递归调用

    B．不允许直接递归调用也不允许间接递归调用

    C．允许直接递归调用但不允许间接递归调用

    D．不允许直接递归调用但允许间接递归调用

3. C 语言函数进行值传递时，正确的说法是（　　）。

    A．实参和与其对应的形参各占用独立的存储单元

    B．实参和与其对应的形参占用相同的存储单元

    C．只有当实参和与其对应的形参同名时才占用相同存储单元

    D．形参是虚拟的，不占用存储单元

4. C 语言规定，简单变量做实参时，它和对应参数之间的数据传递方式是（　　）。

    A．地址传递               B．单向值传递

    C．由用户指定传递方式        D．由实参传递给形参，再由形参传回给实参

5. C 语言允许函数返回值类型的默认定义，此时该函数值的隐含类型是（　　）。

    A．float 型        B．int 型        C．long 型        D．double 型

6. C 语言规定，函数返回值的类型由（　　）。

    A．return 语句中的表达式类型决定

    B．调用该函数时的主调函数类型决定

    C．调用该函数时系统临时决定

    D．在定义该函数时所指定的函数类型决定

7. 以下符合 C 语言规定的描述是（　　）。

    A．函数的定义可以嵌套，但函数的调用不可以嵌套

    B．函数的定义不可以嵌套，但函数的调用可以嵌套

    C．函数的定义和函数的调用均不可以嵌套

    D．函数的定义和函数的调用均可以嵌套

8. 如果用数组名作为函数调用的实参，传递给形参的是（　　）。

    A．数组的首地址            B．数组第一个元素的值

    C．数组中全部元素的值        D．数组元素的个数

9. 以下程序的功能是选出能被 3 整除且至少有一位是 5 的两位数，打印出所有这样的数及其个数。请选择填空（　　）。

```
sub(int k,int n)
{ int a1,a2;
   a2=[_____①_____];  a1=k-[_____②_____];
   if ((k%3==0&&a2==5)||(k%3==0&&a1==5))
     {
     printf ("%d,",k);n++;return n;
     }
   else
     return n-1;
}
main()
```

```
{ int n=0,k,m;
  for(k=10;k<=99;k++)
    {
      m=sub(k,n);
      if (m!=-1) n=m;
    }
  printf("\nn=%d",n);
}
```

① A．k*10　　　　　B．k%10　　　　　C．k/10　　　　　D．k*10%10

② A．a2*10　　　　　B．a2　　　　　C．a2/10　　　　　D．a2%10

10．以下说法中正确的是（　　）。

　　A．main 函数必须书写在函数的开始部分

　　B．C 语言规定，程序总是从 main( )函数开始执行

　　C．C 语言规定，程序总是从第一个定义的函数开始执行

　　D．在 C 语言程序中，要调用的函数必须在 main( )函数中定义

11．以下程序的输出结果是（　　）。

```
fun(int a,int b,int c)
{  c=a*b;}
main( )
{
    int c;
    c=fun(2,3,c);
    printf("%d\n",c);
}
```

　　A．0　　　　　　　B．1　　　　　　　C．6　　　　　　　D．5

12．以下程序的输出结果是（　　）。

```
double f(int n)
{   int i;   double s;
    s=1.0;
    for(i=1;i<n;i++) s+=1.0/i;
    return s;
}
main( )
{
    int i,m=3;   float a=0.0;
    for(i=0;i<m;i++) a+=f(i);
    printf("%f\n",a);
}
```

　　A．5.500000　　　　　B．3.000000　　　　　C．4.000000　　　　　D．8.25

13．以下程序的输出结果是（　　）。

```
main( )
{
    int x=1,y=3;
```

```
        printf("%d,",x++);
        {   int x=0;
            x=x+y*2;
            printf("%d,%d, ",x,y);
        }
        printf("%d,%d",x,y);
    }
```

A．1,6,3,2,3　　　　　B．1,6,3,1,3　　　　　C．1,6,3,6,3　　　　　D．1,7,3,2,3

14．语句"int (*ptr) ();"的含义是（　　）。

A．ptr 是指向一维数组的指针变量

B．ptr 是指向 int 型数据的指针变量

C．ptr 是指向函数的指针，该函数返回一个 int 型数据

D．ptr 是一个函数名，该函数的返回值是指向 int 型数据的指针

15．若有函数 max(a,b)，并且已使函数指针变量 p 指向函数 max，当调用该函数时，正确的调用方法是（　　）。

A．(*p)max(a,b);　　　B．*pmax(a,b);　　　C．(*p)(a,b);　　　D．*p(a,b);

### 三、编程题

1．编写函数，统计输入的字符串中大写字母的个数。

2．编写函数，求 1!+2!+3!+4!+5!+…+$n$!，$n$ 由键盘输入。

3．编写函数，将 1～10 顺序赋给一个整型数组，然后从第一个元素开始间隔地输出该数组。

4．编写函数，完成如下功能：有 $n$ 个人围成一圈，顺序排号。从第一个人开始报数（从 1～3 报数），凡报到 3 的人退出圈子，问最后留下的是原来的第几号。

5．编写一函数，求一个字符串的长度。要求在 main( )函数中完成输入字符串并输出其长度。

6．有一字符串，包含 $n$ 个字符。写一函数，将此字符串中从第 $m$ 个字符开始的全部字符复制成另一个字符串。

7．编一个函数 fun(char *s)，函数的功能是把字符串中的内容逆置。

8．从键盘输入 20 个整数存于数组中，再从键盘输入另一整数 y。请编写一个函数 fun( )，函数的功能是删除数组中所有值为 y 的元素。

9．在主函数中输入 10 个字符串，用另一函数对它们排序，然后在主函数中输出这 10 个已排好序的字符串。

10．编一函数"void fun(int tt[][],int pp[])"，tt 指向一个 $M$ 行 $N$ 列的二维数组，求出二维数组中每列的最小元素，并依次放入 pp 所指的一维数组中，二维数组的元素值已在主函数中赋予。

# 第7章 复杂数据类型

C 语言规定，在定义变量时，除了要说明其类型之外，还要说明其存储类别。存储类别关系到变量在存储空间中的存放位置，由此决定了变量在程序运行中值保留的时间和变量的作用范围，这就是变量的生存期和作用域。除了这些之外，本章还要介绍比较复杂的数据类型及其运算。

## 7.1 变量的存储类别

### 7.1.1 存储空间分类

一个 C 语言源程序经编译和连接后，生成可执行程序文件，要执行该程序，系统须为程序分配存储空间，并将程序装入所分配的存储空间内，才能执行该程序。一个程序在内存中占用的存储空间可分为三个部分：程序区、静态存储区和动态存储区。程序区是用来存放可执行程序的程序代码的；静态存储区用来存放静态变量；动态存储区是用于存放动态变量。

### 7.1.2 变量的存储类别

变量的定义格式为：

**<存储类别><类型><变量名表>;**

在该变量定义中用到了存储类别，事实上变量的存储类别是对变量作用域、存储空间、生存期的规定。在 C 语言中，变量的存储类别分为四种：自动（auto）、外部（extern）、静态（static）、寄存器（register）。这四种类别说明的变量分别称为自动变量、外部变量、静态变量、寄存器变量。

#### 1. 自动变量

自动变量是最常见的一类变量，自动变量的说明必须在一个函数体的内部进行，函数的形参也是一种自动变量。自动变量的作用域是在所定义的函数中。函数中的局部变量，如果不声明为 static 存储类别，都动态地在动态存储区中分配存储空间。函数中的形参和在函数中定义的变量（包括在复合语句中定义的变量）都属此类，在调用该函数时系统会给它们分配存储空间，在函数调用结束时自动释放这些存储空间。如果一个函数被多次调用，或者复合语句被多次执行，变量的存储空间就分配多次、释放多次。这类局部变量称为自动变量。自动变量用关键字 auto 定义存储类别。

例如：

```
int f(int a)          /*定义 f 函数，a 为形式参数*/
{auto int b,c=3;       /*定义 b, c 为自动变量*/
……
}
```

a 是形参，b，c 是自动变量，对 c 赋初值 3。执行完 f 函数后，自动释放 a、b、c 所占的存储单元。

关键字 auto 可以省略，一般地说，在函数内不加说明的变量都属于自动变量，因此：

auto int a; 等价于 int a;

auto float b; 等价于 float b;

auto char str[100]; 等价于 char str[100];

由于自动变量具有局部性，所以在两个函数中可以分别使用同名的变量而互不影响。

【例 7.1】 分析程序的输出结果。

```
main( )
{    auto int y=0123;           /*函数 main 中的自动变量 y*/
     void f1(), f2(int);        /*函数声明*/
     f1(); f2(y);               /*分别调用函数 f1 和 f2*/
     printf ("y=%o\n", y);
}
void f1( )
{    int y=321;                 /*函数 f1 中的自动变量 y*/
     printf ("y=%d\t",y);
}
void f2(y)
int y;                          /*函数 f2 中的形参 y 也是自动变量*/
{ printf ("y=%d\t", ++y);       /*y 加 1*/
}
```

程序中有三个"y"分别在三个不同的函数中，这三个"y"都是自动变量，所以三个"y"分别局部于三个不同的函数，在三个函数中对"y"的操作互不影响，故运行程序打印如下结果：

y=321          y=84          y=123

### 2. 外部变量

外部变量是在函数外定义的，即全局变量，形式如下：

<类型说明符> <变量名>；

所谓"外部"，是相对于函数"内部"而言的，C语言的外部变量就是定义在所有函数之外的全局变量。它可以被所有函数访问，在所有函数体的内部都是有效的，所以函数之间可以通过外部变量直接传递数据。它的作用域是从变量定义处开始的，到本程序文件的末尾。如果在该程序的其他文件中对这个外部变量进行了声明，则外部变量的作用域可以延伸到这个文件。

程序中的外部变量在编译阶段分配存储空间，在程序执行过程中不会被释放，所以，外部变量的存储空间是固定的，生存期是全程的。未被赋初值的外部整型变量，系统默认初值为 0；未赋初值的外部字符型变量，系统默认初值为空字符。

如果外部变量不在文件的开头定义，其有效的作用范围只限于从定义处到文件结束。如果在定义点之前的函数中引用该外部变量，则应该在引用之前用关键字 extern 对该变量进行外部变量声明，表示该变量是一个已经定义的外部变量。这些声明可以放在引用的函数体内，也可以放在函数的外面。如果在函数体内声明，外部变量在函数体内合法；如果在函数外声明，就可以从声明处起合法地使用该外部变量。

【例 7.2】 用 extern 声明外部变量，扩展外部变量的作用域。

程序如下：

```
int max(int x,int y)
{    int z;
```

```
            z=x>y?x:y;
            return(z);
    }
    main( )
    {   extern a,b;          /*声明外部变量a,b在主函数main中可见*/
        printf("%d\n",max(a,b));
    }
    int a=13,b=-8;           /*定义外部变量a,b*/
```

说明：

① 在本程序文件的最后一行定义了外部变量 a、b，由于外部变量定义在函数 main( )之后，因此在 main( )函数中不能引用外部变量 a、b。但现在 main( )函数中用 extern 对 a 和 b 进行外部变量声明，就可以从声明处起，合法地使用外部变量 a 和 b。

② 一个 C 语言程序的函数处在几个文件中，在一个文件中定义的外部变量，如果要在其他文件中引用，也必须在这些引用的文件中用关键字 extern 对该变量进行"外部变量声明"。表示该变量是一个已经在其他文件中定义的外部变量。extern 用于声明变量是"外部的"，在程序中并不真正分配存储空间。这些声明可以放在引用的函数体内，也可以放在函数的外面。

文件 file1.c 中的内容为：

```
    int m;               /*定义外部变量*/
    main( )
    {…}
```

文件 file2.c 中的内容为：

```
    extern int m;        /*声明外部变量m,并不分配存储空间*/
    func( )
    {…}
```

通过 extern int m;将 file1.c 中全局变量 m 的作用域扩大到 file2.c。但是，要实现这种文件间的数据联系，仅仅使用 extern 说明还不够，应确保 file1.c 中的全局变量 m 为非静态全局变量才行。关于非静态全局变量，在后面介绍。

### 3. 静态变量

静态变量存放在内存中的静态存储区。编译系统为其分配固定的存储空间，重复使用时，变量的值保留。

静态变量定义的形式是：

**static 类型说明符 变量名；**

静态变量有两种：一种是静态全局变量；另一种是静态局部变量。静态变量的赋初值工作是在编译时完成的，在程序运行期间不再执行，即调用该函数时不再执行赋初值操作。未被赋初值的静态整型变量，系统默认初值为 0；未赋初值的静态字符型变量，系统默认初值为空字符。

（1）静态全局变量

静态全局变量的定义位置与外部变量一样，都在函数体的外面。相似的地方还有，它们都是公用的全局变量，但作用域仅仅是在定义它的那个文件中，其他文件即便采用 extern 声明，也是不可见的。这种定义方式可以使变量成为局部范围内的全局变量，这样就可以避免全局变量产生的副作用。简单地讲，静态全局变量仅仅作用于定义它的一个文件，而外部变量作用于整个程序。

文件 file3.c 中的内容为：

```
static int m;
main( )
{
...
}
```

文件 file4.c 中的内容为：

```
extern int m;
func( )
{
...
}
```

由于在 file3.c 中把 m 定义成静态全局变量，尽管在 file4.c 中采用了 extern int m;进行声明，但 file4.c 文件中无法使用 file3.c 中的静态全局变量 m。

（2）静态局部变量

定义在函数体中的静态变量就是静态局部变量。它的作用域同自动变量相同，但是它的生存期与全局变量相同，即在整个程序运行过程一直存在，也就是静态局部变量的值在该函数的两次调用之间是一直保存的，且对静态局部变量的初始化是在编译时完成的。

【例 7.3】 给出下列程序的运行结果。

```
st(n)
int n;
{   static int m=5;        /*静态局部变量 m*/
    n+=m– –;
    return(n);
}
main( )
{   int j;
    for(j=1;j<3;j++)
    printf("%d\t",st(j));
}
```

运行结果：

    6       6

静态局部变量 m 的初始化语句语句 static int m=5;是在编译时完成的，main（）函数调用时不再执行。第一次调用 st 函数时，执行语句 n+=m– –后，n 值为 1+5（等于 6），而 m 值变为 5–1（等于 4）；第二次调用 st 函数时，执行语句 n+=m– –后，n 值为 2+4（等于 6），m 值为 4–1（等于 3）。

【例 7.4】 求 1 到 10 的阶乘。

程序如下：

```
long fac(n)
int n;
```

```
{   static long   f=1;
    f=f*n;
    return(f);
}
main( )
{   int i;
    for(i=1;i<=10;i++)
    printf(" %d!= %ld\n",i,fac(i));
}
```

#### 4．寄存器变量

前面介绍的几种类型的变量，都保存在内存中，在程序运行时，根据需要对内存中相应的存储单元进行操作，如果一个变量在程序中频繁使用，如循环控制变量，系统就必须多次访问内存中的该单元，访问内存速度的快慢将直接影响程序的执行效率。因此，在 C 语言中还可以定义另一种变量，它不保存在内存中，而是直接存储在 CPU 的寄存器中，这种变量称为寄存器变量。

寄存器变量的定义形式是：

**register 类型说明符 变量名；**

注意：

① 不同类型的计算机，寄存器的数目是不一样的，通常为 2~3 个，对于在一个函数中定义的多于 2~3 个的寄存器变量，C 语言编译程序会自动将寄存器变量变为自动变量。

② 由于受硬件寄存器长度的限制，所以寄存器变量只能是 char 型、int 型或指针型。寄存器说明符只能用于说明函数中的变量和函数中的形参，因此不允许将外部变量或静态变量说明为"register"。

③ 由于寄存器变量不在内存中，没有地址，所以不能对它进行取地址运算。

【例 7.5】 求 1+2+3+…+200 的值。

程序如下：

```
main( )
{
    register int i,s=0;
    for(i=1;i<=200;i++)
    s=s+i;
    printf("s=%d\n",s);
}
```

本程序循环 200 次，i 和 s 都将频繁使用，因此可定义为寄存器变量。

## 7.2　变量的生存期和作用域

在讨论函数的形参变量时曾经提到，形参变量只在被调用期间才分配内存单元，调用结束立即释放。 这一点表明形参变量只有在函数内才是有效的，离开该函数就不能再使用了。这种变量有效性的范围称变量的作用域。C 语言中所有的变量都有自己的作用域。变量定义的方式不同，其作用域也不同。C 语言中的变量，按作用域范围可分为两种：局部变量和全局变量。

### 7.2.1 变量的生存期

变量的生存期是指从计算机为其分配存储空间到收回变量的存储空间为止（有时称为释放）这段时期。在生存期内，变量有对应的存储空间，变量可用；生存期外，变量没有对应的存储空间，变量不可用。计算机系统将变量的存储空间分为两个区域：静态存储区和动态存储区。存储空间分配在静态存储区的变量称为静态变量，存储空间分配在动态存储区的变量称为动态变量。

#### 1．静态变量

变量存储在内存中的静态存储区，编译时就分配了存储空间，在整个程序运行期间，该变量占有固定的存储空间，变量的值始终存在，程序结束后，这部分空间才被释放。这类变量的生存期为整个程序。

#### 2．动态变量

变量存储在内存中的动态存储区，在程序运行过程中，当变量所在函数被调用时，编译系统临时为该变量分配一段内存空间，变量有值，函数调用结束，变量值消失，变量所占的空间释放，这类变量的生存期为函数调用期间。

### 7.2.2 变量的作用域

变量的作用域就是变量的有效范围，也称可见性。变量的作用域由变量定义语句在程序中出现的位置决定，并据此划分为全局变量和局部变量。

#### 1．局部变量

在函数体内或复合语句内定义的变量称为局部变量。局部变量的作用域是定义该变量的函数体内或复合语句内。注意，函数的形参也属于局部变量。

在编译源程序时，系统不会为局部变量分配内存单元，在程序的运行中，当调用函数时，该函数中的局部变量才分配存储空间，调用结束，局部变量的存储空间被释放。

【例 7.6】 分析程序中每个变量的作用域，写出运行结果。

程序如下：

```
f()
{   int x=3,y=5;                       /*定义 f 函数中的局部变量 x，y，x 为外层局部变量*/
    {   int x=2;                       /*定义复合语句中的局部变量 x，它是内层局部变量*/
        printf("*x=%d\n",x);
        printf("*x+y=%d\n", x+y);      /*x 是复合语句中的局部变量，值为 2*/
    }
        printf("**x=%d\n", x);
}
main()
{   int x=1;
    printf("1: x=%d\n", x);
    f();
    printf("2:x=%d\n", x);
}
```

程序的运行结果是：

```
1: x=1       /*输出主函数内的变量 x*/
*x=2         /*输出复合语句中的变量 x*/
*x+y=7       /*输出复合语句中的变量 x 和函数 f 中变量 y 的和*/
**x=3        /*输出 f 中的变量 x*/
2: x=1       /*输出主函数内的变量 x*/
```

注意：

① 主函数中定义的变量 x，作用域是主函数内部，在被调函数 f 中不可见；

② f 函数中定义的变量 x、y，作用域是 f 函数内部；

③ 复合语句中定义的变量 x，作用域是复合语句内部；在 f 函数中定义的变量 x 和 y，作用域也包含复合语句，这样在复合语句中就有两个 x，这是不允许的，C 语言规定，当外层变量名和内层局部变量名同名时，外层变量在内层失效。

**2. 全局变量**

在所有函数之外定义的变量称为全局变量。全局变量的作用域是从定义变量处开始到程序结束这一段区域。系统在静态区为全局变量分配固定的内存空间，在程序运行的整个过程都占用固定空间。如果想在定义之前使用该全局变量，可以用 extern 加以说明，进而扩大全局变量的作用域。

使用全局变量与局部变量，应注意以下几点：

① 同一程序文件中的全局变量名不能同名；

② 不同函数内的局部变量可以重名，互不影响；

③ 全局变量与局部变量可以同名，在局部变量起作用的范围内，全局变量不起作用；

④ 全局变量的初始化只能有一次，即在对全局变量定义的时候，生存期是程序运行的全的过程。如果程序中没有对全局变量初始化，系统自动默认初始化。

**【例 7.7】** 分析以下程序的运行结果。

```
int x=10;                  /*全局变量的定义*/
main ()
{   int x=100;             /*局部变量，主函数内有效*/
    f();
    ff();
    printf("%d\n", x);     /*x 为 main 内的局部变量*/
}
f()
{   int x=50;              /*局部变量，函数 f 内有效*/
    x += 10;               /*x 为 f 内的局部变量*/
    printf("%d\n", x);     /*x 为 f 内的局部变量*/
}
ff()
{   x += 10;               /*使用全局变量*/
    printf ("%d\n", x);
}
```

程序运行结果：

```
60
20
100
```

### 7.2.3 变量的存储类别与作用域和生存期总结

为了更好地理解变量作用域和存储类别，对变量的存储类别和作用域进行了总结，如表 7.1 和表 7.2 所示。

**表 7.1 从局部变量和全局变量分析**

| 变 量 类 别 | 子 类 别 | 作 用 域 | 生 存 期 |
|---|---|---|---|
| 局部变量 | 静态局部变量 | 只在本函数或复合语句中可见 | 全程（离开函数，变量值仍保留） |
| | 自动变量 | | 进入生存期开始 离开生存期结束 |
| | 寄存器变量 | | |
| 全局变量 | 静态变量 | 只能在程序的本文件中可见 | 全程 |
| | 非静态变量 | 允许在程序的其他文件中引用 | 全程 |

**表 7.2 从静态存储变量和动态存储变量分析**

| 变 量 类 别 | 子 类 别 | 作 用 域 | 生 存 期 |
|---|---|---|---|
| 静态存储变量（静态区分配） | 静态局部变量 | 只在本函数或复合语句中可见 | 全程 |
| | 静态全局变量 | 只在程序的本文件中可见 | |
| | 非静态全局变量（外部变量） | 允许其他文件引用 | |
| 动态存储变量（动态区分配） | 自动变量 | 只在本函数或复合语句中可见 | 进入生存期开始 离开生存期结束 |
| | 寄存器变量 | | |
| | 形式参数 | | |

# 7.3 结构体与共用体

在信息处理中，经常会遇到对某一客观事物及其属性的描述，如人的描述，包括的属性有姓名、性别、身份证号、年龄、住址、职务等数据项。人是具有整体概念的数据，包含的属性是一些不同数据类型的分量。为了方便处理，把它们组成为一个有机的整体，并为其命名。这就是下面要介绍的结构体和共用体。

### 7.3.1 结构体

结构体是一种将一些不同的数据类型组织在一起而形成的数据类型。结构体属于一种构造类型，因此一个结构体可以有若干个数据项，每一个数据项的数据类型可以不同。结构体中的数据项又称为分量、成员或属性。

**1. 定义结构体类型的一般形式**

格式如下：

    struct  <结构体名>
      {成员 1;
        ...
        成员 n;
      };
每个成员的定义格式如下：
    <类型说明符>  <成员名>;

其中，struct 是关键字，结构体名与成员名的命名规则与标志符规定相同。

例如：

```
struct stu
{
    int num;
    char name[20];
    char sex;
    float score;
};   /*定义了一个结构体类型，括号后必须有分号*/
```

该例定义了一个结构体类型。在这个结构体定义中，结构体名为 stu，该结构体由 4 个成员组成。第一个成员名为 num，整型变量；第二个成员名为 name，字符型数组；第三个成员名为 sex，字符型变量；第四个成员名为 score，实型变量。但要注意，成员不仅有一个变量名，还应该有该变量的类型。另外，结构体类型的定义可以在函数的内部，也可以在函数的外部。在内部定义的结构体，只在函数内部可见；在外部定义的结构体，从定义点到源文件尾之间的所有函数都可见。应注意：括号后的分号是不可缺少的。结构体定义之后，才可进行结构体变量的定义。凡定义为结构体 stu 的变量都由上述 4 个成员组成。由此可见，结构体是一种复杂的数据类型，是数目固定、类型不同的若干有序变量的集合。

### 2. 结构体变量的定义

结构体变量有三种定义方法：先定义结构体类型再定义结构体变量、定义结构体类型的同时定义结构体变量、直接定义结构体变量。

（1）先定义结构体类型再定义结构体变量

例如：

```
struct stu
{
    int num;
    char name[20];
    char sex;
    float score;
};                      /*定义结构体类型，在内存中不分配存储空间*/
struct stu boy1,boy2;   /*定义结构体变量 boy1 和 boy2，在内存中为其分配存储空间*/
```

上面先定了一个结构体类型 struct stu，然后用它定义了两个结构体变量 boy1 和 boy2。变量 boy1 和 boy2 都具有 struct stu 结构体类型。由于 boy1 和 boy2 都是变量，故计算机系统将为变量 boy1 和 boy2 分配必要的存储空间（一个结构体变量在内存中所占用字节数是其所有成员变量占用的字节数之和），而结构体类型 struct stu 并不分配存储空间，它仅仅是定义了一种类型说明，不需要存储空间。注意结构体类型和结构体变量的区别。结构体类型（如struct stu）就像 int、float、char 等数据类型一样，是一种类型说明符。

（2）定义结构体类型的同时定义结构体变量

定义的形式如下：

```
struct    <结构体名>;
    {成员 1;
        …

    成员 n;
    }<变量名列表>;
```

例如：

```
struct stu
{
    int num;
    char name[20];
    char sex;
    float score;
}boy1,boy2; /*定义结构体类型，同时定义结构体变量 boy1 和 boy2，在内存中为其分配存储空间*/
```

该例也定义了一个结构体类型 struct stu，同时定义了两个结构体变量 boy1 和 boy2。

（3）直接定义结构体变量

定义的形式如下：

```
struct
    {成员 1;
        …

    成员 n;
    }<变量名列表>;
```

例如：

```
struct
{
    int num;
    char name[20];
    char sex;
    float score;
} boy1,boy2;     /*直接定义结构体变量 boy1 和 boy2，在内存中为其分配存储空间*/
```

该例定义了两个结构体变量 boy1 和 boy2。用这种方法定义，由于不出现结构体名，因而只适用于对变量进行一次性定义的情况。

上面介绍了结构体变量的 3 种定义方法，其中，第一种方法是最常用的方法。在使用时应注意：先定义类型，后定义变量。变量需要分配必要的存储空间，而类型不需要分配存储空间。结构体类型中的成员名可以与程序中的变量名相同，二者代表不同的对象。成员既可以是一个基本类型（如 int、chah、float、double 等），又可以是一个构造类型（如数组、结构体等），因而结构体可以嵌套。即一个结构体类型的成员是另一种结构体类型的变量。

例如，在 stu 结构体中增加一个"出生日期"成员 birth，该成员需要包括年、月、日 3 个属性，因此可先定义一个 date 结构体类型，并用该类型定义 birth 成员。程序如下：

```
struct date
{   int year;
    int month;
    int day;
```

```
    };
    struct stu
    {
        int num;
        char name[20];
        char sex;
        float score;
        struct   date   birth;
    };
```

**3．结构体变量的使用**

结构体类型是数据类型，而结构体变量是数据对象，因此在编制 C 语言程序时，只能对结构体变量进行操作，即可对结构体变量赋值、存取或运算，而不能对一个结构体类型赋值、存取或运算。

（1）结构体变量的初始化

在定义结构体变量的同时给其赋初值，即为结构体变量初始化。

例如：

```
    struct stu
    {
        int num;
        char name[20];
        char sex;
        float score;
    };
    ……
    struct stu boy1={2001,"Wang wei", 'T', 98};
    struct stu boy2={2002,"Li dong", 'F',88};
    ……
```

该例定义了两个结构体变量 boy1 和 boy2，并且让变量 boy1 描述了 Wang wei 同学，而变量 boy2 描述了 Li dong 同学。赋初值时应保证每个初值的类型与对应成员的类型一致，并且只能在定义结构体变量时使用该格式。

如下列语句是错误的：

```
    struct stu boy1,boy2;
    boy1={2001,"Wang wei", 'T', 98};
    boy2={2002,"Li dong", 'F',88};
```

（2）结构体变量的使用

结构体变量的使用就像数组的使用，只能以分量的形式对结构体变量进行访问，如同用下标法引用一个数组的元素。当然，对结构体变量的成员引用不能通过下标法来实现，而要使用其成员名进行访问，结构体变量的赋值就是给各成员赋值。C 语言规定，可以对最低一级的成员进行引用。

对成员引用的一般格式：

**<结构体变量名>.<成员名>**

即引用结构体变量的各个成员时，要反映出成员所属的结构体变量。“.”称为分量运算符，用来获得一个结构体变量的某个成员，它是所有运算符中优先级最高的。

【例 7.8】　给结构体变量赋值并输出其值。

程序如下：

```
main()
{
struct stu
{
    int num;
    char *name;
    char sex;
    float score;
} boy1,boy2;
boy1.num=102;
boy1.name="Zhang ping";
printf("input sex and score\n");
scanf("%c %f",&boy1.sex,&boy1.score);
boy2=boy1;
printf("Number=%d\nName=%s\n",boy2.num,boy2.name);
printf("Sex=%c\nScore=%f\n",boy2.sex,boy2.score);
}
```

本程序中用赋值语句给 num 和 name 两个成员赋值，name 是一个字符串指针变量。用 scanf 函数动态地输入 sex 和 score 成员值，然后把 boy1 的所有成员的值整体赋予 boy2，最后分别输出 boy2 的各个成员值。本例表示了结构体变量的赋值、输入和输出方法。

当两个结构体变量的类型相同时，可以互相赋值。如例 7.8 中定义了两个结构体变量 boy1 和 boy2，由于它们的类型相同，故可以互相赋值。

```
boy2=boy1;
```

这个语句是将变量 boy1 的值赋给变量 boy2，从而使结构体变量 boy1 和 boy2 具有相同的值。

对于嵌套型结构体变量的引用，使用最内层的结构体成员参与运算（即只能对最低一级的成员进行引用）。使用时要注意成员的层次性，通过分量运算符 "." 来一层一层获得最低一级成员引用。

【例 7.9】　结构体成员也是一个结构体的类型示例。

程序如下：

```
struct date
{    int year;
     int month;
     int day;
};
struct stu
{
     int num;
     char name[10];
     char sex;
     float score;
     struct   date   birth;
};
main()
```

```
{       struct stu    boy1,boy2;
        boy1.num=2005;
        strcpy(boy1.name, "Wang wei");
        boy1.sex='T';
        boy1.score=99.5;
        boy1.birth.year=1986;
        boy1.birth.month=10;
        boy1.birth.day=1;
        printf("No: %d, name: %s, sex: %c, score%f, year: %d, month: %d, day: %d\n",
        boy1.num,boy1.name,boy1.sex,boy1.score,boy1.birth.year,boy1.birth.month,boy1.birth.day);
        boy2=boy1;
        printf("No: %d, name: %s, sex: %c, score%f, year: %d, month: %d, day: %d\n",
        boy2.num,boy2.name,boy2.sex,boy2.score,boy2.birth.year,boy2.birth.month,boy2.birth.day);
}
```

**4．结构体数组**

数组的元素也可以是结构体类型的，因此可以构成结构体数组。结构体数组中每一个元素都是具有相同结构体类型的下标结构体变量。在实际应用中，经常用结构体数组来表示具有相同数据结构的群体，如一个班的学生档案、一个车间职工的工资表等。

（1）结构体数组的定义

一般格式如下：

**struct <结构体名>　结构体数组名[大小];**

其中，<结构体名>必须是已定义过的结构体类型，[大小]中的"大小"为结构体数组元素的个数。

例如：

```
struct stu
{
    int num;
    char *name;
    char sex;
    float score;
}boy[5]; /*注意";"不能省略*/
```

定义了一个结构体数组 boy，共有 5 个元素，boy[0]~boy[4]。每个数组元素都具有 struct stu 的结构体形式。对结构体数组可以进行初始化赋值，例如：

```
struct stu
{
    int num;
    char *name;
    char sex;
    float score;
}boy[5]={
{101,"Li ping",'M',45},
{102,"Zhang ping",'M',62.5},
{103,"He fang",'F',92.5},
{104,"Cheng ling",'F',87},
{105,"Wang ming",'M',58}    /*这里没有","*/
};    /*注意";"不能省略*/
```

结构体数组也可以初始化，即在定义一个结构体数组的同时给其赋值。

（2）结构体数组的引用

结构体数组中的每一个元素相当于一个结构体变量。所以，对于结构体数组，通过其下标变量（元素）引用结构体成员。一般格式为：

**<结构体数组的元素>.<成员名>**

【**例7.10**】 通过结构体数组元素引用结构体成员，计算学生的平均成绩和不及格的人数。

```
struct stu
{
    int num;
    char *name;
    char sex;
    float score;
}boy[5]={
{101,"Li ping",'M',45},
{102,"Zhang ping",'M',62.5},
{103,"He fang",'F',92.5},
{104,"Cheng ling",'F',87},
{105,"Wang ming",'M',58}
};
main( )
{
    int i,c=0;
    float ave,s=0;
    for(i=0;i<5;i++)
{
    s+=boy[i].score;
    if(boy[i].score<60) c+=1;
}
    printf("s=%f\n",s);
    ave=s/5;
    printf("average=%f\ncount=%d\n",ave,c);
}
```

在程序中定义了一个外部结构体数组 boy，共 5 个元素，并做了初始化赋值。在 main( ) 函数中用 for 语句逐个累加各元素的 score 成员值并存于 s 之中，如果 score 的值小于 60（不及格）则计数器 c 加 1，循环完毕后计算平均成绩，并输出全班总分、平均分及不及格人数。

**5．结构体类型数据的指针**

一个结构体变量的指针就是该结构体变量所占据的内存段的起始地址。设一个指针变量，用来指向一个结构体变量，这样就可以用该指针变量引用结构体变量中的成员。

（1）结构体变量的指针定义

结构体变量指针的定义格式如下：

**<结构类型名> *指针变量名**

例如：

```
struct stu
{
```

```
        int num;
        char name[20];
        char sex;
        float score;
    };
    main( )
    {   struct stu boy1={2001,"Wang wei", 'T', 98};
        struct stu boy2={2002,"Li dong", 'F',88};
        struct stu    *pt1,*pt2;        /*定义结构体变量指针 pt1 和 pt2*/
        pt1=&boy1;                      /*将结构体变量 boy1 的地址赋给 pt1*/
        pt2=&boy2;                      /*将结构体变量 boy2 的地址赋给 pt2*/
        ……

    }
```

其中，定义了两个指针变量 pt1 和 pt2，分别指向结构体变量 boy1 和 boy2。注意，程序段里的语句 pt1=&boy1;中的&boy1 不能写成 boy1，因为 boy1 是结构体变量，故应使用取地址运算符&来获得该变量的地址值；也不能写成 pt1=&stu 或 pt1=stu，因为 stu 是结构体名。

（2）用指针引用结构体变量的成员

前面已介绍了引用结构体变量的各个成员时，可用.运算符来获得一个结构体变量某个成员的方法。当一个结构体指针指向一个结构体变量时，就可以用该指针引用结构体变量的成员了。其引用格式为：

**（\*结构体指针表达式）.成员名**

或

  **结构体指针变量→成员名**

运算符 "→"、"." 和 "\*" 的优先级：→的优先级与 "()"、"[ ]" 和句点 "." 相同，均优先于 "\*" 运算符。即

    {→、()、[]、.}→\*

例如：(\*pt1).num  等价于 pt1→num。

应该注意，(\*pt1)两侧的括号不可少，因为成员符 "." 的优先级高于 "\*"。如果去掉括号，\*pt1.num 则等效于\*(pt1.num)，这样，意义就完全不同了。

**【例 7.11】** 用结构体指针建立一个通信录。

程序如下：

```
#include<stdio.h>
#define NUM 3                          /*定义符号常量 NUM*/
struct mem                             /*定义结构体类型*/
{
    char name[20];                     /*结构体成员——姓名*/
    char phone[10];                    /*结构体成员——电话*/
};
main( )
{
    struct mem man[NUM],*pt;           /*定义结构体数组*/
    int i;
    pt=man;
```

```
            for(i=0;i<NUM;i++,pt++)
            {
                    printf("input name:\n");           /*提示输入姓名*/
                    gets((*pt).name);                  /*输入姓名 gets( )函数从键盘得到一个字符串*/
                    printf("input phone:\n");          /*提示输入电话*/
                    gets((*pt).phone);                 /*输入电话*/
            }
            pt=man;
            printf("name\t\t\tphone\n\n");             /*输出提示*/
            for(i=0;i<NUM;i++,pt++)
            printf("%s\t\t\t%s\n",pt->name,pt->phone); /*输出姓名和电话*/
    }
```

在用指针引用结构体成员时，*pt 两侧的括号不能省略，因为成员运算符"."的优先级高于"*"运算符。

在例 7.11 中：pt–>name；等价于(*pt).name；

　　　　　　　pt–> phone；等价于(*pt).phone；

再看一种结构体成员为指针的情况：

```
    struct lpoint
        {int x;
        int *y;
        }*q,s[3];
    q=s;
```

这里定义了一个结构体类型 lpoint，它含有两个成员，一个 int 型变量 x 和一个 int 型的指针变量 y。同时还定义了一个具有 struct lpoint 类型的结构体指针变量 q 和结构体数组 s。q=s;是让 q 指向 s[0]。因而：

```
    *q–>y              表示 y 所指的内容；
    *q–>y++            访问 y 所指的内容后 y 自增；
    (*q–>y)++          自增 y 所指的内容；
    *q++–>y            访问 y 所指的内容后 q 自增。
```

## 7.3.2　共用体

在 C 语言中，允许不同的数据类型使用同一存储区域，即同一存储区域由不同类型的变量共享，这种数据类型就是共用体。"共用体"与"结构体"有相似之处，但两者有本质上的不同。在结构体中，各成员有各自的内存空间，一个结构体变量所占内存空间的总长度是各成员所占内存空间长度之和；而在"共用体"中，各成员共享一段内存空间，一个共用体变量的长度等于其各成员中最长的长度。应该说明的是，这里所谓的共享不是指把多个成员同时装入一个共用体变量内，而是指该共用体变量可被赋予任一成员值，但每次只能赋一种值，赋入的新值将覆盖旧值。

### 1．共用体类型及共用体变量的定义

共用体定义形式如下：

> union　　<共用体名>
> 　　　{成员 1；
> 　　　成员 2；
> 　　　……
> 　　　成员 *n*；
> 　　　}变量名列表；

每个成员的定义格式：

> **<类型说明符>　　<成员名>**

可以看出，共用体（或称为联合）的定义形式与结构体的定义形式相似，除关键字不同外（结构体用 struct、共用体用 union），其余部分完全一样。但它们在存储空间上是完全不同的。共用体的各个成员使用同一段内存，而结构体的各个成员都有各自的存储空间。

例如：

```
union   data1                    struct data2
{    int i;                      {    int i;
     char ch;                         char ch;
     float  f;                        float f;
}x;                              }a;
```

上面分别定义了一个共用体变量 x 和一个结构体变量 a，可以看出定义形式，除关键字不同外，其余部分完全一样，但它们在存储空间上是不同的。如图7.1所示是共用体变量 x 的存储空间示意图。

图 7.1　共用体变量 x 的存储空间示意图

共用体变量用同一个内存段来存放几种不同类型的成员，因而在某一时刻只能存放其中一个成员，而不能同时存放几个成员。所以在使用共用体变量时，要注意起作用的成员是最后一次存入的成员，此时其他成员的值已被覆盖。

共用体变量的定义与结构体变量的定义一样，也有三种定义方法：①先定义共用体类型再定义变量；②在定义类型的同时定义变量；③直接定义共用体变量。由于定义形式与结构体的定义形式相似，除关键字不同外，其余部分完全一样，故这里不再介绍。

另外，共用体类型的变量可以是结构体类型的成员，同样，结构体类型的变量也可以是共用体类型的成员。可以定义共用体数组，其定义方法同结构体数组的定义方法相似。

例如：

```
union data
    {    int number;
         char    c1[10];
         float f;
         };
    union data w[20];
```

这里定义了一个共用体数组 w，它含有 20 个元素，每一个元素的类型都是 union data 类型。

### 2．共用体变量的引用

共用体成员的引用格式与结构体成员的引用格式一样，也是通过使用运算符“.”和“->”来引用共用体中的成员。

格式如下：

  **<共用体变量名>.<共用体成员名>**

或

  **<指向共用体变量的指针>—><共用体成员名>**

【例 7.12】 将一个四位数（十六进制数）分解成两部分输出。

程序如下：

```
main( )
{union
{int short x;
 struct
     {char low;
      char high;
     }y;
 }z={0x3366};
  printf("z.x=%hx\n",z.x);
  printf("z.y.low=%xz.y.high=%x\n",z.y.low,z.y.high);
}
```

运行结果为：

  z.x=3366

  z.y.low=66 z.y.high=33

当然，对于共用体变量成员的引用，也可以使用指向共用体变量的指针方法。另外，不能对共用体变量名赋值，也不能企图只通过变量名来得到成员的值。初始化一个共用体变量，只要初始化其中的一个成员即可。

【例 7.13】 设有一个教师与学生通用的表格，教师数据有姓名、年龄、职业、教研室四项；学生有姓名、年龄、职业、班级四项。

编程输入人员数据，再以表格形式输出。

程序运行情况如下。

如提示：Input name,age,job and department

输入：wangwei 45 t computer✓

再提示：Input name,age,job and department

输入：liuhua 18 s 3✓

程序运行结果：

  wangwei 45 t computer

  liuhua 18 s 3

程序如下：

```
main( )
{struct
{
char name[10];
int age;
char job;
union
{
```

```
        int class;
        char office[10];
        } depa;
        }body[2];
        int n,i;
        for(i=0;i<2;i++)
        {
            printf("Input name,age,job and department\n");
            scanf("%s %d %c",body[i].name,&body[i].age,&body[i].job);
            if(body[i].job=='s')
            scanf("%d",&body[i].depa.class);
            else
            scanf("%s",body[i].depa.office);
        }
        printf("name\tage job class/office\n");
        for(i=0;i<2;i++)
        {
            if(body[i].job=='s')
            printf("%s\t%3d %3c %d\n",body[i].name,body[i].age,
            body[i].job,body[i].depa.class);
            else
            printf("%s\t%3d %3c %s\n",body[i].name,body[i].age,
            body[i].job,body[i].depa.office);
        }
        }
```

在程序中用一个结构体数组 body 来存放人员数据，该结构体共有四个成员。其中成员项 depa 是一个共用体类型，这个共用体又由两个成员组成：一个为整型变量 class；另一个为字符型数组 office。在程序的第一个 for 语句中，先输入结构体的前三个成员 name、age 和 job，然后判别 job 成员项，如果为 "s" 则对共用体成员项 depa.class 输入（对学生赋班级编号）；否则对 depa.office 输入（对教师赋教研组名）。

在用 scanf 语句输入时要注意，凡为字符型数组类型的成员，无论是结构体成员还是共用体成员，在该项前不能再加 "&" 运算符。例如程序第 18 行中 body[i].name 是数组类型，第 22 行中的 body[i].depa.office 也是数组类型，因此在这两项之前不能加 "&" 运算符。程序中的第二个 for 语句用于输出各成员项的值。

## 7.4　枚举类型

枚举类型是 ANSI C 新增加的数据类型。当一个变量只能取给定的几个值时，将这些值一一列举出来，就形成了枚举类型。

### 1．枚举类型的定义

枚举类型的定义形式是：

**enum <枚举名>**
   **{ 枚举常量 1，枚举常量 2，…，枚举常量 n};**

其中，enum 是关键字，<枚举名>同标志符的规定，每一个枚举常量都是用标志符表示的整型常量。

该语句定义了一个名为 "枚举名" 的枚举类型，该枚举类型中含有 n 个枚举常量，每个枚举常量均有值。C 语言规定枚举常量的默认值依次等于 0、1、2、…、$n-1$。

例如，定义一个表示星期的枚举类型：

    enum week_day{Sun,Mon,Tue,Wed,Thu,Fri,Sat};

其中，week_day 是枚举名，该枚举常量有 7 个。在默认的情况下，每个枚举常量所表示的整型数值依次为 0、1、2、3、4、5、6，即后面一个总是前面一个的值加 1。

    C 语言规定，在定义枚举类型时，可以给枚举常量赋初值，方法是在的枚举常量的后面加上"=整型常量"。例如,表示三原色的枚举类型：

    enum color{red=3,yellow=5,blue=8};

则枚举常量 red 的值为 3，yellow 的值为 5，blue 的值为 8。

    C 语言还规定，在给枚举常量赋初值时，如果给其中任何一个枚举常量赋了初值，则其后的枚举常量将按自然数的规则依次自动赋初值，如：

    enum week_day{Sun,Mon,Tue=5,Wed,Thu,Fri,Sat};

则枚举常量赋初值如下：Sun 值为 0, Mon 值为 1, Tue 值为 5, Wed 值为 6, Thu 值为 7, Fri 值为 8, Sat 值为 9。

### 2．枚举型变量的定义

当枚举类型定义后，就可以用其定义枚举型变量、数组，定义方法有以下三种。

① 先定义枚举类型，再定义枚举型变量，如：

    enum week_day{Sun,Mon,Tue,Wed,Thu,Fri,Sat};
    enum week_day day1,day2;

定义了两个枚举型变量 day1 和 day2。

② 定义枚举类型的同时定义枚举型变量，如：

    enum week_day{Sun,Mon,Tue,Wed,Thu,Fri,Sat}day1,day2;

也定义了两个枚举型变量 day1 和 day2。

③ 直接定义枚举型变量，如：

    enum {Sun,Mon,Tue,Wed,Thu,Fri,Sat}day1,day2;

### 3．枚举型变量的引用

枚举型变量的使用有以下几种情况。

① 给枚举型变量赋值，格式为：

**枚举型变量=同一枚举类型的枚举常量**

例如，对上面定义的枚举变量 day1 和 day2，可以有

    day1=Tue;
    day2=Sun;

而下面的赋值是错误的：

    day1=BLACK;                /*因为 day1 枚举变量对应的枚举类型中没有枚举常量 BLACK*/
    day2=3;                   /*因为 day2 枚举变量对应的枚举类型中没有枚举常量 3*/

    C 语言规定，虽然枚举常量值是 0 或自然数，但是不能直接将整型常量赋予枚举型变量。但可以通过强制类型转换来进行：

```
day1=(enum week_day)(3);          /*等价于 day1=Wed;*/
```

重要说明：有些 C 语言编译系统允许将整型常量直接赋予枚举型变量，例如在 Turbo C 中，语句 day2=3;并不会出错。

② 两个枚举型变量的值可以比较大小，按照变量值的枚举常量（整数）的大小进行比较。例如，设：

```
enum {Sun,Mon,Tue,Wed,Thu,Fri,Sat}day1,day2;
day1=Tue;
day2=Sun;
```

则 day1>day2 表达式的值为 1（真）。

③ 用枚举型变量控制循环。

【例 7.14】 用枚举型变量控制循环。

```
main( )
{  enum {Sun,Mon,Tue,Wed,Thu,Fri,Sat}day;
   for(day=Sun;day<=Sat;day++)
   printf("%d   ",day);
}
```

输出结果为：

    0 1 2 3 4 5 6。

【例 7.15】 口袋中有红、黄、蓝、白、黑 5 种颜色的球若干个。每次从口袋中任意取出 3 个球，问得到 3 种不同颜色球的可能取法，输出每种排列的情况。

分析：球的颜色只有 5 种，每一个球的颜色只能是这 5 种之一，因此可以用枚举类型变量来处理。

程序如下：

```
enum color{red,yellow,blue,white,black};      /*定义枚举类型 color*/
print(enum color x)                            /*输出球的颜色*/
{      switch(x)
       {case red:printf("\tred");break;
       case yellow:printf("\tyellow"); break;
       case blue:printf("\tblue");break;
       case white:printf("\twhite");break;
       case black:printf("\tblack");
       }
}
main( )
{
       enum color i,j,k;
       int n=0;
       for(i=red;i<=black;i++)
       for(j=red;j<=black;j++)
       if (i!=j)                               /*若前两个球的颜色不同*/
       {for(k=red;k<=black;k++)
         if((k!=i)&&(k!=j))                     /*3 个球的颜色都不同*/
         {   n+=1;                              /*使累计值 n 加 1*/
```

```
            printf("%d",n);
            print(i);
            print(j);
            print(k);
            printf("\n");
            }
        }
    printf("total: %d\n",n);
    }
```

# 7.5　用 typedef 定义类型

C 语言中除了系统定义的标准类型（如 int、char、long、double 等）和用户自己定义的结构体和共用体等类型之外，还允许用户自己定义类型说明符，即允许用户为数据类型取"别名"。定义格式如下：

**typedef <已定义的类型名> <新的类型名>;**

例如：

```
typedef int INTEGER;
typedef float REAL;
```

指定用 INTEGER 代表 int 类型、用 REAL 代表 float 类型，这里可以将 INTEGER 看做与 int 具有同样意义的类型说明符、将 REAL 看做与 float 具有同样意义的类型说明符。在具有上述 typedef 语句的程序中：

int i,j; float pai;　等价于　INTEGER i, j; REAL pai;

用 typedef 定义数组、指针、结构体等类型将带来很大的便利，不仅使程序书写简单，而且使意义更为明确，因而增强了程序的可读性。

例如，typedef char NAME[20]; 表示 NAME 是字符数组类型，数组长度为 20。可用 NAME 定义变量，如：

NAME a1,a2,s1,s2;

也可以给结构体类型取别名，例如，下面是定义别名为 DATE 的结构体：

```
typedef struct
{   int year;
    int month;
    int day;
}DATE;/*DATE 是新类型名，而不是结构体变量名*/
```

这样就可以用 DATE 定义如下结构体变量：

DATE birthday,*p;

【例 7.16】　给结构体类型取别名。

```
typedef struct
{   int year;
    int month;
    int day;
    }DATE;
```

```
main( )
{
DATE birthday ={2005,7,8};          /*定义结构体变量 birthday,并初始化*/
DATE *p;                            /*定义结构体指针变量 p*/
p=&birthday;
printf("birthday %d--%d-%d\n",birthday.year,
         birthday.month,birthday.day);
printf("birthday %d--%d-%d\n",p->year,p->month,p->day);
}
```

# 习　题　7

## 一、选择题

1．定义一个结构体变量时，系统分配给它的内存是（　　）。

　　A．结构体中第一个成员所需的内存量　　　　B．结构体中最后一个成员所需的内存量

　　C．结构体成员中占内存量最大者所需的内存量　　D．结构体中各成员所需内存量的总和

2．对 typedef 的叙述中错误的是（　　）。

　　A．用 typedef 可以定义各种类型的别名，但不能用来定义变量的别名

　　B．用 typedef 可以增加新类型

　　C．用 typedef 只是将已存在的类型用一个新的标志符来代表

　　D．使用 typedef 有利于程序的通用和移植

3．设有以下说明语句，则下面的叙述不正确的是（　　）。

```
struct abc
{int m; float n;}stype;
```

　　A．struct 是结构体类型的关键字　　　　　　B．abc 是用户定义的结构体名

　　C．m 和 n 都是结构体成员　　　　　　　　　D．stype 是用户定义的结构体变量名

4．根据下面的定义，能输出字符串"Li"的语句是（　　）。

```
struct person
 {char name[10]; int age;
  }class[10]={"Zhang",18,"Li",17,"Ma",18,"Huang",18};
```

　　A．printf("%s\n",class[2].name);　　　　　　B．printf("%s\n",class[2].name[0]);

　　C．printf("%s\n",class[1].name);　　　　　　D．printf("%s\n",class[1].name[0]);

5．下面程序的运行结果是（　　）。

```
main( )
{struct cmplx
 {int x;int y;}cm[2]={1,2,3,4};
printf("%d\n",2*cm[0].x+cm[1].y/cm[0].y);}
```

　　A．5　　　　　　　　B．2　　　　　　　　C．3　　　　　　　　D．4

6．下面程序输出结果是（　　）。

```
#include<stdio.h>
struct stu
```

```
        {    int num;
             char name[10];
             int age;};
        void fun(struct stu *p)
        { printf("%s\n",(*p).name); }
        main( )
        {
        struct stu students[3]={ {9801,"Zhang",20},
        {9802,"Wang",19},
        {9803,"Zhao",18} };
        fun(students+2);}
```

A．Zhang　　　　　　　B．Zhao　　　　　　C．Wang　　　　　　D．18

7．设有以下定义和语句，则下面对结构体成员的引用不正确的是（　　）。

```
        struct student
        {int num; int age;};
         struct student stu[3]={{1001,20},{1002,19},{1003,20}};
         main( )
        {struct student *p;
         p=stu;
         ……
         }
```

A．(p++)→num　　　　　B．p++→age　　　　C．(*p).num　　　　D．p=&stu.age

8．以下对 C 语言中共用体类型数据的叙述正确的是（　　）。

A．可以对共用体变量名直接赋值

B．一个共用体变量中可以同时存放其所有成员

C．一个共用体变量中不能同时存放其所有成员

D．共用体类型定义中不能出现结构体类型的成员

9．设有以下定义和语句，则下面对共用体变量 a 的引用正确的是（　　）。

```
        union data
        {int i;
         char c;
         float f;
         }a;
        int n;
         ……
```

A．a=5;　　　　B．a={1,'x',5.0};　　　C．a.i=10;printf("%d\n",a.c);　　　D．n=a(5);

10．以下程序的输出结果是（　　）。

A．8,8　　　　B．8,16　　　　C．8,17　　　　D．8,20

```
        main( )
        {   int x=4,y=1,z;
            z=fun(x,y);
            printf("%d,",z);
            z=fun(x,y);
```

```
            printf("%d\n",z);    }
      fun(int a,int b)
          {static int x,c=2;
          c+=x+1;
          x=a+b+c;
          return x;    }
```

## 二、写出运行结果

1. 下面程序结果是_____。

```
   void fun( )
   {static int x; /*说明静态局部变量*/
     x+=2;
    printf("%d",x);}
    main( )
   {   int y;
       for(y=1;y<=4;y++)
       fun( );
       printf("\n");
   }
```

2. 下面程序结果是_____。

```
   main( )
   {   increment( );
       increment( );
       increment( );
   }
       increment( )
       {    int x=0;/*说明局部变量*/
            x=x+1;
            printf("%d\n",x);
       }
```

3. 下面程序结果是_____。

```
   main( )
   {   increment( );
       increment( );
       increment( );
   }
   increment( )
   {    static int x=0;/*说明静态局部变量*/
        x=x+1;
        printf("%d\n",x);
        }
```

## 三、编程题

1. 输入10个学生的有关数据（即学号、姓名、性别、年龄、成绩），分别统计其中的男女生人数，计算平均年龄和平均成绩，最后按成绩由高到低的顺序输出各项数据。

2. 定义一个结构体变量（包括年、月、日），计算该日在本年中是第几天？根据历法，如果年份能被 400 整除，或者不能被 100 整除但能被 4 整除，那么 2 月为闰月。

# 第8章　编译预处理与外部函数

C 语言提供了多种预处理命令，如前面各章中已多次使用过的 "#include<stdio.h>" 命令。合理地使用预处理命令，可以改善程序的设计环境，提高程序的通用性、可读性、可修改性。另外，C 语言也支持在一个函数中调用其他程序文件中定义的函数，这有利于模块化程序设计。

## 8.1　编译预处理

编译预处理是指对 C 语言源程序中的预处理命令进行的处理。即当对一个源程序文件进行编译时，系统首先自动引用预处理程序对源程序中的预处理命令按其功能修改源程序，使源程序中不再包含预处理命令。

C 语言预处理的执行过程如图8.1所示。

图 8.1　预处理的执行过程

预处理命令有以下两个特点：

① 预处理命令是一种特殊的命令，而不是语句，为了区别一般的语句，必须以 "#" 开头，结尾不加分号；

② 预处理命令可以放在源程序中的任何位置，其有效范围是从定义位置开始到文件结束。

C 语言提供的预处理命令有宏替换、文件包含和条件编译三类。

### 8.1.1　宏替换

在 C 语言中，宏替换可以用来替换源程序中的字符串。宏替换有两类：简单的字符替换和带参数的宏替换。

【例 8.1】　从键盘输入 $n$ 个整数，求其和。

程序如下：

```
#include <stdio.h>
main( )
{    int a[5],i,s=0;
     for( i=0; i<5; i++ )
     {    scanf("%d", &a[i]);
          s+=a[i];
     }
     printf("%d 个整数之和 s=%d\n",5,s);
}
```

从程序中可以看出，它只是求 5 个整数的和，若要求 10 个整数之和，至少要对源程序修改 3 处；对于求任意 n 个数之和，那就更困难了。如果采用宏替换，问题就简化了。

### 1. 简单字符替换

（1）宏命令格式

宏命令格式如下：

**#define 宏名　宏体**

其中，宏名是用户按标志符规则定义的标识名，通常为大写，以区别 C 语言中的变量；宏体是任意的字符串。

（2）功能

在源程序进行编译之前，C 语言编译系统先调用预处理程序对该源程序中的宏定义进行检查，每发现一个宏名，就用相应的宏体（字符串）替换，只有在完成了这个过程之后，才将源程序交给编译程序进行编译。

【例 8.2】　对例 8.1 的程序进行修改。

修改如下：

```
#include <stdio.h>
#define N 10
main( )
{    int a[N],i,s=0;
     for(i=0; i<N; i++ )
     {    scanf("%d", &a[i]);
          s+=a[i];
     }
     printf("%d 个整数之和 s=%d\n",N,s);
}
```

在程序中，N 为宏名，而 10 为宏体，编译该程序之前，预处理程序首先将所有出现的 N 用 10 替换，这个过程叫做宏展开。宏展开之后源程序变为：

```
#include <stdio.h>
main( )
{    int a[10],i,s=0;
     for(i=0; i<10; i++ )
     {    scanf("%d", &a[i]);
          s+=a[i];
     }
     printf("%d 个整数之和 s=%d\n",10,s);
}
```

（3）使用宏替换应注意的问题

① 宏名的前后应有空格，以便准确辨认宏名。

② 宏替换仅仅是符号替换，不是赋值语句，其后不要加分号（;），替换时也不做语法检查。

例如，若定义了如下宏：

```
#define   N   15;
```

同时程序里有语句：

```
int a[N];
```

替换后语句变成：

```
int a[15;];
```

显然出现错误。

③ 为了与程序中的其他标志符相区别，宏名通常用大写字母。

④ 双引号中出现的宏名不替换。

例如，有如下程序段：

```
#define PI 3.14159
printf ("PI=%f", PI);
```

预处理后结果为：

```
printf ("PI=%f", 3.14 159)
```

双引号中的 PI 没有进行替换。

⑤ 如果提前结束宏名的使用，程序中可以使用#undef 预处理命令。

例如：

```
#include <stdio.h>
#define  M  5        /*定义宏名 M 为 5*/
main( )
{    s=M*M;         /*此处宏引用是正确的*/
    …
    #undef  M
    s=M+M;         /*此处宏引用是错误的，M 无定义*/
    …
}
```

M 的作用范围是：从定义行#define M　5 开始，到#undef M 行处结束。

⑥ 使用宏定义可以嵌套，即后定义的宏体中可以使用先定义的宏名。

例如，有如下程序段：

```
#define PI 3.14159
#define S PI*r*r       /*此 PI 就是使用上面定义的宏*/
……
printf("S=%f\n",S);
```

预处理后的结果是：

```
printf("S=%f\n",3.14159*r*r);
```

⑦ 可用宏定义表示数据类型，使书写方便。

例如，有如下程序段：

```
#define STU struct stu
```

在程序中可用 STU 作为变量说明符，如 STU body[5],*p;。

再如：

```
#define INTEGER int
```

在程序中即可用 INTEGER 作为整型变量说明符，如 INTEGER a,b;。

应注意用宏定义表示数据类型和用 typedef 定义数据类型说明符的区别。

宏定义只是简单的字符串代换，是在预处理中完成的，而 typedef 是在编译时处理的，它不是进行简单的代换，而是为类型说明符再定义一个新名。被新命名的标志符名具有与类型说明符相同的功能。

请分析下面的例子：

```
#define PIN1 int *
typedef int * PIN2;
```

从形式上看这两者相似，在实际应用中却不相同。

下面用 PIN1、PIN2 说明变量时就可以看出它们的区别：

PIN1 a,b;在宏代换后变成 int *a,b;，表示 a 是整型指针变量，而 b 是整型变量。

而 PIN2 a,b;表示 a 与 b 都是整型指针变量。因为 PIN2 是一个类型说明符。由这个例子可见，宏定义虽然也可表示数据类型，但毕竟是进行字符代换，在程序中要谨慎使用，避免出错。

⑧ 对"输出格式字符串"做宏定义，可以减轻书写上的负担。

【例 8.3】 分析下列程序，写出预处理后的结果。

```
#include <stdio.h>
#define P printf
#define D "%d\n"
#define F "%f\n"
main(){
    int a=5, c=8, e=11;
    float b=3.8, d=9.7, f=21.08;
    P(D F,a,b);
    P(D F,c,d);
    P(D F,e,f);
}
```

在程序中，P、D、F 是定义的三个宏，预处理程序首先将所有宏进行替换，例如，将"P(D F,a,b)"将替换成"printf("%d\n" "%f\n",a,b")，预处理后，main 函数的替换结果为：

```
main(){
    int a=5, c=8, e=11;
    float b=3.8, d=9.7, f=21.08;
    printf("%d\n" "%f\n",a,b");
    printf("%d\n" "%f\n",c,d");
    printf("%d\n" "%f\n",e,f");
}
```

由此例可以看到，通过运用宏 P、D、F，使得调用 printf 函数时的书写变得非常简单，避免了许多重复的书写工作。

## 2．带参的宏替换

带参的宏替换的命令格式：

### #define 宏名（形参表）宏体

其中，宏名是用户按标志符规则定义的标识名；形参表是用逗号分隔的若干个形式参数，每个参数为一个标志符。宏体是含有形参表中形参的一串字符。

其功能是，预处理程序进行宏替换时，先用实参替换"宏体"中的形参，然后用替换参数后的"宏体"替换程序中的"宏名（实参表）"。

例如：

```
#define   M(x,y)   x*y
c=M(2,3);      /*使用带参宏名*/
```

替换过程：先用实参（2,3）替换宏体 x*y 中的 x 和 y，得到新宏体 2*3；再用 2*3 替换 M(2,3)，得到 c=2*3;语句。

【例 8.4】　给出下列程序的运行结果。

程序如下：

```
#include <stdio.h>
#define M(x,y) x>y?x:y
main( )
{     int a,b,c;
      a=5;b=6;
      c=3*M(a,b);
      printf("c=%d\n",c);
}
```

运行结果：

　　c=5

其中宏替换结果为 c=3*5>6?5:6，而不是 c=3*(5>6?5:6)。

这就说明宏替换是原样替换。在使用带参的宏替换时还需注意：如果宏的实参使用表达式，则在宏定义时，对应的形参应加圆括号，如下面程序段所示。

```
#define S(r) 3.14159*(r)*(r)
float s;
……
s=S(2+3);          /*宏替换的结果是 s=3.14159*(2+3)*(2+3);*/
```

## 8.1.2　文件包含

文件包含命令的功能是把指定的文件插入该命令行位置以取代该命令行，从而把指定的文件和当前的源程序文件连成一个新的源程序文件。

### 1．文件包含命令格式

文件包含命令格式为：

　　**#include　"文件名"**

或　　**#include　<文件名>**

其作用是用指定文件的内容替换该命令行。

若用双引号把文件名括起来，系统首先在当前工作目录下查找指定的文件，如果找不到，再在系统指定的包含目录中查找；若用尖括号把文件名括起来，则系统直接在系统指定的包含目录中查找，而不在当前工作目录中查找。如果包含的文件是系统提供的，一般使用尖括号，否则要使用双引号。

### 2．使用包含命令应注意的问题

① #include 命令写在源程序的开头，所以一般把包含文件又称"头文件"，头文件后缀名一般为"h"。C 语言提供了许多标准库函数和与之相对应的头文件，当需要使用某个函数时，应把该函数所在的函数库所对应的头文件包含进来，然后才能调用该函数；否则会出错。对个别库函数，如 printf( )、scanf( )等，头文件的包含可省略。

② 可以使用#include 命令包含用户建立的文件。一个#include 命令只能包含一个文件。若有多个文件要包含，则需用多个 include 命令。

③ 被包含的文件必须是文本文件，不能是可执行程序文件或目标程序文件。

④ 文件包含也可以嵌套，例如，文件 file.c 中包含文件 file1.c，而文件 file1.c 中还可以包含文件 file2.c。即有如下文件包含：

| 文件名 File.c |
| --- |
| （内容为） |
| #include "file1.c" |
| A |

| 文件名 File1.c |
| --- |
| （内容为） |
| #include "file2.c" |
| B |

| 文件名 File2.c |
| --- |
| （内容为） |
| C |

预处理之后的结果为：

| 文件名 File.c |
| --- |
| （内容为） |
| C |
| B |
| A |

【例 8.5】　数学函数头文件应用。

```
#include <stdio.h>
#include <math.h>
main( )
{    float x,y;
     x=4.0;
     y=sqrt(x);
     printf("y=%f\n",y);
}
```

运行结果：

　　y=2.000000

如果程序中没有#include <math.h>，就会出现错误，因为数学函数 sqrt( )是在系统提供的 math.h 文件中定义的。

【例 8.6】　文件包含程序示例：建立 myfile.c 和 myfile1.c 两个文件，实现给变量 $x$、$y$ 赋值，并输出其结果。通过下面的文件包含过程，理解文件包含的意义。

① 建立名为 myfile.c 的文件，定义 N 和 M 的两个宏，内容如下：

```
#define   N   15
#define   M   10
```

② 建立名为 myfile1.c 的文件，把 myfile.c 文件包含进来，并给 x、y 赋值，输出结果，内容如下：

```
#include "myfile.c"        /*包含 myfile.c 文件到本文件中*/
main( )
{    int x,y;
     x=N; y=M;
     printf("%d, %d",x,y);
}
```

③ 对 myfile1.c 中的文件包含命令进行编译预处理，源程序变成如下形式：

```
#define   N   15
#define   M   10
main( )
{    int x,y;
     x=N; y=M;
     printf("%d, %d",x,y);
}
```

④ 对 myfile1.c 中的宏定义命令进行编译预处理，源程序变成如下形式：

```
main( )
{    int x,y;
     x=15; y=10;
     printf("%d, %d",x,y);
}
```

### 3. 文件包含的编译连接过程

在 VC 中实现程序文件包含的编译连接过程如下。

① 建立一个项目工作区。选择 File→New→Workspaces 菜单命令，弹出"新建（New）"对话框；在对话框中的 Workspace name 文本框内输入项目工作区名（如 wlc）；再在 location 文本框内输入存放"项目工作区"的位置，最后按"确定（OK）"按钮。注：如果在已有的项目工作区内建立项目文件，则这一步可以省略。

② 建立一个项目文件。操作方法：选择 File→New→Project 命令，弹出"新建（New）"对话框；在对话框中选 Win32 Console Application 项，之后在 project1 Location 文本框内输入项目文件名（如 lxc806），选中 Add to current workspace 项，最后按"确定（OK）"按钮。

③ 将 myfile1.c 源程序文件建立到新建的 lxc806 项目文件中。

④ 建立 myfile.c 文件并将其存放到 myfile1.c 文件所在的目录（文件夹）中。注意，此文件不能放到新建的 lxc806 项目文件中。

⑤ 编译和连接项目文件，生成可执行程序文件 lxc806.exe。

⑥ 执行可执行文件即可得到运行结果。

### 8.1.3　条件编译

条件编译是指编译程序根据条件编译命令设定的条件有选择地对源程序进行部分编译。条件编译有三种命令形式，作用基本相同。

### 1. #if 命令形式

#if 命令形式为：

**#if 常量表达式 1**
　　**程序段 1**
**#elif　常量表达式 2**
　　**程序段 2**
**#else**
　　**程序段 3**
**#endif**

当常量表达式 1 为真（非 0）时，编译程序段 1；否则当常量表达式 2 为真时，编译程序段 2；否则编译程序段 3。其中，#elif 和#else 可以省略，也可以用#elif 继续嵌套。

**【例 8.7】** 根据宏 R 的设定求圆或正方形的面积。

程序如下：

```
#include <stdio.h>
#define R 1   /*求圆的面积，若#define R 0 求正方形的面积*/
main( )
{    float c,r,s;
     printf ("input a number: ");
```

```
        scanf("%f",&c);
        #if R
                r=3.14159*c*c;
                printf("area of round is: %f\n",r);
        #else
                s=c*c;
                printf("area of square is: %f\n",s);
        #endif
    }
```

### 2. #ifdef 命令形式

#ifdef 命令形式为：

> **#ifdef　标志符**
>
> > **程序段 1**
>
> **#else**
>
> > **程序段 2**
>
> **#endif**

如果标志符已被#define 命令定义过，则对程序段 1 进行编译；否则对程序段 2 进行编译。如果没有程序段 2（它为空），格式中的#else 就可以省略，即变为下列格式：

> **#ifdef 标志符**
>
> **程序段**
>
> **#endif**

【例 8.8】　分析下面程序的结果。

```
#include <stdio.h>
#define NUM ok                    /*定义宏 NUM*/
main( )
{    struct stu
    {      int num;
           char *name;
           char sex;
           float score;
    }*pt;
    pt=(struct stu*)malloc(sizeof(struct stu));
    pt->num=20501;
    pt->name="Wang wei";
    pt->sex='M';
    pt->score=99.5;
    #ifdef NUM                 /*条件编译命令*/
    printf("Number=%d\nScore=%f\n",pt->num,pt->score);
    #else
    printf("Name=%s\nSex=%c\n",pt->name,pt->sex);
    #endif
    free(pt);
}
```

由程序可知，编译预处理根据有无宏"NUM"定义，判定输出的内容。若有#define NUM ok 定义，则输出的是学号与成绩；若没有，则输出的是姓名与性别。

### 3. #ifndef 命令形式

**#ifndef 命令形式为：**

> **#ifndef　标志符**

**程序段 1**

**#else**

**程序段 2**

**#endif**

如果标志符未被#define 命令定义，则对程序段 1 进行编译，否则对程序段 2 进行编译。这与第 2 种形式的功能正好相反，#else 可省略。

【例 8.9】 分析下列程序的运行结果。

```c
#include <stdio.h>
#define FLAG
main( )
{
    char str[80]= "Northwest University",s;
    int i=0;
    while((s=str[i])!='\0')
    {   i++;
        #ifndef   FLAG
            if(s>='a'&&s<='z')   s=s-32;
        #else
            if(s>='A'&&s<='Z')   s=s+32;
        #endif
        printf("%c",s);
    }
}
```

该程序的运行结果为：

northwest university

若无#define FLAG，则运行结果为：

NORTHWEST UNIVERSITY。

## 8.2　外部函数

在前面的章节中已经学习了外部变量的使用，C 语言中不仅有外部变量，还有外部函数。当要调用的函数在另一个文件中时，在要调用的函数中，无论被调用的函数是什么类型，都必须用"extern"说明符声明被调用函数是"外部函数"。

一般来说，函数都是外部全局型的，因而它们都有可能被其他程序文件中的函数调用。但是，被定义为 static 型的函数，仅在定义它的文件中可见，即 static 型的函数不能被其他程序文件中的函数调用。由此可见，不同文件中定义的同名 static 型函数不会发生冲突。

在一个程序文件中调用其他程序文件定义的函数时，必须将该函数声明为外部函数，声明的关键字为 extern。

从图8.2可以看出，在源文件 file1 中，定义了函数 funa( )，而在源文件 file2 中可以调用 funa( )，但要将 funa( )声明为外部函数 extern 型。在源文件 file2 中，定义了函数 funb( )和 func( )，可以在源文件 file1 中调用 funb( )和 func( )，在 file1 文件中 funb( )在函数外被声明为 extern 型，而 func( )则在函数 funa( )中被声明为 extern 型。另外，两个源文件中都定义了 static 型的同名函数 copy( )，它们在各自的文件内是可见的，不被别的文件调用，尽管同名，但不冲突。

```
┌──────────────────────────┐    ┌──────────────────────────┐
│      源文件 file1.c       │    │      源文件 file2.c       │
│  extern int funb( );      │    │  extern int funa( );      │
│  funa( )                  │    │  funb( );                 │
│  {extern int func( );     │    │  {……}                     │
│  ……                       │    │  func( )                  │
│  func( );                 │    │  {……}                     │
│  funb( );                 │    │  static int copy( )        │
│  }                        │    │  {……                      │
│  static int copy( )       │    │  funa( );                 │
│  {……                      │    │  }                        │
│  funb( );                 │    │                           │
│  }                        │    │                           │
└──────────────────────────┘    └──────────────────────────┘
```

图 8.2　文件之间的函数调用

【例 8.10】　外部函数应用示例。

程序如下：

```
/*第 1 个文件，文件名为 f1.c*/
#include <stdio.h>
int x=10;                          /*定义外部变量 x 和 y*/
int y=10;
void add( )
{    y=10+x; x*=2;
}
main( )
{    extern void sub( );           /*声明函数 sub( )是外部函数*/
     x +=5;
     add( ); sub( );               /*分别调用函数*/
     printf ("x=%d; y=%d\n", x, y);
}
/*第 2 个文件，文件名为 f2.c*/
void sub ( )                       /*函数 sub 定义在 f2.c 文件中*/
{    extern int x;                 /*声明定义在另一个文件中的外部变量 x*/
     x -= 5;
}
```

运行结果：

x=25, y=25

该程序的编译连接过程要按 8.3 小节介绍的方法进行。

【例 8.11】　该程序由两个源程序文件 file1.c 和 file2.c 组成。程序的功能是将 0 到 19 共 20 个十进制数变换成等值的十六进制数输出。程序文件 **file1.c** 的内容如下：

```
#include <stdio.h>
extern void conhex( );
char hexbuf[10];
int x;
main( )
{    int i;
     for(i=0;i<20;i++)
     {    x=i;
          conhex( );
          printf("%d:     %s\n",x,hexbuf);
     }
}
```

程序文件 file2.c 的内容如下：

```
#include <stdio.h>
extern int x;
extern char hexbuf[];
void conhex( )
{    sprintf(hexbuf, "%04x\n",x);
}
```

注意：sprintf( )是标准函数，它在该程序中的具体功能是把 x 的值变换成 4 位十六进制数字字符串，并存入字符数组 hexbuf[]中。

该程序的编译连接过程要按 8.3 小节介绍的方法进行。

## 8.3  多个源程序文件的编译连接

如果多人合作编写一个大的程序，每个人可以编写该程序中的若干个函数块，并作为独立的源程序文件存放，经编译成功后，再由连接装配程序将各自产生的目标文件（扩展名为.obj）连接装配成一个可执行的程序文件。这一过程要在 VC 中实现，需要建立一个项目文件（project file），用于存放所建立的多个文件，因项目文件放在项目工作区中，所以还要建立项目工作区。在编译时，系统会分别对项目文件中的每个文件进行编译，然后将所得到的目标文件连接成一个整体，再与系统的有关资源连接，生成一个可执行文件，最后执行这个文件。

以例 8.10 为例说明其用法，这个程序是由两个程序文件 f1.c、f2.c 组成的，将它们合起来才能构成一个完整的程序。对它进行编译连接的过程如下。

① 建立一个名字为"wlc"的项目工作区。如果在已有的项目工作区内建立项目文件，则这一步可以省略。

② 建立一个名字为"lxc810"的项目文件。

③ 将 f1.c 和 f2.c 源程序文件分别建立到新建的 lxc810 项目文件中。

④ 编译和连接项目文件，生成可执行程序文件 lxc810.exe。

⑤ 执行可执行文件即可得到运行结果。

# 习　题　8

## 一、填空题

1. 凡是函数中没有指定存储类别的局部变量，其隐含的存储类别是＿＿＿＿。

2. 下面程序的输出结果是＿＿＿＿。

```
#include <stdio.h>
fun(int x)
{    int y;
     if(x==0||x==1)return (3);
     y=x-fun(x-2);
     return y;}
main( )
{    printf("%d\n",fun(9));
}
```

3. 下面的函数 sum (int n) 是计算 1~n 的累加和，请将函数补充完整。

```
sum(int n)
{   if(n<=0)
    printf("data error\n");
    if (n==1)_____;
    else _____  ;
}
```

4. 以下程序的功能是计算学生的年龄。已知第一位最小的学生年龄为 10 岁，其余学生的年龄依次大 2 岁，求第 5 个学生的年龄，请将程序补充完整。

```
#include <stdio.h>
age(int n)
{   int c;
    if(n==1) c=10;
    else c=_____;
    return(c);
}
main( )
{   int n=5;
    printf("age: %d\n",_____);  }
```

5. 用递归算法实现将输入小于 32 768 的整数按逆序输出。如输入 12 345，则输出 54 321，请将程序补充完整。

```
#include <stdio.h>
main( )
{   int n;
    printf("Input n : ");
    scanf("%d",_____);
    r(n);
    printf("\n");
}
r( int m )
{   printf("%d",_____);
    m=_____;
    if(_____)
    _____;
}
```

6. 下面函数用递归调用的方法，将 str 中存放的长度为 n 的字符串反转过来，如原来是"ABCDE"，反序为"EDCBA"，请将程序补充完整。

```
void invent(char *str，int n)
{   char t;
    t=*str；*str=*(str+n−1)；*(str+n−1)=t;
    if(n>2) invent(_____，n−2);
    else_____;
}
```

7. 下列程序通过 main 函数的参数实现两个字符串的连接，请将程序补充完整。

```
#include <stdio.h>
char *cat(char *s1,char *s2);
main(int argc,char *argv[])
{   int i;
    for(i=1;i<argc;i++)
    cat(argv[i],argv[i+1]);
```

```
        printf("%s\n",argv[1]);    }
        _____（char *s1,char *s2)
    {char *temp;
        temp=s1;
        while (*s1)
        s1++;
        while(*s2)
        {_____;
        s1++;
        s2++;
        }
        *s1='\0';
        return temp;
    }
```

假设该程序名为 test.c，按下列方式运行该程序：

    c>test abcd cdef

则程序运行结果为_____。

8. 下面程序的输出是_____。

```
    #include<stdio.h>
    #define MAX_COUNT 4
    void fun( );
     main( )
    {   int count;
        for(count=1;count<=MAX_COUNT;count++)
        fun( );
    }
    void fun( )
    {   static int i;
        i+=2;
        printf("%d",i);
    }
```

9. 执行下列程序后，输出结果是_____。

```
    #include<stdio.h>
    #define SQR(X) X*X
    main( )
    {   int a=10,k=2,m=1;
        a/=SQR(k+m)/SQR(k+m);
        printf("%d",a);
    }
```

10. 以下程序中的宏 SWAP(type,a,b)实现将任意同类型的两个数进行交换。程序中调用它交换两个字符型和两个单精度型数据。请填空【1】、【2】、【3】。

```
    #define SWAP(type,a,b) {【1】;t=a;a=b;b=t;}
    #include<stdio.h>
    main( )
    {    char ch1='A',ch2='B';
        float f1=1.2,f2=2.3;
        SWAP(【2】,ch1,ch2);
```

```
        SWAP(【3】,f1,f2);
        printf("ch1=%c,ch2=%c\n",ch1,ch2);
        printf("f1=%f,f2=%f\n",f1,f2);
    }
```

11. 有宏定义如下：

```
    #define MIN(x,y) (x)>(y)?(x):(y)
    #define T(x,y,r) x*r*y/4
```

则执行以下语句后，s1 的值为【1】，s2 的值为【2】。

```
    int a=1,b=3,c=5,s1,s2;
    s1=MIN(a=b,b-a);
    s2=T(a++,a*++b,a+b+c);
```

## 二、选择题

1. 以下程序的输出结果是（　　）。

```
    #include <stdio.h>
    #define M(x,y)    (x)<(y)?(x):(y)
    main( )
    {    int x,y,z;
         x=1;y=5;
         z=7*M(x,y);
         printf("%d\n",z); }
```

　A. 7　　　　　　　B. 35　　　　　　　C. 1　　　　　　D. 5

2. 以下程序的输出结果是（　　）。

```
    #include   <stdio.h>
    #define   F(x)    2.84+x
    #define   PR(y)   printf("%d",(int)(y))
    #define   PR1(y)   PR(y);putchar('\n')
    main( )
    {    int a=2;
         PR1(F(5)*a); }
```

　A. 11　　　　　　　B. 12　　　　　　　C. 13　　　　　　D. 15

3. 关于 C 语言中的函数，下列说法哪个正确（　　）。

　A. 可以嵌套定义　　　　　　　　　　B. 不可以嵌套调用

　C. 可以嵌套调用，但不能递归调用　　D. 嵌套调用和递归调用均可

4. 在下列结论中，只有一个是正确的，它是（　　）。

　A. 递归函数中的形式参数是自动变量

　B. 递归函数中的形式参数是外部变量

　C. 递归函数中的形式参数是静态变量

　D. 递归函数中的形式参数可以根据需要自己定义存储类别

5. 下列结论中，只有一个是正确的，它是（　　）。

　A. 在递归函数中使用自动变量要十分小心，因为在递归过程中，不同层次的同名变量在赋值的时候一定会相互影响

B. 在递归函数中使用自动变量要十分小心，因为在递归过程中，不同层次的同名变量在赋值的时候可能会相互影响

C. 在递归函数中使用自动变量不必担心，因为在递归过程中，不同层次的同名变量在赋值的时候肯定不会相互影响

D. 在 C 语言中无法得出上述三个结论之一

6. 以下程序的输出结果是（    ）。

```
#include <stdio.h>
#define M(x,y,z)    x*y+z
main( )
{    int a=1,b=2,c=3;
     printf("%d\n",M(a+b,b+c,c+a));}
```

A. 19              B. 17              C. 15              D. 12

7. 设有以下宏定义：

```
#define N 3
#define Y(n) ((N+1)*n)
```

则执行语句：z=2*(N+Y(5+1));后，z 的值为（    ）。

A. 出错            B. 42              C. 48              D. 54

## 三、编程题

1. 编写宏定义 M(x)，判断 x 是否为数字，若是，得 1；否则，得 0。

2. 利用条件编译方法实现以下功能：输入一行电报文字，可以任选两个输出：

① 原文输出。

② 将原文变成密文后输出。方法是将字母变成其下一个字母（如将'a'变成'b'，将'b'变成'c'，…，将'z'变成'a'），其他字符不变。

利用#define 命令来控制是否译成密文。

3. 完成例 8.6 与例 8.11 程序的编辑连接和运行。写出文件包含与多文件在 VC 环境下进行编辑连接的区别。

# 第9章 文件的操作

通过 C 语言的基本输入/输出函数，如 scanf()、printf()、getchar()、putchar()、gets()、puts() 等，可以很方便地进行数据的输入/输出，但这些输入/输出是在标准设备（默认为键盘和显示器）上进行的，都是暂时性的输入与输出，当应用程序终止时，这些数据就会被释放掉。为了解决此类问题，就必须将数据以文件的形式保存在外存储器中，这就牵涉到对文件的操作。

## 9.1 文件的基本概念

数据只有以一种永久性的方式存放起来才能在需要时被方便地访问。存储数据的目的是为了以后能够读取，所以系统允许用户为所分配的存储区域指定名字（文件名），并将数据写到这些区域中。这些存储在存储介质的特定区域里的信息的集合就是文件。

所谓"文件"，一般指存储在外部介质上的有组织的数据集合。每个文件都有一个文件名，通过文件名来访问文件。

### 9.1.1 C 语言支持的文件格式

在 C 语言中引入了流（stream）的概念。它将数据的输入/输出看做数据的流入和流出，这样，不管是存储器中的文件，还是物理设备（如打印机、显示器、键盘等），都可看成一种流的源和目的，而不管其具体的物理结构，即对它们的操作就是数据的流入和流出。流的引入有利于编程，涉及流的输出操作函数可用于各种对象，与具体的实体无关，具有通用性。

在 C 语言中流可分为两大类，即文本流（text stream）和二进制流（binary stream）。所谓文本流，是指在流中流动的数据是以字符形式出现的，二进制流是指流动的二进制数字序列，若流中有字符，则用 1 字节的二进制 ASCII 码表示；若是数字，则用 1 字节的二进制数表示。

在 C 语言中流是一种文件形式，它实际上表示一个文件或设备（从广义上讲，设备也是一种文件），因而称这种和流等同的文件为流式文件，流的输入/输出也称为文件的输入/输出。所以，根据数据的组织和操作形式，流式文件可分为 ASCII 文件和二进制文件。

#### 1. ASCII 文件

ASCII 文件又称为文本文件，在 1 字节的存储单元上存放一个字符（在外存上存放的是该字符的 ASCII 码，每个字符将占 1 字节）。

例如，字符串"ABC"存储在外存上占 3 个存储单元，存放形式为 010000010100001001000011。其中，01000001 为 A 的 ASCII 码，01000010 为 B 的 ASCII 码，01000011 为 C 的 ASCII 码。每个 ASCII 码占据 8 位，如图9.1所示。

图 9.1 "ABC"的 ASCII 文件存放方式

又如，整数 257 在内存中占 2 字节（0000000100000001），如果按 ASCII 形式输出，它将在外存上占 3 字节，用于存放每一位数字的 ASCII 码，如图9.2所示。

图 9.2　整数 257 的 ASCII 文件存放方式

### 2．二进制文件

二进制文件中，把内存中的数据按其在内存中的存储格式在外存上原样保存。

例如，整数 257 在内存中占 2 字节（0000000100000001），如图9.3所示，所以按二进制格式输出时，在外存上也只占 2 字节，如图9.4所示。

图 9.3　整数 257 在内存中的存储方式　　　　图 9.4　整数 257 的二进制文件存放方式

对字符而言，由于其外存存储格式和内存表示格式相同，所以，在外存上也存放每个字符的 ASCII 码，以 ABC 的存储为例，如图9.5所示。

图 9.5　ABC 的二进制文件存放方式

### 3．两种存储格式的区别

用 ASCII 码格式存储文件，1 字节代表一个字符，便于对字符进行逐个处理，也便于输出字符；但对于数值可能要占较多存储空间，而且要花费一些时间进行转换（二进制码与 ASCII 码间的转换）。

用二进制格式存储文件，可以节省外存空间和转换时间，但字节并不与字符对应，不能直接输出字符形式。

注意：① 在 C 语言中，一个文件是一个字节流或二进制流。它把数据看做是一连串不考虑记录界限的字符（字节）；② 在 C 语言中，对文件的存取是以字符（字节）为单位的，数据输入/输出的开始和结束仅受程序控制而不受物理符号（如回车换行符）控制。

## 9.1.2　文件操作的基本思路

进行文件操作的基本思路如下。

① 在文件进行读/写之前，首先使用库函数 fopen( )打开该文件。fopen( )的作用是建立文件和操作系统之间的连接，进行必要的通信（实现对文件的按名操作），并返回一个在以后可以用于文件读/写操作的指针。

② 文件被打开后，就可使用相关函数进行文件的读/写。

③ 当对文件的操作完成后，要使用库函数 fclose( )关闭文件。关闭文件操作将释放不再需要的文件指针，并能保证信息被完整地存储。

# 9.2　文件的基本操作

为了实现对文件的操作，C 语言提供了许多易于使用的标准函数，通过这些函数即可完成对文件的访问。

## 9.2.1　文件指针

### 1. FILE 结构

C 语言提供的文件操作函数都涉及对 FILE 数据结构的使用，每当打开一个文件进行标准输入/输出时，系统就建立了一个 FILE 结构，并返回一个指向这个结构的指针。对于随后的所有操作，都以这个结构指针（下面称为文件指针，有时也称为文件流指针）为基础进行。

FILE 数据结构如下：

```
typedef    struct
   { short               level;
     unsigned            flags;
     char                fd;
     unsigned char       hold;
     short               bsize;
     unsigned char       *buffer;
     unsigned char       *curp;
     unsigned            istemp;
     short               token;
   }FILE;
```

FILE 结构中的信息被广泛用于各种文件操作函数中，但是这些信息对程序设计者是隐蔽的，因为对文件的任何操作都是通过库函数来实现，所以程序设计者也无需掌握其中的细节，不应直接存取 FILE 结构中的任何一个数据域。这里列出这个结构只是为了方便读者理解 C 语言是怎样维护一个文件的。不同的 C 语言编译系统可能定义了完全不同的结构，但其结构的名字可能仍然是 FILE。

### 2. 文件指针的定义

在文件的操作过程中，可以通过文件指针来使用文件。

文件指针变量的定义如下：

**FILE \*文件指针；**

例如：

FILE *fp;

其中，fp 是一个指向 FILE 类型结构体的指针变量。可以使 fp 指向某一文件的结构体变量，从而通过该结构体变量中的文件信息访问该文件。也就是说，通过文件指针变量能够找到与它相关的文件。

如果有 $n$ 个文件，一般应设 $n$ 个文件指针变量（指向 FILE 类型结构体的指针变量），使它们分别指向 $n$ 个文件（确切地说，指向该文件的信息结构体），以实现对文件的访问。

## 9.2.2 文件的打开与关闭

文件的打开是为文件的使用做准备的，它为将要使用的文件创建相应的数据结构，并和相应的存储空间发生联系。文件的关闭则是将文件的一些相关信息进行保存，并释放占用的资源。

在文件操作完成时，如果没有执行正确的文件关闭操作，则可能造成文件相应信息的丢失，导致文件被损坏。因此，在使用文件时应正确地对文件进行打开和关闭操作。

### 1. 文件的打开

在 ANSI C 规定的标准输入/输出函数库中，提供用 fopen()函数来实现文件的打开操作。fopen()函数的一般形式为：

**fopen（文件名，使用文件方式）；**

其中，"文件名"为将要打开的文件的名字，可以带路径。如果是已经存在的文件，则文件应该为全名，即包括其主文件名和扩展名。"使用文件方式"用于说明使用者对文件的操作方式。

在书写路径时注意路径分隔符"\"的正确表示为"\\"，勿使用双反斜线"//"和反斜线"/"。例如：

```
FILE    *fp1,*fp2,*fp3;
fp1=fopen("abc", "r");                    /*以只读方式打开当前目录内的 abc 文件*/
fp2=fopen ("d:\\mydoc\\stu.dat","r");      /*以只读方式打开 d 盘 mydoc 目录内的 stu.dat 文件*/
fp3=fopen("a1.txt","r");                   /*以只读方式打开当前目录内的 al.txt 文件*/
```

其中，fp1、fp2、fp3 为文件指针。可见，在打开一个文件时通知给编译系统三个信息：需要打开的文件名、文件的使用方式、文件指针。文件的常见使用方式如表 9.1 所示。

表 9.1 文件的常见使用方式

| 使 用 方 式 | | 文件不存在 | 文件已经存在 |
| --- | --- | --- | --- |
| "r" | 只读 | 报告出现一个错误 | 打开、只读一个文本文件 |
| "w" | 只写 | 建立、打开、只写一个文本文件 | 打开该文本文件，并使文件内容为空，只写 |
| "a" | 追加 | 建立和打开一个文本文件，只进行追加 | 打开一个文本文件，只向末尾进行追加 |
| "rb" | 只读 | 报告出现一个错误 | 打开、只读一个二进制文件 |
| "wb" | 只写 | 建立、打开、只写一个二进制文件 | 打开该二进制文件，并使文件内容为空，只写 |
| "ab" | 追加 | 建立和打开一个二进制文件，只进行追加 | 打开一个二进制文件，只向末尾进行追加 |
| "r+" | 读/写 | 报告出现一个错误 | 打开、读和写一个文本文件 |
| "w+" | 读/写 | 建立、打开一个文本文件，读和写 | 打开一个文本文件，并使文件内容为空，读和写 |
| "a+" | 读/写 | 建立、打开一个文本文件、读和追加 | 打开一个文本文件、读和追加 |
| "rb+" | 读/写 | 报告出现一个错误 | 打开、读和写一个二进制文件 |
| "wb+" | 读/写 | 建立、打开一个二进制文件，读和写 | 打开一个二进制文件，并使文件内容为空，读和写 |
| "ab+" | 读/写 | 建立、打开一个二进制文件、读和追加 | 打开一个二进制文件、读和追加 |

说明：

① 用"r"方式打开的文件只能读而不能写，且该文件应该已经存在，不能打开一个并不存在的文件，否则出错。

② 用"w"方式打开的文件只能用于向该文件写数据，而不能从该文件读数据。如果不存在该文件，系统会新建一个以指定名字为文件名的新文件，并打开它。如果文件存在，则在打开时将该文件删去，然后重新建立一个新文件。

③ 如果希望向文件末尾添加新的数据（不删除原有数据），则应该用"a"方式打开。但此时该文件必须已存在，否则将得到出错信息。打开时，文件位置指针移到文件末尾。

④ 用"r+"、"w+"、"a+"方式打开文件时既可以读又可以写。用"r+"方式时，该文件必须已经存在，以便能向计算机输入数据；否则出错。用"w+"方式打开一个文件时，可以向文件中写入数据，也可以从文件中读出数据。用"a+"方式打开的文件不被删去，位置指针移到文件末尾，可以添加也可以读。

⑤ 如果无法打开一个文件，fopen()函数将会带回一个出错信息。出错的原因可能是用"r"方式打开一个并不存在的文件、磁盘出故障、磁盘已满无法建立新文件等。此时 fopen()函数将带回一个空指针值 NULL（NULL 在"stdio.h"文件中已被定义为 0）。

常用下面的方法打开一个文件：

```
if((fp=fopen("file","r"))==NULL)
{       printf("cannot open this file\n");
        exit(0);    }
```

先检查打开是否出错，如果出错就在终端上输出"cannot open this file"。exit()函数的作用是关闭所有文件，终止调用过程。待程序员检查出错误并修改后再运行。exit()函数是 stdlib.h 文件中定义的一个函数，因此在调用此函数的程序开头要包含 stdlib.h 文件。

### 2. 文件的关闭

当一个文件使用结束时，应该关闭它，以防止其被误用而造成文件信息的破坏和丢失。从本质上讲，关闭就是让文件指针变量不再指向该文件，也就是使文件指针变量与文件的联系断开，此后不能再通过该指针对该文件进行读/写操作，除非再次打开，使该指针变量重新指向该文件。C 语言中使用 fclose()函数关闭文件。

fclose()函数的一般形式为：

**fclose（文件指针）；**

例如：

fclose(fp);

该语句的作用是保存 fp 指针关联的文件，然后断开它们之间的联系。

在程序终止之前关闭所有仍在使用的文件是应该遵守的基本规则，如果不关闭文件，将会造成数据丢失。因为标准 C 支持缓冲文件系统，如果数据未充满缓冲区而程序结束运行，系统会自动释放其文件缓冲区，从而导致缓冲区中的数据丢失。用 fclose()函数关闭文件，可以很好地解决和避免这个问题，它先把缓冲区中的数据输出到磁盘文件，然后才释放文件指针变量和缓冲区空间。

当然，fclose()函数也带回一个值：若成功地执行了关闭操作，其返回值为 0；若返回值为非 0，则表示关闭时有错误发生。

### 9.2.3  字节级的文件的读/写

所谓字节级的文件的读/写，是指文件的读/写是以字节为单位的。文件在打开之后，就可以进行信息的读取与保存了。常用的读/写函数有 fputc()函数和 fgetc()函数。

### 1．文件位置指针

文件位置指针和文件指针是两个不同的概念。文件位置指针用于表示当前正在读/写的数据在文件中的位置。当一个文件被打开后，文件位置指针总是指向文件的开始，即指向第一个数据；当其指向文件末尾时，表示文件结束。

在进行文件读/写时，总是从文件位置指针处开始进行读/写，当读/写完成之后，文件位置指针会自动后移。

当然，用户也可以通过相应的库函数来移动文件位置指针。

### 2．fputc( )函数

fputc( )函数的一般形式为：

**int fputc(char ch , FILE \*fp);**

该函数的功能是将一个字符写到 fp 关联的文件中。其中，ch 是需要输出的字符，它可以是一个字符型数据，也可以是一个整数（对应的字符的 ASCII 码值）。fp 为文件指针变量，它是使用 fopen( )函数后所得到的函数返回值。

fputc( )函数也返回一个值：如果输出成功，则返回值就是输出的字符；如果输出失败，则返回一个 EOF。EOF 是在"stdio.h"文件中定义的合法整数。

【例 9.1】　从键盘读入字符并存入文件，直到用户输入一个"#"符为止。

分析：由于需要保存的是字符，所以需要创建一个文本文件。从键盘每输入一个字符，便将其写入文件，反复输入，直到输入"#"符为止。所输入的字符构成新文件的内容。

程序如下：

```
#include <stdio.h>
#include <stdlib.h>
main( )
{char filename[20];
 FILE *fp;
 char   ch;
 scanf("%s",filename);
 if((fp=fopen(filename, "w"))==NULL)
 {    printf("can't create the file\n");
      exit(0);
 }
 while((ch=getchar( ))!='#')
      fputc(ch,fp);
 fclose(fp);
 }
```

### 3．fgetc( )函数

fgetc( )函数的一般形式为：

**int fgetc(FILE \*fp);**

该函数的功能是从指定文件读入一个字符，该文件必须是以读或读/写方式打开的。

例如：

ch=fgetc(fp);

其中，fp 为文件指针变量，它和要读取的文件相关联。ch 为字符变量，fgetc( )函数会返回一个字符，赋给 ch（ch 也可以是整型变量，此时将 fgetc( )返回的字符的 ASCII 码值赋予 ch）。如果在执行 fgetc( )函数读字符时遇到文件结束符，则函数返回一个文件结束标志 EOF。

**【例 9.2】** 从一个磁盘文件顺序读入字符并在屏幕上显示出来。

程序如下：

```
#include <stdio.h>
#include <stdlib.h>
main( )
{FILE    *fp;
 char ch;
 if((fp=fopen("d:\\my.dat","r"))==NULL)
 {    printf("\n this file does not exit\n");
      exit(1);
 }
 while((ch=fgetc(fp))!=EOF)
     putchar(ch);
 fclose(fp);
 }
```

注意：当读入的字符值等于 EOF 时，表示读入的已不是正常的字符，而是文件结束符。

### 9.2.4　文件结束判断函数

在二进制文件中，信息都是以数值方式存在的。EOF 的值可能就是所要处理的二进制文件中的信息，这就出现了需要读入有用数据却被处理为"文件结束"的情况。为了解决这个问题，ANSI C 提供了 feof( )函数，可以用它来判断文件是否结束。

feof(fp)用于测试 fp 所指向的文件的当前状态是否为"文件结束"。如果是，函数 feof(fp)的值为 1（真），否则为 0（假）。

例 9.2 的程序代码可以修改为如下：

```
#include <stdio.h>
#include <stdlib.h>
main( )
{FILE    *fp;
 int ch;
 if((fp=fopen("d:\\my.dat","r"))==NULL)
 {          printf("\n this file does not exit\n");
            exit(0);
 }
 while(!feof(fp))
 {          ch=fgetc(fp);
            putchar(ch);
 }
 fclose(fp);
 }
```

在文件的读/写过程中，当文件未结束时，feof(fp)的值为 0，循环继续；当文件结束时，feof(fp)的值为 1，退出循环。

**【例 9.3】** 编写一个程序，完成文件的复制功能。

程序如下：

```
#include <stdio.h>
#include <stdlib.h>
```

```
main()
{    char sou_file[20],targ_file[20];
     FILE   *d_in, *d_out;
     scanf("%s",sou_file);
     scanf("%s",targ_file);
     if((d_in=fopen(sou_file, "rb"))==NULL)
       {    printf("Cannot open the source file \n");
            exit(0);
         }
     if((d_out=fopen(targ_file, "wb"))==NULL)
        {   printf("\n Cannot create the targefile \n");
            exit(0);
          }
     while (!feof(d_in))
         fputc(fgetc(d_in),d_out);
     fclose(d_in);
     fclose(d_out);
}
```

【例 9.4】 有两个磁盘文件 x 和 y，各存放一行字母，要求把这两个文件中的信息合并（按字母顺序排列），结果输出到一个新文件 z 中。

分析：结果要求按字母顺序保存，可以先将两个文件中的内容读到一个字符数组中，然后对字符数组中的内容进行排序，最后将排序结果写入新文件即可。

程序如下：

```
#include <stdio.h>
#include <stdlib.h>
void get_inf(FILE *fp,char str[],int *n)              /*读文件*/
{    while(!feof(fp)) str[(*n)++]=fgetc(fp);
   }
void sort_inf(char str[],int n)                       /*对内容进行排序*/
{   int i,j;
    char t;
    for(i=0;i<n-1;i++)
      for(j=i+1;j<n;j++)
         if(str[i]>str[j])
            {t=str[i];str[i]=str[j];str[j]=t;}
}
main()
{FILE *fp;
 int i,len=0;                                          /*len 存放字符串长度*/
 char str[160];
 if((fp=fopen("x","r"))==NULL)
 {   printf("file x cannot be opened\n");
     exit(0);
  }
 get_inf(fp,str,&len);
 fclose(fp);
 if((fp=fopen("y","r"))==NULL)
 {   printf("file y cannot be opened\n");
```

```
        exit(1);
    }
  get_inf(fp,str,&len);
  fclose(fp);
  sort_inf(str,len);
  if((fp=fopen("z","w"))==NULL)
  {   printf("file z cannot be created\n");
      exit(2);
  }
  for(i=0;i<len;i++)
    fputc(str[i],fp);
  fclose(fp);
}
```

【例 9.5】　在计算机的 D 盘上存在文本文件 data.dat，该文件存放了全校学生的学号，
编写程序，将 2007 级、2008 级、2009 级、2010 级学生的学号分别取出并存放到 D 盘根目
录下的 data2007.dat、data2008.dat、data2009.dat、data2010.dat 中。

程序如下：

```
#include <stdio.h>
#include <stdlib.h>
#include <string.h>
void write_code(FILE *fp,char code[])            /*向文件中写一个学号*/
{int i=0;
  while(code[i]!='\0')
    fputc(code[i++],fp);
}
void get_code(FILE *fp,char code[])              /*从文件中读一个学号*/
{int i=0;
  for(i=0;i<11;i++) code[i++]=fgetc(fp);
  code[i]= '\0';                                 /*增加结束标志*/
}
main( )
{
  char code[12],grade[5];
  int i;
  FILE *fp,*targ_fp[4];
  if((fp=fopen("d:\\data.dat", "r"))==NULL)
    {
     printf("\n this file does not exit \n");
     exit(1);
    }
  if((targ_fp[0]=fopen("d:\\data2007.dat","w"))==NULL)
    {
     printf("\n this file can not be created \n");
     exit(2);
    }
  if((targ_fp[1]=fopen("d:\\data2008.dat","w"))==NULL)
    {
     printf("\n this file can not be created \n");
     exit(3);
    }
  if((targ_fp[2]=fopen("d:\\data2009.dat","w"))==NULL)
    {
     printf("\n this file can not be created \n");
```

```
            exit(4);
        }
    if((targ_fp[3]=fopen("d:\\data2010.dat","w"))==NULL)
        {
        printf("\n this file can not be created \n");
        exit(5);
        }
    while(!feof(fp))
        {
        get_code(fp,code);
        write_code(targ_fp[strcmp(strcpy(grade,code,4),"2007")],code);
        }
    for(i=0;i<4;i++) fclose(targ_fp[i]);
    fclose(fp);
}
```

# 9.3　字符串文件读/写

所谓字符串文件读/写，指文件的读/写单位是字符串。字符串文件读/写函数主要有 fgets( )
函数和 fputs( )函数。

## 9.3.1　fgets 函数

fgets( )函数的一般形式为：

**char *fgets(char *str, int n, FILE *fp);**

其基本功能是从 fp 指定文件读字符并将其存储到 str 指向的对象中。其中，str 为指向存
放字符串的存储空间的地址，n 为读取字符串的总长，fp 为所要操作的文件。

【例 9.6】 从某个已经存在的文件中读取一个含有 10 个字符的字符串。

程序如下：

```
#include <stdio.h>
#include <stdlib.h>
main( )
{   FILE *fp;
    char str[11];
    if((fp=fopen("d:\\inf.c","r"))==NULL)
    {       printf("Cannot open file");
            exit(1);
        }
    fgets(str,11,fp);
    printf("%s",str);
    fclose(fp);
}
```

本例定义了一个 11 字节的字符数组 str，在以读文本文件方式打开文件 inf.c 后，从中读
出 10 个字符送入 str 数组，在数组最后一个单元内将自动加上 '\0'，然后在屏幕上显示输出 str
数组。

注意：在读取字符时，当读取了 $n-1$ 个字符或遇到换行符时，函数将停止字符的读取。
fgets( )保留换行符。当读完 $n-1$ 个字符后，在字符串 str 的最后加一个 '\0'字符（字符串结束
符），fgets( )函数返回 str 的首地址。

### 9.3.2　fputs 函数

fputs( )函数的一般形式为：

  **int fputs(chat *str, FILE *fp);**

其基本功能是把一个字符串输出到 fp 所指向的文件。其中，第一个参数可以是字符串常量，也可以是字符数组名或字符型指针。若输出成功，函数返回最后写入的字符；若失败，返回 EOF。

这两个函数类似于 gets( )和 puts( )函数，只是 gets( )和 puts( )函数已指定标准输出流和标准输入流作为读/写对象。

## 9.4　数据的格式化读/写

fprintf( )函数、fscanf( )函数与 printf( )函数、scanf( )函数的作用相似，都是数据的格式化输入/输出函数。只有一点不同：fprintf( )函数和 fscanf( )函数的读/写对象是外存储器文件；而 printf( )函数和 scanf( )函数的读/写对象是标准输出流和标准输入流。

### 9.4.1　fprintf 函数

fprintf( )函数的一般形式为：

  **int fprintf(FILE *fp, char *format [,argument,…]);**

其基本功能是按照指定的格式将输出列表中的内容写入指定的文件中。其中，fp 用于指明所要操作的文件，format（格式字符串）用于指明信息的写入格式，argument 用于指明所要写入的信息。格式字符串的含义和功能同 printf( )函数。fprintf( )函数返回输出的字节数，不包括空字符。

例如，fprintf(fp, " %d,%7.3f " ,i,f);。

### 9.4.2　fscanf 函数

fscanf( )函数的一般形式为：

  **int　fscanf(FILE *fp, char *format [,argument,…]);**

其基本功能是从文件中读取数据，并将其按照格式字符串所指定的格式写入到地址参数 &arg1、…、&argn 所指定的地址中。其中，fp 用于指明所要操作的文件，format（格式字符串）用于指明信息的写入格式。格式字符串的含义和功能同 scanf( )函数。

fscanf( )返回成功扫描、转换、存储的输入字段数，被扫描但未被存储的字段不计算在内。如果该函数试图在文件末尾进行读操作，则返回 EOF；如果没有字段被存储，则返回 0。

例如：

  fscanf(fp,"%d, %f",&i,&i);

fp 指明的文件上如果有 "3,4.5"，则将文件中的数据 3 送给变量 i，4.5 送给变量 j。

用 fprintf( )函数和 fscanf( )函数对文件进行读/写，使用方便，容易理解，但由于在输入时要将 ASCII 码转换为二进制形式，在输出时要将二进制形式转换成字符，花费时间比较多。因此，在内存和外存频繁交换数据的情况下，fprintf( )函数和 fscanf( )函数的效率较低。

【例 9.7】 从键盘输入 5 个学生数据，写入一个文件中，再从文件中读出这 5 个学生的数据并显示在屏幕上。

程序如下：

```
#include <stdio.h>
#include <stdlib.h>
struct stu
{   char name[10];
    int num;
    int age;
    char addr[15];
}s[5],*p;
main()
{   FILE *fp;
    int i;
    p=s;
    if((fp=fopen("stu_list","wb+"))==NULL)
    {   printf("Cannot create file!");
        exit(0);
    }
    printf("\ninput data\n");
    for(i=0;i<5;i++,p++)
        scanf("%s%d%d%s",p->name,&p->num,&p->age,p->addr);
    p=s;
    for(i=0;i<5;i++,p++)
        fprintf(fp," %s %d %d %s\n",p->name,p->num,p->age,p->addr);
    rewind(fp);                      /*使文件位置指针重新返回文件的开头*/
    for(p=s,i=0;i<5;i++,p++)
        fscanf(fp," %s %d %d %s\n",p->name,&p->num,&p->age,p->addr);
    printf("\n\nname\tnumber age addr\n");
    for(p=s,i=0;i<5;i++,p++)
        printf("%s\t%5d %7d %s\n",p->name,p->num,p->age,p->addr);
    fclose(fp);
}
```

　　fscanf()和 fprintf()函数每次只能读/写一个结构数组元素，因此采用循环语句来读/写全部数组元素。还要注意指针变量 p，由于循环改变了它的值，因此在程序中每次在循环完成后，要重新赋予它数组的首地址。

　　程序中只声明了一个文件指针变量，两次以不同方式打开同一文件，写入和读出格式化数据。注意，用什么格式写入文件，就一定用什么格式从文件读出，否则，读出的数据与格式控制符不一致，就造成了数据出错。

## 9.5　记录级的文件读/写

　　fgetc()函数和 fputc()函数可以用来读/写文件中的一个字符，但在现实的数据处理过程中，由于问题本身的复杂性和人们对处理的要求，使得在进行信息处理时往往需要将某些信息作为一个整体，即常常要求一次读入一组数据（如一个结构体变量的值）。对于此类问题，ANSI C 提供两个函数来读/写一个数据块：fread()函数和 fwrite()函数。

　　所谓"记录"，从本质上讲是一个没有格式的数据块。记录有两种：一种是定长的；另一种是不定长的。

### 9.5.1　fread 函数

fread( )函数的一般形式为：

**int fread(void \*ptr,int size,int nitems,FILE　\*fp);**

其基本功能是用于定长记录的读操作，从指定的输入流 fp 中读取 ntimes 项数据，每一项数据长度为 size 字节，将读取的数据存放到 ptr 所指定的内存区域中。

在函数参数中，ptr 是指向内存缓冲区的指针，对于 fread()来说，它是读入数据的存放地址；size 是一个记录的字节数（记录的大小）；ntimes 是读/写的记录个数。

### 9.5.2　fwrite 函数

fwrite( )函数的一般形式为：

**int　fwrite(void \*ptr,int size,int nitems,FILE \*fp);**

其基本功能是用于定长记录的写操作，向指定的输出流中写入数据，所写入的数据项的个数为 ntimes，每个数据项长度为 size 字节。所写入的数据的存放首地址为 ptr。对于这两个函数而言，所读/写的字节总数为 ntimes\*size。参数中的 ptr 指向所要保存的数据的首地址。

当调用成功时，两函数返回实际读或写的数据项数，而非实际的字节数。在遇到文件结束或出错时，返回一短计数值。

【例 9.8】　改写文件 myfile.dat 中的第 1 个记录。

程序如下：

```
#include <stdio.h>
#include <stdlib.h>
typedef struct my_struct
{    int part_code;
     int quantity;
     float price;
}part;
main( )
{    FILE *fp;
     int n;
     part d_part={2000,30,38.75};
     if((fp=fopen("d:\\myfile.dat", "wb+"))!=NULL)
     { n=fwrite(&d_part,sizeof(part),1,fp);
       printf("the number of records written is %d",n);
       fclose(fp);
       }
     else
     { printf("fail to open the file…\n");
       }
}
```

这个例子比较简单，但值得注意的是一个记录的字节数应该通过 sizeof 操作符求得，而不应该自己计算。因为在 C 语言中，记录一般都是通过结构实现的，而许多 C 语言编译系统具体实现一个结构时，为了边界对齐，往往添加一些数据。但各个 C 语言编译系统的添加方法和字节数往往不一致。

如果以二进制形式打开一个文件，用 fread( )和 fwrite( )函数就可以读/写任何类型和长度的数据信息。例如：

fread(d_f,4,5,fp);

其中，d_f 是一个实型数组名，一个实形变量占 4 字节。这个函数从 fp 所指向的文件中读取 5 次（每次 4 字节）数据，并将其存储到数组 d_f 中。

fread(d_str,15,4,fp1);

其中，d_str 是一个字符型数组名。这个函数从 fp1 所指向的文件读取 4 次（每次 15 字节）数据，并将其存储到数组 d_str 中。

有一个如下的结构体类型：

```
typedef  struct  stu_type
{  char  name [8];
   int    code;
   char   birthday[10];
   char   addr[30];
}stu;
stu d_stu[60];
```

结构体数组 d_stu 由 60 个元素组成，每一个元素用于存放一名学生的信息（包括姓名、学号、出生日期、住址四部分内容）。

可以用以下语句将内存中的 60 名学生的数据存储到磁盘文件中去。

```
for(i=0;i<60,i++)
{  fwrite(& d_stu[i],sizeof(struct stu_type ),1,fp);
   }
```

或

```
fwrite(d_stu,sizeof(struct stu_type),60,fp);
```

假设学生的数据已存放在磁盘文件中，可以用下面的语句读入 60 名学生的数据。

```
for(i=0;i<60;i++)
{  fread(&d_stu[i],sizeof(struct stu_type),1,fp);
   }
```

或

```
fread(d_stu,sizeof(struct stu_type),60,fp );
```

如果 fread( )或 fwrite( )调用成功，函数返回值为输入或输出数据项的完整个数。

## 9.6  文件位置指针的移动

在文件的读/写过程中，为了能够正确地完成输入与输出，系统需要有一个指示标志来指明当前正在读/写的位置，这一指示标志称为文件位置指针。也就是说，在文件的读/写过程中，系统设置了一个表示位置的文件位置指针，指向当前读/写的位置。

在顺序读/写一个文件时，假定每次读/写一个字符，则读/写完一个字符后，文件位置指针自动指向下一个字符的位置。

在实际的文件读/写过程中，往往需要根据自己的实际要求进行文件操作，也就是说，需要将文件位置指针移动到所需要的位置，可能向前移动，也可能向后移动，而且移动量由实际要求决定。

ANSI C 中提供了移动文件位置指针的函数，用于解决该问题。最常用的有 3 个：rewind( )函数、ftell( )函数和 fseek( )函数。

### 9.6.1 rewind 函数

rewind( )函数的一般形式为：

**int rewind(FILE *stream);**

其功能是，使文件位置指针重新返回文件的开头。如果指针移动成功，返回值为 0；如果移动失败，返回非 0 值。

### 9.6.2 ftell 函数

ftell( )函数的一般格式为：

**long ftell(FILE*stream);**

其功能是，用于读取文件位置指针的当前位置相对于文件起点的偏移量。

### 9.6.3 fseek 函数

对流式文件可以进行顺序读/写，也可以进行随机读/写。关键在于控制文件的文件位置指针，如果文件位置指针是按字节位置顺序移动的，就是顺序读/写；如果可以将位置指针根据需要移动到任意位置，就可以实现随机读/写，即读/写完上一个字符（字节）后，并不一定要读/写其后续的字符（字节），而是可以读/写文件中任意所需的字符（字节）。

用 fseek( )函数可以改变文件位置指针。该函数的一般形式为

**int fseek(FILE *stream,long offset,int origin);**

其中，stream 为所要操作的文件的文件指针；offset 为从指定位置移动指针时的偏移量（所需移动的大小），它必须为长整型；origin 为指针移动的开始位置（起始点），"起始点"必须是 0、1、2 中的一个，0 代表"文件开始"，1 为"当前位置"，2 为"文件末尾"。位移量的表示方法和含义表如表 9.2 所示。

表 9.2 位移量的表示方法和含义表

| 符 号 常 量 名 | 数 字 表 示 | 具 体 含 义 |
|---|---|---|
| SEEK_SET | 0 | 文件开头 |
| SEEK_CUR | 1 | 文件当前位置 |
| SEEK_END | 2 | 文件末尾 |

"位移量"指以"起始点"为基点移动的字节数。ANSI C 和大多数 C 版本要求位移量是 long 型数据，这样当文件的长度大于 64 KB 时不至于出问题。

下面是 fseek 函数调用的几个例子：

fseek(fp,100L,0);将文件指针从文件头向后移动 100 字节。

fseek(fp,100L,1);将文件指针从当前位置向后移动 100 字节。

fseek(fp,-100L,2);将文件指针从文件末尾处向前移动 100 字节。

【例 9.9】　编写程序，求取文件指针位置及文件长度。

程序如下：

```
#include <stdio.h>
#include <stdlib.h>
main( )
{ long d_len;
  FILE *d_fp;
  long d_length( );
  if((d_fp=fopen("d:\\my.dat", "r"))==NULL)
  {    printf ("\n open file error \n");
       exit(0);
     }
  d_len=d_length(d_fp);
  printf("the length of   d:\\my.dat is %Ld bytes",d_len);
}
long   d_length(FILE *fp)
{   long curpos,length;
    curpos=ftell(fp);                     /*求取文件指针的相对于文件开始的相对位置*/
    printf("\n the begin of   d:\\my.dat is %Ld \n",curpos);
    fseek(fp,0L,SEEK_END);                /*文件指针指向文件末尾*/
    length=ftell(fp);
    printf("\n the end of   d:\\my.dat is %Ld \n", length);
    fseek(fp,curpos,SEEK_SET);            /*恢复文件指针的初始值*/
    return(length);
}
```

应该说明的是，通过 fseek( )函数把文件指针移到超过文件末尾（超过原来的文件长度）的位置，并在新位置上进行写操作是合法的，这样做很容易扩充文件的长度。但有两点值得注意：

① 原来的文件末尾和新位置之间的区域未被初始化（未写入内容）；

② 即使可以越过文件末尾进行数据的写操作，但试图读过文件末尾时，还是会返回一个错误信息。

ftell( )函数用于读取文件指针当前位置相对于文件起点的偏移量。当一个文件以追加方式打开时，ftell( )函数返回的是由上一次输入/输出操作决定的当前文件的指针位置，它不一定是下一次写操作的位置，但写操作总是在文件末尾处进行。

在文本方式下，ftell( )函数还会带来另一个问题：因为在文件处理时需要进行<CR><LF>对和<LF>之间的相互转换，故由 ftell( )函数返回的值可能不代表相对于文件起点的真正偏移量。然而，fseek( )也是这样处理这个转换关系的。因此，应配合使用 ftell( )和 fseek( )两函数，先记住文件指针的位置，以后再返回到这个位置，就不会出错了。

## 9.7　文件应用举例

【例 9.10】　从文件 in.dat 中读取一篇英文文章，以行为单位对字符按从大到小的顺序进行排序，排序后的结果输出到文件 out2.dat 中。

原始数据文件存放的格式是每行的宽度均小于 80 字符，含标点符号和空格。例如：

原文

      dAe,BfC.

      CCbbAA

结果

      fedCBA,

      bbCCAA

分析：为了使程序具有良好的结构化特性，编写函数 read_data( )实现从文件 in.dat 中读取一篇英文文章并存入字符串数组 xx 中；编写函数 sort_char( )实现以行为单位对字符按从大到小的顺序进行排序，排序后的结果仍按行重新存入字符串数组 cx 中；编写函数 write_data( )，实现把结果 cx 输出到文件 out2.dat 中。

程序如下：

```
#include <stdio.h>
#include <stdlib.h>
#include <string.h>
char cx[50][80];
int maxline=0;                    /*文章的总行数*/
int read_data(void);
void write_data(void);
void sort_char(void)              /*对各行按字母大小排序*/
{int i,j,k,m,len;
  char ch;
  for(i=0;i<maxline;i++)
    {
      len=strlen(xx[i]);
      for(j=0;j<len−1;j++)
        {  m=j;
            for(k=j+1;k<len;k++)
                if(cx[i][m]<cx[i][k]) m=k;
            ch=cx[i][m];cx[i][m]=cx[i][j]; cx[i][j]=ch;
        }
    }
}
int read_data(void)
{FILE *fp;
  int i=0;
  char *p;
  if((fp=fopen("in.dat","r"))==NULL)
  {     printf ("\n 打开 in.dat 文件错误!\n");
        return 1;
    }
while(fgets(cx[i],80,fp)!=NULL)
{   p=strchr(cx[i],'\n');                 /*在一个串中查找给定字符的第一个匹配之处*/
    if(p) *p=0;
    i++;
    }
maxline=i;
fclose(fp);
return 0;
}
void write_data(void)
{FILE *fp;
```

```
    int i;
    if((fp=fopen("out.dat","w"))==NULL);
    {   printf ("\n 打开 out.dat 文件错误！\n");
        exit(0);
    }
    for(i=0;i<maxline;i++)
    {   printf("%s\n",cx[i]);
        fprintf(fp," %s\n",cx[i]);
    }
    fclose(fp);
}
main( )
{ if(read_data( ))
    {   printf("数据文件 in.dat 不能打开！\n");
        exit(1);
    }
    sort_char( );
    write_data( );
}
```

【例 9.11】 编写程序，其功能是从文件 bc1.in 中读出 50 行文字，对文字进行如下处理：把 s 字符串中的所有字母改写成该字母的下一个字母，字母 z 改写成字母 a。要求大写字母仍为大写字母，小写字母仍为小写字母，其他字符不改变。例如，s 字符串中原有的内容为 "Mn.123Zxy"，则调用该函数后的结果为 "No.123Ayz"。处理完成后，将内容写到文件 bc1.out 中。

分析：为了使程序具有良好的结构化特性，编写函数 read_writedata( )完成文件的读/写，编写函数 chg(char*s)实现字符的转换。

程序如下：

```
#include <stdio.h>
#include <stdlib.h>
#define   N 81
void chg(char *s)
{   while(*s)
    if(*s=='z'||*s=='Z') {*s-=25; s++;}
    else
        if(*s>='a'&&*s<='y') {*s+=1;s++;}
        else
            if(*s>='A'&&*s<='Y') {*s+=1;s++;}
            else s++;
}
void read_writedata( )
{   int i ;
    char a[N] ;
    FILE *rf, *wf ;
    if((rf=fopen("bc1.in", "r"))==NULL)
        {   printf ("\n 打开 bc1.in 文件错误!\n");
            exit(0);
        }
    if((wf=fopen("bc1.out","w"))==NULL)
        {   printf ("\n 写入 bc1.out 文件错误!\n");
            exit(1);
        }
```

```
        for(i=0;i<50;i++)
            { fscanf(rf," %s",a) ;
                chg(a);
                fprintf(wf," %s\n",a) ;
            }
        fclose(rf);
        fclose(wf);
    }
    main( )
    {
        read_writedata( );
    }
```

# 习　题　9

## 一、填空题

1. 下面程序把从终端读入的文本（以@为文本结束标志）输出到一个名为"bi.dat"的新文件中，请填空。

```
#include <stdio.h>
#include <stting.h>
#include <stdlib.h>
main( )
{   FILE *fp;
    char ch;
    if( (fp=fopen (_____) )= = NULL)exit(0);
    while( (ch=getchar( )) !='@')_____;
    fclose(fp);
}
```

2. 以下程序的功能是从键盘上输入一个字符串，把该字符串中的小写字母转换为大写字母，输出到文件"test.txt"中，然后从该文件读出字符串并显示，请填空。

```
#include <stdio.h>
#include <stting.h>
#include <stdlib.h>
main( )
{ FILE *fp;
  char str[100]; int i=0;
  if((fp=fopen("test.txt",_____))==NULL)
      { printf("can't open this file.\n");exit(0);}
  printf("input astring:\n");
  gest(str);
  while (str[i])
  {   if(str[i]='a'&&str[i]<='z')
          str[i]=_____;
          fputc(str[i],fp);
          i++;
  }
  fclose(fp);
  fp=fopen("test.txt",_____);
```

```
    i=0;
    while(!feof(fp)) str[i++]=fgetc(fp);
    str[i]='\0';
    printf("%s\n",str);
    fclose(fp);
}
```

3. 使文件内部指针 P 重新指向文件头的语句是_____。

4. 判断文本文件是否结束时所使用的符号常量 EOF 的值是_____。

5. 下面程序是建立一个磁盘文件，文件名和内容由键盘输入，请填空。

```
#include <stdio.h>
#include <stting.h>
#include <stdlib.h>
main( )
{ char ch, fname［20］;
    _____;
    scanf("%s",fname);
    if ((fp=fopen (_____,"w"))==NULL)    exit (0);
    ch=getchar ( );
    while (ch!='*')
    {      fputc (ch,fp);
           putchar (ch);
           ch=getchar ( );
        }
    fclose (_____);
}
```

输入磁盘文件名：filec.c ✔

输入一个字符串：Program C* ✔

6. 以下程序段的功能是：在打开文件后，先利用 fseek 函数将文件位置指针定位在文件末尾，然后调用 ftell 函数返回当前文件位置指针的具体位置，从而确定文件长度，请填空。

```
FILE *myf; ling f1;
myf=_____("test.t","rb");
fseek(myf,0,SEEK_END); f1=ftel(myf);
fclose(myf);
printf("%d\n",f1);
```

## 二、选择题

1. 以"w"方式打开文本文件"A:＼aa.dat"，若该文件已存在，则（    ）。

    A. 新写入数据被追加到文件末尾        B. 文件被清空，从文件头开始存放新写入数据

    C. 显示出错信息        D. 新写入数据被插入到文件首部

2. 从磁盘文件读字符的 fgetc( )函数，其函数原型（头）正确的是（    ）。

    A. FILE* fgetc(char)        B. int fgetc(FILE *,char)

    C. int fgetc(FILE *)        D. int fgetc(char,FILE *)

3. 对于文件操作方式"rb+"，准确的说法是（    ）。

    A. 可读/写文本文件        B. 只读二进制文件

    C. 只读文本文件        D. 可读/写二进制文件

4．数据−324 在二进制文件和文本文件中所占的字节数分别是（　　）。

A．2，2　　　　　　　B．2，4　　　　　　　C．4，2　　　　　　　D．4，4

5．为了向文本文件尾部增加数据，打开文件的方式应采用（　　）。

A．"a"　　　　　　　B．"r+"　　　　　　　C．"w"　　　　　　　D．"w+"

6．将整数 10002 存到磁盘上，以 ASCII 码和二进制格式存储，所占用的字节数分别是（　　）。

A．2 和 2　　　　　　B．2 和 5　　　　　　C．5 和 2　　　　　　D．5 和 5

7．在文件使用方式中，字符串 "rb" 表示（　　）。

A．打开一个已存在的二进制文件，只能读取数据　　　B．打开一个文本文件，只能写入数据

C．打开一个已存在的文本文件，只能读取数据　　　　D．打开一个二进制文件，只能写入数据

8．以下与函数 fseek(fp,0L,SEEK_SET)有相同作用的是（　　）。

A．feof(fp)　　　　　B．ftell(fp)　　　　　C．fgetc(fp)　　　　　D．rewind(fp)

9．下面程序运行后的输出结果是（　　）。

```c
#include <stdio.h>
main( )
{   FILE *fp; int i, k, n;
    fp=fopen("data.dat", "w+");
    for(i=1; i<6; i++)
    {   fprintf(fp," %d ",i);
        if(i%3==0) fprintf(fp,"\n");
    }
    rewind(fp);
    fscanf(fp, "%d%d", &k, &n); printf("%d %d\n", k, n);
    fclose(fp);
}
```

A．0 0　　　　　　　B．123 45　　　　　　C．1 4　　　　　　　D．1 2

## 三、编程题

1．编写程序，比较两个文件，并显示它们第一个不相同的行。

2．从键盘输入一个字符串，将其存入文件中。

3．编写程序，对文件内容进行简单加密。加密规则：任意字母用其后面的第 2 个字母替换。

4．编写程序，对文件内容进行解密。解密规则：任意字母用其前面的第 2 个字母替换。

5．从两个文本文件中读出全部内容，按字母顺序排序，排序结果存入新文件。

6．把文本文件 "x1.dat" 中的内容复制到文本文件 "x2.dat" 中，要求仅复制 "x1.dat" 中的英文字符。

7．从键盘输入 20 个学生的信息（包括姓名、学号和 4 门课的成绩），存入 stu.dat 文件中。

8．编写程序，向文件 stu.dat 中增加一个新学生的信息。

9．读取文件 stu.dat 中的所有信息，并按照总分由高到低的规则进行排序，将排好序的信息写入文件 stu2.dat 中。

10．对文件 stu.dat 完成如下操作：输入某一个学生的姓名，在文件中查找该学生是否存在，若存在，显示该学生的全部信息。

11．对文件 stu.dat 完成如下操作：输入某一个学生的姓名，在文件中查找该学生是否存在，若存在，在文件中删除该学生的全部信息。

# 程序设计提高篇

# 第 10 章　程序设计方法

为了有效地进行程序设计，不仅要掌握一门程序设计语言，还应该学会针对各类问题拟定出有效的解题方法和步骤，即算法设计。算法的好坏决定了程序的优劣，因此，程序设计的核心任务之一就是设计算法。

## 10.1　算法

### 10.1.1　算法的概念

算法是指为解决一个特定问题而采取的特定的有限的求解步骤。简单地说，算法就是解决问题的办法，是对特定问题求解步骤的详细描述。从计算机应用的角度来说，算法是用于求解某个特定问题的一系列指令的集合。一个算法应具有以下特征：

① 有效性，算法中每一个步骤都应当能有效地执行，并得到确定的结果。

② 确定性，算法中每一步骤都必须有明确的定义，不允许有模棱两可的解释，不允许有多义性。

③ 有穷性，算法必须能在有限的时间内做完，能在执行有限个步骤后终止，包括合理的执行时间的含义。

④ 有零个或多个输入。

⑤ 有一个或多个输出。

### 10.1.2　算法描述

算法的描述方法很多，根据描述算法语言的不同，可将算法分为以下四种。

（1）框图描述法

框图描述方法在算法研究的早期非常流行。一个算法可以用流程图的方式来描述，输入/输出、判断、处理分别用不同的框图表示，用箭头表示流程的流向。它的优点是直观、易懂，但用来描述比较复杂的算法时显得不够方便，也不够清晰简洁。目前，在设计一些不太复杂算法时仍然采用此种方法。

（2）非形式描述法

用自然语言的同时还使用一些程序设计语言中的语句来描述算法，称为非形式描述法。这种描述方法自然、简洁，但对于复杂算法的描述缺乏严谨性和结构性。

（3）类高级语言描述法

类高级语言描述法中常采用类 C 或 C++的伪语言。这种描述法不能直接在计算机上运行，但专业设计人员经常使用这类伪语言来描述算法，它具有简洁、易懂的优点，修改起来也比较容易，并且很容易转化为程序语言代码；缺点是不直观。使用伪代码描述算法没有严格的语法限制，书写格式也比较自由，只要把意思表达清楚就可以了，它更侧重于对算法本身的描述。在伪代码描述中，表示关键词的语句一般用英文单词，其他语句可以用英文语句，也可以用汉语语句。

（4）高级语言描述法

高级语言描述法是可以在计算机上运行并获得结果的算法描述，使给定问题能在有限的时间内被计算机执行，通常这种算法也称程序。

### 10.1.3　算法效率的衡量

评价算法的标准很多，评价一个算法主要看这个算法所占用机器资源的多少，而这些资源中时间代价与空间代价是两个主要的方面，通常以算法执行时所需的机器时间和所占用的存储空间来判断一个算法的优劣。

算法的时间复杂度，即是算法的时间量度，记为 $T(n) = O(f(n))$，它表示随问题规模 $n$ 的增大算法的执行时间的增长率和 $f(n)$的增长率相同，称做算法的渐进时间复杂度，简称时间复杂度。关于算法的存储空间需求，类似于算法的时间复杂度，采用空间复杂度作为算法所需存储空间的量度，记为 $S(n) = O(f(n))$。

## 10.2　查找

查找是指在一个给定的数据结构中查找某个指定的元素。

查找的基本方法可以分为两大类，即比较式查找法和计算式查找法。其中比较式查找法又可以分为基于线性表的查找法和基于树的查找法，而计算式查找法也称为 Hash（哈希）查找法。

基于线性表的查找法可分为顺序查找法、折半查找法及分块查找法。

### 10.2.1　顺序查找法

顺序查找法的特点是，从线性表的第一个元素开始，依次将线性表中的元素与被查找的元素相比较，若相等则表示查找成功；若线性表中所有的元素都与被查找元素进行了比较但都不相等，则表示查找失败。数据存储结构通常为顺序结构，也可为链式结构。

假设列表长度为 $n$，那么查找第 $i$ 个数据元素时需进行 $n-i+1$ 次比较，即 $C_i = n-i+1$。又假设查找每个数据元素的概率相等，即 $P_i = 1/n$，则顺序查找算法的平均查找长度为$(n+1)/2$。

### 10.2.2　折半查找法

折半查找法又称为二分法，这种方法要求待查找的列表必须是按关键字大小有序排列的顺序表。其基本过程是：将表中间位置记录的关键字与查找关键字比较，如果两者相等，则查找成功；否则利用中间位置记录将表分成前、后两个子表，如果中间位置记录的关键字大于查找关键字，则进一步查找前一子表，否则进一步查找后一子表。重复以上过程，直到找到满足条件的记录，或直到子表不存在为止，此时查找不成功。

折半查找方法的优点是比较次数少、查找速度快、平均性能好；其缺点是要求待查表为有序表，且插入删除低效。因此，折半查找方法适用于不经常变动而查找频繁的有序列表。

### 10.2.3 分块查找法

分块查找法要求将列表组织成索引顺序结构。

首先将列表分成若干个块（子表）。一般情况下，块的长度均匀，最后一块可以不满。每块中元素任意排列，即块内无序，但块与块之间有序，即每个块的块内最小数据值不能小于该块前面一个块的最大数据值，同时，该块内最大的数据值不能大于该块后面一个块的最小数据值。

构造一个索引表。其中每个索引项对应一个块并记录每个块的起始位置和每块中的最大关键字（或最小关键字）。索引表按关键字有序排列。

分块查找的基本过程如下。

① 首先，将待查关键字 K 与索引表中的关键字进行比较，以确定待查记录所在的块。可用顺序查找法或折半查找法进行。

② 进一步用顺序查找法在相应块内查找关键字为 K 的元素。

# 10.3 排序

所谓排序，简单讲是指将一个无序序列变为有序序列的过程。有 $n$ 个记录的序列 $\{R_1, R_2, \cdots, R_n\}$，其相应关键字的序列是 $\{K_1, K_2, \cdots, K_n\}$，相应的下标序列为 1, 2, $\cdots$, $n$。通过排序，要求找出当前下标序列 1, 2, $\cdots$, $n$ 的一种排列 $p_1, p_2, \cdots, p_n$，使得相应关键字满足如下的非递减（或非递增）关系，即 $K_{p_1} \leqslant K_{p_2} \leqslant \cdots \leqslant K_{p_n}$，这样就得到一个按关键字有序的记录序列 $\{R_{p_1}, R_{p_2}, \cdots, R_{p_n}\}$。

### 10.3.1 插入排序

插入排序的基本思想是：在一个已排好序的记录子集的基础上，每一步将下一个待排序的记录有序插入到已排好序的记录子集中，直到将所有待排记录插入为止。

#### 1. 直接插入排序

直接插入排序是一种最基本的插入排序方法。其基本操作是将第 $i$ 个记录插入到前面 $i-1$ 个已排好序的记录中，具体过程为：将第 $i$ 个记录的关键字 $K_i$ 顺次与其前面记录的关键字 $K_{i-1}$，$K_{i-2}$, $\cdots$, $K_1$ 进行比较，将所有关键字大于 $K_i$ 的记录依次向后移动一个位置，直到遇见一个关键字小于或等于 $K_i$ 的记录 $K_j$，此时 $K_j$ 后面必为空位置，将第 $i$ 个记录插入空位置即可。

算法性能分析：

首先从空间角度来看，它只需要一个辅助空间 $r[0]$。

从时间耗费角度来看，主要时间耗费在关键字比较和移动元素上。

对于整个排序过程而言，最好情况是待排序记录本身已按关键字有序排列，此时总的比较次数为 $n-1$ 次，移动记录的次数也达到最小值 $2(n-1)$（每一次只对待插记录 $r[i]$ 移动两次）；最坏情况是待排序记录按关键字逆序排列，

直接插入排序算法简便，比较适用于待排序记录数目较少且基本有序的情况。当待排记录数目较大时，直接插入排序的性能不好。

### 2．希尔排序

希尔排序又称缩小增量排序，是一种基于插入思想的排序方法，它利用了直接插入排序的最佳性质，将待排序的关键字序列分成若干个较小的子序列，对子序列进行直接插入排序，使整个待排序序列排好序。在时间耗费上，较直接插入排序法的性能有较大的改进。

希尔排序的基本思想是：先将待排序记录序列分割成若干个"较稀疏的"子序列，分别进行直接插入排序。经过上述粗略调整，整个序列中的记录已经基本有序，最后再对全部记录进行一次直接插入排序。

## 10.3.2　交换排序

基于交换的排序法是一种通过交换逆序元素进行排序的方法。

### 1．冒泡排序

冒泡排序是一种简单的交换类排序方法，它是通过对相邻数据元素的交换，逐步将待排序序列变成有序序列的过程。冒泡排序的基本思想是：从头扫描待排序记录序列，在扫描的过程中顺次比较相邻两个元素的大小，发现反序即交换。

算法性能分析：最坏情况下，待排序记录按关键字的逆序进行排列，此时，每一趟冒泡排序需进行 $i$ 次比较和 $3i$ 次移动。经过 $n-1$ 趟冒泡排序后，总的比较次数为 $n(n-1)/2$，总的移动次数为 $3n(n-1)/2$ 次，因此该算法的时间复杂度为 $O(n^2)$，空间复杂度为 $O(1)$。

### 2．快速排序

冒泡排序在互换两个相邻元素时只能消除一个逆序。如果能通过两个（不相邻的）元素的交换消除待排序记录中的多个逆序，则会大大加快排序的速度。快速排序方法就是一种通过一次交换而消除多个逆序的方法。

快速排序的基本思想是：从待排序记录序列中选取一个记录（通常选取第一个记录），其关键字设为 $K_1$，然后将其余关键字小于 $K_1$ 的记录移到前面，而将关键字大于 $K_1$ 的记录移到后面，结果将待排序记录序列分成两个子表，最后将关键字为 $K_1$ 的记录插到其分界线的位置。将这个过程称为一趟快速排序。通过一次划分后，就以关键字为 $K_1$ 的记录为分界线，将待排序序列分成了两个子表，且前面子表中所有记录的关键字均不大于 $K_1$，而后面子表中的所有记录的关键字均不小于 $K_1$。对分割后的子表继续按上述原则进行分割，直到所有子表的表长不超过 1 为止，此时待排序记录序列就变成了一个有序表。

快速排序所需时间的平均值为 $\mathrm{Targ}(n) \leq K_n \ln(n)$，这是目前内部排序方法中所能达到的最好的平均时间复杂度。但是若初始记录序列按关键字有序或基本有序时，快速排序将蜕变为冒泡排序，其时间复杂度为 $O(n^2)$。

## 10.3.3　选择排序

选择排序的基本思想是：每一趟在 $n-i+1$（$i=1, 2, \cdots, n-1$）个记录中选取关键字最小的记录作为有序序列中第 $i$ 个记录。

### 1．简单选择排序

简单选择排序的基本思想：第 $i$ 趟简单选择排序是指通过 $n-i$ 次关键字的比较，从 $n-i+1$

个记录中选出关键字最小的记录，并和第 $i$ 个记录进行交换。共需进行 $i$–1 趟比较，直到所有记录排序完成为止。

在简单选择排序过程中，所需移动记录的次数比较少。在最好情况下，即待排序记录初始状态就已经是顺序排列了，则不需要移动记录。最坏情况下，即待排序记录初始状态是按逆序排列的，则需要移动记录的次数最多，为 3($n$–1)。简单选择排序过程中需要进行的比较次数与初始状态下待排序的记录序列的排列情况无关。当 $i$=1 时，需进行 $n$–1 次比较；当 $i$=2 时，需进行 $n$–2 次比较；以此类推，第 $i$ 个记录需要进行 $n$–$i$ 次比较，所以，总需要进行的比较次数是 $n(n$–1)/2，即进行比较操作的时间复杂度为 $O(n^2)$。

### 2．堆排序

堆是一种特殊的树形数据结构，每个结点都有一个值。通常所说的堆是指二叉堆。堆的特点是根结点的值最小（或最大），且根结点的两个子树也是一个堆。堆分为大根堆，小根堆，大根堆是树的根结点的值大于、等于叶子结点的值，小根堆是树的根结点的值小于叶子结点的值。

进行堆排序的步骤如下：

① 将待排序数据按照堆的定义建初堆，并输出堆顶元素。

② 调整剩余的数据序列，利用筛选法将前 $n$–$i$ 个元素重新筛选建成为一个新堆，再输出堆顶元素。

③ 重复执行步骤②，新筛选成的堆会越来越小，而新堆后面的有序关键字会越来越多，最后使待排序数据序列成为一个有序的序列，这个过程称为堆排序。

在最坏情况下，堆排序的时间复杂度也为 $O(n\log_2 n)$，这是堆排序的最大优点。堆排序与树形选择排序相比较，排序中只需要存放一个记录的辅助空间，因此也将堆排序称为原地排序。然而堆排序是一种不稳定的排序方法，它不适用于待排序记录个数 $n$ 较少的情况，但对于 $n$ 较大的文件还是很有效的。

# 10.4　程序设计的基本思维原则

程序设计需要很强的逻辑思维能力，对初学者而言，往往是望而生畏的，计算机作为人脑的模拟，在许多方面与人的思维习惯是一致的。如果能迅速地把人们的思维习惯与程序设计的方法吻合起来，无疑能较快地提高程序设计能力。本节主要介绍程序设计的三个基本思维原则：枚举原则、归纳原则和抽象原则。

## 10.4.1　枚举原则

枚举法，也称穷举法，是人们常用的一种思维方法。有一些问题，无法用计算公式来求得它们的解，它们的解可能离散地分布在某个有限或无限的集合里。枚举法，就是逐一列举这个集合里的各个元素，并加以判断，直到求得所需要的解。

枚举法，处理起来比较繁杂，因为要列举的集合元素很多，列举、判断的过程极耗精力。由于计算机的运算速度极快，因此，枚举法在程序设计中得到了广泛应用。尤其是在排列、组合、数据分类、信息检索、多解方程的求解及人工智能程序设计中，均大量使用了枚举法。

使用枚举法，要掌握两条原则。

① 确定搜索范围。搜索范围必须是有限的而不是无限的。例如，求最大的素数，就是

一个无限范围内的问题。只有指定一定的范围，才能求出该范围内最大的素数。在确定搜索范围时，有的问题比较明显，有的问题不大明显，要进行分析后再确定。

② 选择搜索策略。如何枚举、按照一条什么样的路线来逐一枚举，就是搜索策略问题。

上述两条原则使用得好坏，对程序的计算量有很大影响。

【例 10.1】"百钱百鸡"问题。用 100 元钱买 100 只鸡，每只公鸡 5 元，每只母鸡 3 元，每 3 只小鸡 1 元，要求每种鸡至少买一只，且必须是整只的，问各种鸡各买多少只？

显然这是一个组合问题，也可以看成是一个三元一次方程问题，只能用枚举法。令 $i$、$j$、$k$ 分别表示公鸡、母鸡、小鸡的只数。为了确定取值范围，可以有不同的思路，因而也有不同的方法，其计算量可能相差甚远。

[方法一]根据题目要求可以设定 $i$、$j$、$k$，的搜索范围分别为：

　　　　$i$:1～20（公鸡最多能买 20 只）；

　　　　$j$:1～33（母鸡最多能买 33 只）；

　　　　$k$:1～100（小鸡最多能买 100 只）。

于是，可以用三重循环逐个搜索，程序如下：

```c
#include <stdio.h>
main ()
{   int i,j,k;
    for (i=1;i<=20;i++)
     {for (j=1;j<=33;j++)
       {for(k=1;k<=100;k++)
         if((i+j+k==100)&&(i*5+j*3+k/3.0==100))
           printf("i=%d,j=%d,k=%d\n",i,j,k);
       }
     }
}
```

在这个程序中，循环体将被执行 $20*33*100=66*10^3$ 次，且每次循环要进行两次判断。

[方法二]修改 $i$、$j$、$k$ 的搜索范围分别为（保证每种鸡至少买一只）：

　　　　$i$:1～18（公鸡最多能买 18 只）；

　　　　$j$:1～31（母鸡最多能买 31 只）；

　　　　$k$:100−$i$−$j$（当公鸡和母鸡数量确定后，小鸡的数量即随之而定）。

于是，可以用二重循环实现，程序如下：

```c
#include <stdio.h>
main( )
{   int   i,j,k;
    for(i=1;i<=18;i++)
    {  for(j=1;j<=31;j++)
       {     k=100−i−j;
           if(i*5+j*3+k/3.0!=100)
                continue;
           printf("i=%d,j=%d,k=%d\n",i,j,k);
       }
    }
}
```

该程序的循环体只被执行 18*31=558 次，其计算量不足方法一的 1%。

[方法三]由题意可得到下列方程组：

$$\begin{cases} i + j + k = 100 \\ 5i + 3j + k/3 = 100 \end{cases}$$

由此可得

$$14i + 8j = 200$$

由于 $i$ 和 $j$ 至少数为 1，实际上 $i$ 最大为 13，$j$ 最大为 23，程序请读者编写。

该算法的循环体被执行 13*23=229 次，约为方法二的一半。

[方法四]由方法三中的方程 $7i + 4j = 100$ 可得：

$$j = (100 - 7i)/4 \quad (i \text{ 最大值为 } 13)$$

程序请读者编写。

这个算法程序只循环了 13 次，计算量不足方法三的 5%。

上述四个程序都能得到相同的运行结果。由于程序的搜索策略不同，因而程序的运算量也不同。

### 10.4.2  归纳原则

归纳法，就是从大量的特殊性中总结出规律性或一般性的结论。例如，在中学时学习过对数列、对数的求和，其方法就是通过找到它们的通项公式，然后进行求和计算，这采用的就是归纳法。

归纳法，在程序设计上主要表现为递归和迭代，这是计算机算法的一个基本特点，常常通过递归和迭代的方式把一个复杂的计算过程化为简单过程的多次重复，这种重复很容易用循环来实现。

【例 10.2】 有一张足够大的纸，厚 0.09 毫米，问将它对折多少次后可以达到珠穆朗玛峰的高度（8848 米）？

用传统的数学方法可以计算出：

$$n = \log_2 8848 - \log_2(9 * 10^{-5})$$

用计算机方法只需将初值 $a = 9 * 10^{-5}$ 每次乘以 2（表示对折后的高度）。然后判断乘积是否已超过 8848。若已超过，则记下乘以 2 的次数，这就是对折的次数。程序如下：

```c
#include <stdio.h>
main()
{    int n=0;
     float a=0.09e-3;
     while(1)
     {    n++;
          a=a*2;
          if(a>=8848)
               break;
     }
     printf("n=%d\n",n);
}
```

这样就把一个复杂的对数求解问题转化为简单的加法和乘法的多次重复。本程序的循环体共被执行 27 次，即 $n = 27$，表明对折 27 次后，纸的高度已超过 8848 米。

许多用传统的数学方法无法求解的问题，如求高次方程的根、求积分、求微分方程的解等，现在都可用计算机求数值解。用计算机求数值解，基本上都离不开递推方法，而递推方法，正属于归纳法。

归纳法的数学模型具有如下统一的形式：

$$F_n(x) = \begin{cases} g(x) & (n=0) \\ H(F_{n-1}(x)) & (n>0) \end{cases}$$

例如，$N!$ 的形式为

$$N! = \begin{cases} 1 & (N=0) \\ N(N-1)! & (N>0) \end{cases}$$

它们都有一个初始值和一个迭代公式（也称递推公式）。因此，使用归纳法，需要分两步进行：

① 确定初始值。

② 确定递推公式，并反复使用这个递推公式，直到求出问题的答案为止。

累加和、连乘积、阶乘、多项式求值、求极值、排序等都要用到归纳法。

**【例 10.3】** 求 $n!$ 的值。

用 $p$ 来存放阶乘值，显然其初值为 1，递推公式为

$$p = p*i \quad (i \text{ 从 } 1 \text{ 变化到 } n)$$

程序如下：

```
#include <stdio.h>
main()
{    int i,n;
     float   p=1;
     scanf("%d",&n);
     for(i=1;i<=n;i++)
         p=p*i;
     printf("%d!= %.0f\n",n,p);
}
```

### 10.4.3 抽象原则

为了解决一个复杂的问题，在分析了问题的要求之后，总是首先设计出一个抽象算法。这一算法往往要借助有关学科中的概念与对象，而不去考虑问题的细节。这样的算法描述非常容易得到有关学科相关理论的证明。接下来，再将算法求精，使之更加细化、清晰，直到能轻松用 C 语言语句写出程序为止。

**【例 10.4】** 求 3～200 的所有素数及其和。

素数是指除 1 和其本身之外，不能被任何其他整数整除的数。要判断 $n$ 是不是素数，只要判断它能否被 2～(n-1) 的所有整数整除。如果全不能整除，则它是素数；否则它就不是素数。

对于这个问题，可以用枚举原则和抽象原则进行分析，要求 3～200 的所有素数，先在 3～200 一个一个去尝试。基本程序段如下：

```
main ()
{ int   n,s=0;
  for(n=3;n<=200;n++)
```

判断 n 是否是素数，如果是素数输出，求和 s。
如果不是素数，什么也不做

```
  printf("s=%d\n",s);   /*输出求和*/
}
```

判断 $n$ 是否是素数：从 $i=2$ 到 $n-1$（实际上只要计算到 $n^{1/2}$ 即可），去尝试每一个 $i$，如果发现 $n$ 能被某个 $i$ 整除，则停止尝试，这个 $n$ 不是素数；如果 $n$ 不能被所有的 $i$ 整除，则这个 $n$ 是素数，输出 $n$ 并求和。

程序片段如下：

```
{ k=sqrt(n);
    for(i=2;i<=k;i++)
    if (n%i==0) break;
    if (i>=k+1)
      { printf ("%d   ",n);
        m=m+1;                    /*素数个数计数*/
        s+=n;                     /*求和*/
    }
    if(m%10==0)   printf ("\n"); /*每行输出 10 个素数*/
    }
```

完整程序如下：

```
#include<math.h>
#include <stdio.h>
main( )
{    int n,s=0,k,i,m=0;
    for(n=3;n<=200;n++)
    {    k=sqrt(n);
        for(i=2;i<=k;i++)
            if(n%i==0) break;
        if (i>=k+1)
        {    printf ("%d   ",n);
            m=m+1;                    /*素数个数计数*/
            s+=n;                     /*求和*/
            if(m%10==0) printf("\n"); /*每行输出 10 个素数*/
        }
    }
    printf("\ns=%d\n",s);             /*输出求和 s*/
}
```

## 10.5  链表

通过数组的学习，可以知道，如果要存储数量比较多的同类型或同结构的数据，总使用数组，这种分配大小固定的内存分配方法称为静态内存分配。静态内存分配的方法存在一定的缺陷：在大多数情况下会浪费大量的内存空间，在少数情况下，当定义的数组不够大时，可能引起下标越界错误，甚至导致严重后果。

解决静态内存分配不足的办法就是使用动态内存分配。所谓动态内存分配，就是指在程序执行的过程中动态地分配或回收存储空间的分配内存的方法。动态内存分配不像静态内存分配方法那样需要预先分配存储空间，而是由系统根据程序的需要即时分配，且分配的大小就是程序要求的大小。动态内存分配具有以下特点：

① 不需要预先分配存储空间。

② 分配的空间可以根据程序的需要扩大或缩小。

在 C 语言中，关于空间使用的基本规则是：谁申请，谁释放。数组所占空间是系统分配的，所以使用完成后，系统会自动释放该空间。若用户自己调用相关的函数进行了空间的分配，则最后用户必须调用相关的函数释放空间。

### 10.5.1　空间的申请

在 C 语言函数库中的 malloc( )函数可用于申请指定字节数的内存空间，其格式如下：

**void　\*malloc(unsigned size);**

调用 malloc( )函数时，通过参数 size 指定所需申请空间字节数，通过函数的返回值得到所申请空间的首地址。如果系统所剩余的连续内存不满足要求，函数返回 NULL 指针，表示申请失败。

malloc( )函数所返回的值是指向目标的地址，在实际编程过程中可以通过强制类型转换将该值转换成所要求的指针类型，然后将它赋予同类型的指针变量，以后就可以通过该指针变量按照所定义的类型实现对其所指向的目标元素的访问。

例如：

```
double    *p;
…
p=(double *)malloc(10*sizeof(double));
```

其中，sizeof 运算符计算出每一个 double 型数据所占据的内存单元数，如果 p 得到的返回值为非 NULL 的指针，就得到能连续存放 10 个 double 型数据的内存空间，就可以通过指针表达式 p，p+1，…，p+9 按照 double 型数据对所申请到的空间中的每个数据元素进行访问。

**【例 10.5】**　一个动态分配的程序示例。

程序如下：

```
#include <stdio.h>
#include <stdlib.h>
#include <malloc.h>
main( )
{    int count,*array;
    if((array=(int *)malloc(10*sizeof(int)))==NULL)
    {    printf("不能成功分配存储空间。");
        exit(1);
    }
    for(count=0;count<10;count++) array[count]=count;
    for(count=0;count<10;count++) printf("%d",array[count]);
}
```

例中动态分配了 10 个整型存储区域，然后进行赋值并打印。

### 10.5.2　空间的释放

与 malloc( )函数配对使用的另一个函数是 free( )函数，其格式如下：

**void　free(char \*p );**

该函数用于释放由 malloc( )函数申请的内存空间，被释放的空间可以被 malloc( )函数在下一次申请时继续使用。

其参数 p 必须是先前调用 malloc 函数或 calloc 函数（另一个动态分配存储区域的函数）时返回的指针。

注意：这里重要的是指针的值，而不是用来申请动态内存的指针本身。

例如：

```
int *p1,*p2;
p1=malloc(10*sizeof(int));
p2=p1;
……
free(p2)          /*或者 free(p1)*/
```

malloc( )返回值赋给 p1，又把 p1 的值赋给 p2，所以此时 p1、p2 都可作为 free 函数的参数。

malloc( )函数对存储区域进行分配；free( )函数释放已经不用的内存区域。 所以由这两个函数就可以实现对内存区域进行动态分配并进行简单的管理。

使用 malloc( )函数和 free( )函数时，必须包含头文件 "malloc.h"。

### 10.5.3　链表的引入

所谓链表，就是用一组任意的存储单元存储线性表元素的数据结构。链表又分为单链表、双向链表和循环链表等。

单链表中，数据结点是单向排列的，其结构如图10.1所示。

一个单链表结点，其结构类型分为两部分。

① 数据域：用来存储本身数据；

② 链域（或称为指针域）：用来存储下一个结点地址或者说指向其直接后继的指针。

链表的基本构成单位是结点（Node），如图10.2所示。

头指针p

图 10.1　单链表的基本结构　　　　　　　图 10.2　单链表的结点结构

链表正是通过每个结点的指针域将 n 个结点链接在一起的。由于链表的每个结点只有一个指针域，故将这种链表称为单链表。

例如：

```
typedef struct node
{
    char name[20];
    struct node *link;
}stud;
```

这样就定义了一个单链表结点结构，其中 char name[20]是一个用来存储姓名的字符型数组，指针*link 是一个用来存储其直接后继的指针。定义好了链表的结点结构之后，在程序运行时，就可以申请一个结点，然后给数据域中存储适当的数据，如果有后继结点，则把链域指向其直接后继；若没有，则置为 NULL。

单链表中每个结点的存储地址存放在其前趋结点的指针域中，而第一个结点无前趋，所以应设一个头指针 L，指向第一个结点。同时，由于表中最后一个结点没有直接后继，则让表中最后一个结点的指针域为 "空"（NULL）。这样，整个链表的存取必须从头指针开始。

有时为了操作方便，还可以在单链表的第一个结点之前附设一个头结点，头结点的数据域可以存储一些关于表的附加信息（如长度等），也可以什么都不存；头结点的指针域存储指向第一个结点的指针（即第一个结点的存储位置），如图10.3所示。

图 10.3　带头结点的链表

此时，带头结点单链表的头指针就不再指向表中第一个结点，而是指向头结点。如果表为空表，则头结点的指针域为"空"。

设 L 是单链表的头指针，它指向表中第一个结点（对于带头结点的单链表，则指向单链表的头结点），若 L==NULL（对于带头结点的单链表为 L->next==NULL），则表示单链表为一个空表，其长度为 0；若不是空表，则可以通过头指针访问表中的结点，找到要访问的结点的数据信息。对于带头结点的单链表 L，若 p=L->next，则 p 指向表中的第一个结点，即 p->data 是数据域 1，而 p->next->data 是数据域 2，其他指针数据以此类推，单链表结构如图10.4所示。

图 10.4　单链表

### 10.5.4　链表的基本操作

链表是数据的链式存储，在链表上的算法最终都可以归结为创建、查找、插入、删除等运算的组合，下面就介绍这些基本操作。

#### 1．链表的创建

链表的创建有两种基本方法：头插法建表和尾插法建表。

头插法建表的思想是：从一个空表开始，读入一个数据，生成新结点，将读入的数据存放到新结点的数据域中，然后将新结点插入到当前链表的表头结点之后。重复上述过程，直至读入结束标志为止。头插法得到的单链表的逻辑顺序与输入的顺序相反，所以也称头插法建表为逆序建表法。

若希望生成的链表中结点的顺序与输入的顺序相同，可采用尾插法建表。尾插法建表的思想是将新结点插到当前链表的表尾上。为此需增加一个尾指针 r，使之始终指向当前链表的表尾。

【例 10.6】　尾插法建立带表头（若未说明，以下所指链表均带表头）的单链表的完整程序示例。

程序如下：

```
#include <stdio.h>
#include <stdlib.h>
#include <malloc.h>
#define N 10 /*N 为人数*/
```

```
typedef struct node
{    char name[20];
     struct node *link;
}stud;
stud * creat(int n)        /*建立单链表的函数，形参 n 为人数*/
{    stud *p,*h,*s;    /**h 保存表头结点的指针，*p 指向当前结点的前一个结点，*s 指向当前结点*/
     int i;                /*计数器*/
     if((h=(stud *)malloc(sizeof(stud)))==NULL)              /*分配空间并检测*/
     {    printf("不能分配内存空间!");
          exit(0);
     }
     h->name[0]='\0';      /*把表头结点的数据域置空*/
     h->link=NULL;         /*把表头结点的链域置空*/
     p=h;                  /*p 指向表头结点*/
     for(i=0;i<N;i++)
     {    if((s= (stud *) malloc(sizeof(stud)))==NULL)       /*分配新存储空间并检测*/
          {    printf("不能分配内存空间!");
               exit(0);
          }
          p->link=s; /*把 s 的地址赋给 p 所指向的结点的链域，这样就把 p 和 s 所指向的结点连
                      接起来了*/
          printf("请输入第%d 个人的姓名",i+1);
          scanf("%s",s->name);                    /*在当前结点 s 的数据域中存储姓名*/
          s->link=NULL;
          p=s;
     }
     return(h);
}
main()
{    int number;           /*保存人数的变量*/
     stud *head;           /*head 是保存单链表的表头结点地址的指针*/
     number=N;
     head=creat(number); /*把所新建的单链表表头地址赋给 head*/
}
```

这样就可以建立包含 N 个人姓名的单链表。编写动态内存分配的程序时应注意，尽量对分配是否成功进行检测。

### 2．元素的查找

单链表进行查找的思路为：对单链表的结点依次扫描，检测其数据域是否是所要查找的值，若有则返回该结点的指针，否则返回 Null。

因为在单链表的链域中包含了后继结点的存储地址，所以在实现的时候，只要知道该单链表的头指针，即可依次对每个结点的数据域进行检测。

### 3．元素的插入

假设在一个单链表中存在两个连续结点 p、q（其中 p 为 q 的直接前驱），若要在 p、q 之间插入一个新结点 s，那么必须先为 s 分配空间并赋值，然后使 s 的链域存储 q 的地址、p 的链域存储 s 的地址即可（即 s->link=q;p->link=s），这样就完成了插入操作，过程如图10.5所示。

图 10.5　元素的插入

【例 10.7】　应用插入算法的一个示例，实现在某人信息之后插入一个人的信息。
程序如下：

```c
#include <stdio.h>
#include <stdlib.h>
#include <malloc.h>
#include <string.h>
#define N 10
typedef struct node
{    char name[20];
     struct node *link;
}stud;
stud * search(stud *h,char *x)            /*查找函数*/
{    stud *p;
     char *y;
     p=h->link;
     while(p!=NULL)
     {    y=p->name;
          if(strcmp(y,x)==0) return(p);
          else p=p->link;
     }
     if(p==NULL) printf("没有查找到该数据!");
}
void insert(stud *p)                      /*插入函数，在指针 p 后插入*/
{    char stuname[20];
     stud *s;                             /*指针 s 是保存新结点地址的*/
     if((s=(stud *)malloc(sizeof(stud)))==NULL)
     {    printf("不能分配内存空间!");
          exit(0);
     }
     printf("请输入你要插入的人的姓名:");
     scanf("%s",stuname);
     strcpy(s->name,stuname);             /*把指针 stuname 所指向的数组元素复制给新结点的数据域*/
     s->link=p->link;                     /*把新结点的链域指向原来 p 结点的后继结点*/
     p->link=s;                           /*p 结点的链域指向新结点*/
}
main( )
{    int number;
```

```
            char fullname[20];                    /*保存输入的要查找的人的姓名*/
            stud *head,*searchpoint;
            number=N;
            head=creat(number);                   /*函数定义见例 10.6*/
            printf("请输入你要查找的人的姓名:");
            scanf("%s",fullname);
            searchpoint=search(head,fullname);     /*查找并返回查找到的结点指针*/
            insert(searchpoint);                   /*调用插入函数*/
    }
```

### 4．元素的删除

假如已经知道了要删除的结点 p 的位置，那么要删除 p 结点时只要令 p 结点的前驱结点的链域由存储 p 结点的地址改为存储 p 的后继结点的地址，并释放 p 结点即可，删除过程如图10.6所示。

图 10.6　元素的删除

【例 10.8】 应用删除算法的示例，完成从链表中删除一个人的信息。

```
    #include <stdio.h>
    #include <stdlib.h>
    #include <malloc.h>
    #include <string.h>
    #define N 10
    typedef struct node
    {   char name[20];
        struct node *link;
    }stud;
    /*下面是另一个查找函数，返回的是上一个查找函数的直接前驱结点的指针，h 为表头指针，x 为
指向要查找的姓名的指针。其实此函数的算法与上面的查找算法是一样的，只是多了一个指针 s，并且
s 总是指向指针 p 所指向的结点的直接前驱，结果返回 s 即是要查找的结点的前一个结点*/
    stud * search2(stud *h,char *x)
    {   stud *p,*s;
        char *y;
        p=h->link;
        s=h;
        while(p!=NULL)
        {   y=p->name;
            if(strcmp(y,x)==0) return(s);
            else
            {   p=p->link;
                s=s->link;
            }
```

```
        }
        if(p==NULL)    printf("没有查找到该数据!");
    }
    void del(stud *x,stud *y) /*删除函数，其中 y 为要删除的结点的指针，x 为要删除的结点的前一个
结点的指针*/
    {   stud *s;
        s=y;
        x->link=y->link;
        free(s);
    }
    main( )
    {   int number;
        char fullname[20];
        stud *head,*searchpoint,*forepoint;
        number=N;
        head=creat(number);                    /*函数定义见例 10.6*/
        printf("请输入你要删除的人的姓名:");
        scanf("%s",fullname);
        searchpoint=search(head,fullname);     /*函数定义见例 10.7*/
        forepoint=search2(head,fullname);
        del(forepoint,searchpoint);
    }
```

## 10.6　应用举例

【例 10.9】　创建两个链表，并完成两个链表的链接。

程序如下：

```
    #include <stdio.h>
    #include <malloc.h>
    #include <stdlib.h>
    typedef struct list
    {   int data;
        struct list *next;
    };*link
    link create_list(int array[],int num)
    {   link tmp1,tmp2,pointer;
        int i;
        pointer=(link)malloc(sizeof(lisf));
        pointer->data=array[0];
        tmp1=pointer;
        for(i=1;i<num;i++)
            {   tmp2=(link)malloc(sizeof(lisf));
                tmp2->next=NULL;
                tmp2->data=array[i];
                tmp1->next=tmp2;
                tmp1=tmp1->next;
            }
        return pointer;
    }
    link concatenate(link pointer1,link pointer2)
    {   link tmp;
```

```
        tmp=pointer1;
        while(tmp->next)
            tmp=tmp->next;
        tmp->next=pointer2;
        return pointer1;
    }
    void disp_list(link pointer)
    {link tmp;
     printf("\n");
     tmp=pointer;
     while(tmp)
        {
            printf("%6d",tmp->data);
            tmp=tmp->next;
        }
    }
    main( )
    {   int arr1[]={3,12,8,9,11};
        int arr2[]={12,34,56,78,75,67,52};
        link ptr1,ptr2;
        ptr1=create_list(arr1,5);
        ptr2=create_list(arr2,7);
        concatenate(ptr1,ptr2);
        disp_list(ptr1);
    }
```

**【例 10.10】** 编程实现简单的词频统计。

统计词频，先用二叉排序树的方法，然后用指针数组保存各个节点，最后根据 count 进行排序（count 中存放的是一个词使用的次数）。根据单词出现次数排序，相同次数的根据单词字典顺序排序，整个二维有序。

二叉排序树（Binary Sort Tree）又称二叉查找树。它或者是一棵空树，或者是具有下列性质的二叉树：

① 若左子树不空，则左子树上所有结点的值均小于它的根结点的值。

② 若右子树不空，则右子树上所有结点的值均大于它的根结点的值。

③ 左、右子树也分别为二叉排序树。

二叉排序树是一种动态树表。其特点是：树的结构通常不是一次生成的，而是在查找过程中生成的，当树中不存在哪个关键字等于给定值的节点时再进行插入。新插入的结点一定是一个新添加的叶子节点，并且是查找不成功时查找路径上访问的最后一个结点的左孩子或右孩子结点。

二叉排序树的先序查找步骤：

若根结点的关键字值等于查找的关键字则成功；否则，若小于根结点的关键字值，递归查左子树。若大于根结点的关键字值，递归查右子树。若子树为空，查找不成功。

程序如下：

```
#include <stdio.h>
#include <stdlib.h>
#include <string.h>
#define MAXLEN 30
```

```
#define WORDNUM 10
#define NODE_DISTINCT 1000
char *word[WORDNUM]={"abc","abc","cd","cd","fds","dsf","cd","av","abc","fds"};
typedef struct BitreeNode
{    int count;
     char word[MAXLEN];
     struct BitreeNode *lchlid,*rchild;
}*Bitree;
Bitree *list[NODE_DISTINCT];
int node_num=0;
void insert_BitreeNode(Bitree *T,Bitree InsertNode)
{    if((*T)==NULL) *T=InsertNode;
     else
         if(strcmp((*T)->word,InsertNode->word)==0)
             (*T)->count++;
         else
             if(strcmp((*T)->word,InsertNode->word)>0)
                 insert_BitreeNode(&(*T)->lchlid,InsertNode);
             else
                 insert_BitreeNode(&(*T)->rchild,InsertNode);
}
Bitree creat(char *word[])
{    Bitree root;
     int i;
     root=NULL;
     for(i=0;i<WORDNUM;i++)
     {    s=(Bitree)malloc(sizeof(BitreeNode));
          strcpy(s->word,word[i]);
          s->count=1;
          s->rchild=s->lchlid=NULL;
          insert_BitreeNode(&root,s);
     }
     return root;
}
void InorderTraverse(Bitree T)
{    if(T!=NULL)
     {    InorderTraverse(T->lchlid);
          printf("%s\t%d\n",T->word,T->count);
          InorderTraverse(T->rchild);
     }
}
void storenode(Bitree T)
{    if (T!=NULL)
     {    storenode(T->lchlid);
          if(node_num<NODE_DISTINCT)
              list[node_num++]=T;
          storenode(T->rchild);
     }
}
void insert_sort( )
{    int i,j;
     for (i=1;i<node_num;i++)
     {    Bitree x=list[i];
          for(j=i-1;j>=0&&x->count>list[j]->count;j--)
```

```
                list[j+1]=list[j];
                list[j+1]=x;
            }
    }
    main( )
    {     Bitree T;
          int i;
          for(i=0;i<WORDNUM;i++)
                printf("%s\n",word[i]);
          T=creat(word);
          storenode(T);
          printf("after store in the list :\n");
          for(i=0;i<node_num;i++)
                printf("%s\t%d\n",list[i]->word,list[i]->count);
          insert_sort( );
          printf("after sorted the list is :\n");
          for(i=0;i<node_num;i++)
                printf("%s\t%d\n",list[i]->word,list[i]->count);
    }
```

# 习　题　10

## 一、填空题

1. 以下程序段用于构成一个简单的单链表，请填空。

```
struct STRU
{   int x, y ;
    float rate;
    _____ p;
} a, b;
a.x=0; a.y=0; a.rate=0; a.p=&b;
b.x=0; b.y=0; b.rate=0; b.p=NULL;
```

2. 下面语句是使指针 p 指向一个 double 类型的动态存储单元，请填空。

```
p=_____ malloc(sizeof(double));
```

3. 以下函数 creatlist 用于建立一个带头结点的单链表，新的结点总是插在链表的末尾。链表的头指针作为函数值返回，链表最后一个结点的 next 域放入 NULL，作为链表结束标志。data 为字符型数据域，next 为指针域。读入 "#" 表示输入结束（"#" 不存入链表）。请填空。

```
struct node
{   char data;
    struct node * next;
};
_____creatlist( )
{ struct node * h，* s，* r; char ch'
h=(struct node *)malloc(sizeof(struct node));
r=h;
ch=getchar( );
_____;
```

```
{   s=(struct node *)malloc(sizeof(struct node));
    s->data=_____ ;
    r->next=s;   r=s;
    ch=getchar( );    }
    r->next=_____ ;
    return h;
}
```

4. 下列函数 create 用于创建 *n* 个 student 类型结点的链表。请填空。

```
student *create(_____)
{   int i;student *h,*p1,*p2;
    p1=h=new student;   /*或 p1=h=(student*) malloc(sizeof(student));*/
    scanf("%s%d",h->name,&h->cj);
    for(i=2;i<=n;i++)
    {   p2=new student;
        _____;
        p1->next=p2;_____;
    }
        p2->next=NULL;
        _____;
}
```

## 二、选择题

1. 有以下结构体说明和变量定义，如图 10.7 所示，指针 p、q、r 分别指向一个链表中的 3 个连续结点。

```
struct node
{   int data;
    struct node *next;
} *p, *q, *r;
```

现要将 q 和 r 所指结点的前后位置交换，同时要保持链表的连续，以下错误的程序段是（　　）。

图 10.7

    A. r->next=q; q->next=r->next; p->next=r;

    B. q->next=r->next; p->next=r; r->next=q;

    C. p->next=r; q->next=r->next; r->next=q;

    D. q->next=r->next; r->next=q; p->next=r;

2. 若定义了以下函数：

```
void f(…)
{…
*p=(double *)malloc( 10*sizeof( double));
…
}
```

p 是该函数的形参,要求通过 p 把动态分配存储单元的地址传回主函数,则形参 p 的正确定义应是( )。

    A. double *p          B. float **p          C. double **p      D. float *p

3. 假定建立了以下链表结构,指针 p、q 分别指向如图 10.8 所示的结点,则以下可以将 q 所指结点从链表中删除并释放该结点的语句组是( )。

    A. free(q); p–>next=q–>next;

    B. (*p).next=(*q).next; free(q);

    C. q=(*q).next; (*p).next=q; free(q);

    D. q=q–>next; p–>next=q; p=p–>next; free(p);

图 10.8

4. 链表不具有的特点是( )。

    A. 不必事先估计存储空间          B. 可随机访问任一元素

    C. 插入、删除不需要移动元素      D. 所需空间与线性表长度成正比

5. 带头结点的单链表 head 为空的判定条件是( )。

    A. head=NULL               B. head –>next=NULL

    C. head–>next=head           D. head!=NULL

## 三、编程题

1. 输入若干人的姓名,以"#"作为结束标志,将所输入的姓名存入链表。

2. 在第 1 题所创建的链表中再输入一个姓名,在链表中查找该姓名是否存在。若存在,则在链表中删除该姓名数据。

3. 采用尾插法建立包含 10 个结点的单链表,然后将其存入一个文件中。

4. 打开第 3 题建立的文件,并恢复为单链表存储,然后向其中插入一个结点,再将其保存到文件中。

# 第 11 章　工程化程序设计

计算机的应用离不开软件，要最大限度地发挥计算机的能力，必须设计出功能强大的计算机软件。计算机软件设计的核心就是程序设计，而程序设计思想是程序设计的灵魂。

## 11.1　程序设计概述

计算机系统包括硬件系统和软件系统，硬件系统就像人的躯体，软件系统就像人的灵魂。为了能让计算机解决更多的问题，不仅需要配备所需的硬件设备，还要为其设计出能够解决问题的软件（简单地说，就是计算机程序）。

### 11.1.1　程序设计方法与风格

要养成良好的程序设计习惯，程序不仅要能够在计算机上正确运行，同时，要便于阅读和被别人理解，便于调试和维护。好的程序设计风格有助于提高程序的正确性、可读性、可维护性和可用性。

#### 1．源程序文档化

① 标志符取名应该遵守命名规则、有意义。

② 程序应有注释。

注释是程序员与读者之间沟通的重要工具，它说明了程序的功能，特别在维护阶段，为理解程序提供了明确指导。注释分序言性注释和功能性注释。序言性注释应置于每个模块的起始部分，功能性注释嵌入在源程序内部，说明程序段或语句的功能及数据的状态。

#### 2．数据说明规范化

在编写程序时，需要注意数据说明的风格，以便使程序中的数据说明更易于理解和维护。一般有以下几点需要注意。

① 数据说明次序的规范化。为了便于程序的理解、阅读和维护，数据说明次序应该相对固定，可以使数据的属性容易查找，有利于测试、排错和维护。

② 变量说明顺序的有序化。当一个语句说明多个变量时，变量最好按照字母顺序排序。

③ 使用注解来说明复杂数据的结构。

#### 3．语句构造简单化

语句构造的原则是：程序应该简单易懂，语句构造应该简单直接，不能为了追求效率而使代码复杂化。为了便于阅读和理解，不要一行书写多个语句；不同层次的语句应采用缩进形式，使程序的逻辑结构和功能特征更加清晰；要避免复杂的判定条件，避免多重的循环嵌套；在表达式中使用括号以提高运算次序的清晰度等。

#### 4．输入和输出方便化

输入和输出信息是用户直接关心的，输入操作步骤和输入格式应尽量简单，尽可能方便用户的使用，因为系统能否被用户接受，往往取决于输入和输出的风格。

### 5. 效率合理化

效率是指程序运行时对处理机和存储空间的使用情况，对效率的追求应遵守以下几点：

① 效率是一个性能要求，其目标在需求分析时给出。

② 追求效率建立在不损害程序可读性、可靠性的基础上，要先使程序正确、清晰，再提高程序效率。

③ 提高程序效率的根本途径在于选择良好的设计方法、良好的数据结构算法，而不是在编程时对程序语句进行调整。

## 11.1.2　程序设计的基本步骤

对于复杂程度较高的问题，想直接编写程序是不现实的，必须从问题描述入手，经过分析、设计、程序编写、调试和运行等一系列过程，最终得到解决问题的计算机应用程序，此过程称为程序设计过程。

程序设计过程是算法、数据结构和程序设计语言相统一的过程，这三方面又称为程序设计三要素。问题、问题的算法描述和问题的程序解决三者之间差距较大，如何从问题描述入手构造解决问题的算法、如何快速合理地设计出结构和风格良好的高效程序是程序设计方法所要解决的问题。对于复杂问题，其程序设计步骤如下。

### 1. 确定方案

程序将以数据处理的方式解决客观世界中的问题，因此在程序设计之初，首先应该将实际问题用数学语言描述出来，形成一个抽象的、具有一般性的数学问题，从而给出问题的抽象数学模型，然后制定解决该模型所代表数学问题的算法。

### 2. 描述算法

具体的解决方案确定后，需要对所采用的算法进行描述，算法的初步描述可以采用自然语言，然后逐步将其转化为程序流程图或其他直观的方式。这些描述方式简单明确，能够比较明显地展示程序设计思想，是进行程序调试的重要基础。

### 3. 编写程序

使用计算机系统提供的某种程序设计语言，根据上述算法描述，将已设计好的算法表达出来。将非形式化的算法转变为形式化的由程序设计语言表达的算法，这个过程称为程序编写。程序在编写过程中需要反复调试，这样才能得到可以运行且结果"正确"的程序。

### 4. 测试程序

程序编写完成后，必须经过科学的、严格的测试，才能最大限度地保证程序的正确性。同时，通过测试可以对程序的性能进行评估。

计算机解决问题的基本步骤如图11.1所示。

图 11.1　计算机解决问题的基本步骤

对于一个规模较小的问题，程序设计的核心是算法设计和数据结构设计，只要成功地构造出解决问题的有效算法和数据结构，完成剩下的任务就不存在太大困难。如果问题规模大、功能复杂，则需要将问题分解成功能相对单一的小模块，分别实现。这时，程序设计方法将起到重要作用。

### 11.1.3　程序设计方法的发展

程序设计方法是一门技术，需要相应的理论、技术、方法和工具来支持，就其发展而言，主要经过了结构化程序设计阶段和面向对象的程序设计阶段及后面向对象阶段。

#### 1．结构化程序设计

20 世纪 60 年代出现的软件危机使得一大批软件的开发相继失败，软件危机使人们开始认真思考如何才能设计出结构合理、质量上乘的程序，于是提出了结构化程序设计的方法。该方法的核心是自顶向下、逐步求精，在具体设计程序时，结构化程序设计的基本思想是围绕操作过程来考虑问题，设计时要考虑什么时候输入数据、什么时候处理数据、什么时候输出数据等操作过程。

#### 2．面向对象程序设计

到了 20 世纪 80 年代，出现了面向对象程序设计方法，面向对象的基本思想与结构化设计思想完全不同，面向对象的程序设计思想认为：人们所处的世界是由一组彼此相关并且互通信息的实体组成的，可以把需要定义的数据及对数据的相关操作封装成对象，对象之间可以互相通信并产生消息，消息驱动其他对象的操作。在 20 世纪 80 年代，面向对象的程序设计方法逐步代替了传统的结构化程序设计方法，成为最重要的方法之一，至今面向对象的程序设计方法广泛应用于各个领域。

#### 3．后面向对象方法

虽然面向对象程序设计方法有诸多优点，但经过多年的实践摸索，人们发现面向对象方法有其不足。因此，在面向对象的基础上发展了许多新技术，借以弥补面向对象技术的缺陷，使得面向对象技术能够更好地解决软件开发中的实际问题。这些建立在面向对象基础上、并对面向对象做出扩展的新技术被广泛应用的时期称为"后面向对象时代"。在后面向对象时代，有许多新型的程序设计思想。

（1）面向方面程序设计

在面向方面程序设计（Aspect Oriented Programming，AOP）方法中，Aspect 是核心，所谓的 Aspect，就是 AOP 提供的一种程序设计单元，它可以将那些在传统程序设计方法学中难以清晰封装并模块化实现的设计决策封装为独立的模块，它超越了子程序和继承，是 AOP 将贯穿特性局部化和模块化的实现机制。Aspect 的实现和传统开发方法中模块的实现不同。Aspect 之间是一种松耦合的关系，各 Aspect 的开发彼此独立。主代码的开发者甚至可能没有意识到 Aspect 的存在，只是在最后系统组装时才将各 Aspect 代码和主代码编排融合在一起。

（2）面向 Agent 程序设计

随着软件系统服务能力要求的不断提高，在系统中引入智能因素已经成为必然。Agent 作为人工智能研究的重要而先进的分支，引起了科学、工程、技术界的高度重视。在计算机科学中，Agent 作为一个自包含、并行执行的软件过程能够封装一些状态并通过传递消息与其他 Agent 进行通信，被视为面向对象程序设计的一个自然发展。Agent 具有代理性、自制性、主动性、反应性、智能性等特性。

面向 Agent 的程序设计方法与面向对象程序设计方法的最基本区别在于 Agent 的社会性。基于 Agent 的系统是一个集灵活性、智能性、可扩展性、稳定性、组织性等诸多优点于一身的高级系统。

（3）泛型程序设计（GP）

GP 致力于将各种类型按照小组功能性的需求加以抽象，然后以这些需求为条件实现算法。由于算法在其操作的数据类型上定义了一个严格的窄接口，同一个算法便可以应用于各种类型之上。GP 使得自动制作软件的各不相同的变体成为可能。

（4）面向构件程序设计

在面向构件程序设计中，构件就是一组业务功能的规格。面向构件针对的是业务规格，不需要源代码、可执行代码或中间层的编译代码，在这个层面上可以做到代码的集成、封装、多态，做到 AOP，这是面向构件的精髓。面向构件技术还包括了另一个重要思想，这就是程序在动态运行时构件自动装载。

（5）敏捷方法

敏捷方法也称为轻量级开发方法，它在无过程和过于烦琐的过程中达到了一种平衡，使得能以不多的步骤过程获取较满意的结果。敏捷方法强调"适应性"而非"预见性"，敏捷方法变化的目的就是成为适应变化的过程，甚至能允许改变自身来适应变化。敏捷方法认为没有任何过程能代替开发组的技能，过程起的作用是对开发组的工作提供支持。

## 11.2　结构化程序设计

结构化程序设计被称为软件发展中的第三个里程碑，其影响比前两个里程碑（子程序、高级语言）更为深远。结构化程序设计的概念和方法及支持这些方法的一整套软件工具构成了结构化革命，这是存储程序计算机问世以来对计算机界影响最大的软件概念之一。

### 11.2.1　结构化程序设计的基本思想

荷兰学者 Dijkstra 提出了"结构化程序设计"的思想，它规定了一套方法，使程序具有合理的结构，以保证和验证程序的正确性。该方法规定程序设计者不能随心所欲地编写程序，而要按照一定的结构形式来设计和编写程序。其目的在于使程序具有良好的结构，使程序易于设计、易于理解，易于调试和修改，从而提高设计和维护程序的效率。

（1）三种基本控制结构

在结构化程序设计中，任何程序均可由三种基本结构构成，这三种基本结构分别是顺序结构、选择结构和循环结构，如图11.2所示。

(a) 顺序结构　　　(b) 选择结构　　　(c) 循环结构

图 11.2　程序的三种基本结构

① 顺序结构。从前向后顺序执行 S1 语句和 S2 语句，只有当 S1 语句执行完后才执行 S2 语句。

② 选择结构。根据条件有选择地执行语句。当条件成立（为真）时执行 S1 语句，当条件不成立（为假）时执行 S2 语句。

③ 循环结构。有条件地反复执行 S1 语句（也称为循环体），直到条件不成立时终止循环，控制转移到循环体外的后继语句。

以上三种基本结构可以派生出其他形式的结构。由这三种基本结构所构成的算法可以处理任何复杂的问题，结构化程序就是指由这三种基本结构所组成的程序。

（2）限制使用 GOTO 语句

从理论上讲，只用顺序结构、选择结构、循环结构这三种基本结构就能表达任何一个只有一个入口和一个出口的程序逻辑。为了实际使用的方便，往往允许增加多分支结构、REPEAT 型循环等结构。但大量采用 GOTO 语句实现控制路径，会使程序路径变得复杂而且混乱，增加出错的机会，降低程序的可靠性，因此要控制 GOTO 语句的使用。

（3）逐步求精的设计方法

在一个程序模块内，先从该模块功能描述出发，逐层细化，直到最后分解、细化成语句为止。

（4）自顶向下的设计、编码和调试

在一个系统的设计与实现时，也采用逐步求精的方法进行设计、编码、测试。

### 11.2.2　结构化程序设计的优缺点

#### 1. 优点

遵循结构化程序设计的原则，按照结构化程序设计方法设计出的程序具有明显的优点。

① 程序易于阅读、理解和维护。程序员采用结构化编程方法，将一个复杂的程序分解成若干个子结构，便于控制、降低程序的复杂性，因此容易编写程序，同时便于验证程序。

② 提高了编程工作的效率，降低了软件开发成本。由于结构化编程方法能够把错误控制到最低限度，因此能够减少调试和查错的时间。

#### 2. 缺点

结构化程序设计方法是面向过程的。它把程序定义为"数据结构+算法"，程序中数据与处理这些数据的算法（过程）是分离的。这样，对不同的数据结构进行相同的处理或对相同的数据结构进行不同的处理，都要使用不同的模块，降低了程序的可维护性和可复用性。这种分离导致了数据可能被多个模块使用和修改，难以保证数据的安全性和一致性。因此，对于小型程序和中等复杂程度的程序来说，它是一种较为有效的方法，但对于复杂的、大规模的软件的开发来说，会出现可维护性和可复用性差的问题。

## 11.3　面向对象程序设计简述

传统软件开发方法存在以下几方面的问题。

（1）软件可重用性差

重用性是指同一事物不经修改或稍加修改就可多次重复使用的性质。软件重用性是软件工程追求的目标之一。

（2）软件可维护性差

在软件开发过程中，应保证软件的可读性、可修改性和可测试性。实践证明，用传统方法开发出来的软件，维护成本高。

（3）开发出的软件不能满足用户需要

用传统的结构化方法开发大型软件系统涉及各种不同领域的知识，在开发需求模糊或需求动态变化的系统时，所开发出的软件系统往往不能真正满足用户的需要。

为了克服传统软件开发方法的缺陷，需要一种新的程序设计思想，面向对象程序设计思想便是在这种情况下逐渐产生的。第一个面向对象的程序设计语言是 20 世纪 60 年代开发的 Simula-67，它提供了比子程序更高一级的抽象和封装，引入了数据抽象和类的概念，它被认为是第一个面向对象的语言。

20 世纪 70 年代初，出现了 Smalltalk 语言，之后又开发出 Smalltalk-80。Smalltalk-80 被认为是最纯正的面向对象语言，它对后来出现的面向对象语言产生了深远的影响。随着面向对象语言的出现，面向对象程序设计应运而生且得到迅速发展。之后，面向对象不断向其他阶段渗透，1980 年出现了面向对象设计的概念，之后又出现了面向对象分析。1985 年，第一个商用面向对象数据库问世。

### 11.3.1 面向对象程序设计的基本概念

面向对象是一种新兴的程序设计方法，其基本思想是使用对象、类、继承、封装、消息等基本概念来进行程序设计。

面向对象程序设计从现实世界中客观存在的事物（即对象）出发来构造软件系统，并在系统构造中尽可能运用人类的自然思维方式，强调直接以问题域（现实世界）中的事物为中心来思考问题、认识问题，并根据这些事物的本质特点，把它们抽象地表示为系统中的对象，作为系统的基本构成单位（而不是用一些与现实世界中的事物相关比较远，并且没有对应关系的其他概念来构造系统）。这可以使系统直接映射问题域，保持问题域中事物及其相互关系的本来面貌。

#### 1．对象和类

对象是运行期的基本实体，是一个封装了数据和操作这些数据的代码的逻辑实体。

类是具有相同类型的对象的抽象。一个对象所包含的所有数据和代码可以通过类来构造。

（1）现实世界中的对象和类

现实世界中的对象是人们认识世界的基本单元，世界就是由这些基本单元（对象）组成的，如一个人、一辆车、一次购物、一次演出等。对象可以很简单，也可很复杂，复杂的对象可由若干个简单对象组成。

现实世界中的类是对一组具有共同属性和行为的对象的抽象。例如"人"这类是由老人、小孩、男人、女人等个别的人构成的，具体的某个人是"人"这个类的一个实例。类和对象是抽象和具体的关系。

（2）面向对象中的对象和类

① 面向对象中的对象：是由描述其属性的数据和定义在数据上的一组操作组成的实体，是数据单元和过程单元的集合体。

对象具有以下特性：

- 每个对象都有一个用于与其他对象相区别的名字。
- 具有某些特征，称为属性或状态。
- 有一组操作，每一个操作决定对象的一种行为（即对象能干什么）。
- 对象的状态只能被自身的行为所改变。
- 对象之间以消息传递的方式相互通信。

例如，学生"张子涵"是一个对象，由描述他的特征的数据和他能提供的一组操作来表征：

对象名：张子涵。

属性：年龄：19，性别：男，身高：175 厘米，体重：70 千克，特长：篮球运动，专业：计算机科学和技术，年级 2008 级。

操作：回答有关自己的提问，进行计算机软件开发、维护、组网。

这里的属性说明了"张子涵"这个对象的特征，操作说明了"张子涵"都能做什么。

② 面向对象中的类：是一组对象的抽象，这组对象有相同的属性结构和操作行为，并对这些属性结构和操作行为加以描述和说明。

类是创建对象的样板，它没有具体的值和具体的操作，以它为样板创建的对象才有具体的值和操作。类用类名来相互区别。

③ 对象和类的关系：一个对象是类的一个实例，有了类才能创建对象。给类中的属性和行为赋予实际的值以后，就得到了类的一个对象。

例如，人是类。

类名：人。

属性：年龄，性别，身高，体重，特长，专业，年级。

操作：回答提问，对外服务。

当把类名赋予实际的值"张子涵"，类的属性和操作赋予"张子涵"的属性和操作的实际值以后，就用"人"这个类创建了一个对象"张子涵"。

### 2．抽象性

人们总是将世界的各种事物分成不同的类来管理，而抽象是人类对事物进行分类的最基本的方法和手段。面向对象程序设计中的抽象是对一类对象进行分析和认识，经过概括，抽出一类对象的公共性质，并加以描述的过程。

对一个事物的抽象一般包括两个方面：数据抽象和行为抽象。数据抽象是对对象的属性和状态的描述；行为抽象是对数据需要进行的处理的描述，它描述了一类对象的共同行为特征，使一类对象具有共同的功能，因此又称行为抽象为代码抽象。

类的数据成员实质上就是解决问题所需要的数据，它是数据抽象的结果；而成员函数实质上是完成对类中的这些数据进行加工处理的代码，是类的行为，用行为抽象来描述。因此，抽象性是面向对象的核心。

### 3．封装性

封装就是将数据和代码捆绑到一起，避免了外界的干扰和不确定性。为了更好地保持安全性和独立性，类中有部分数据定义为私有数据，其他类的对象或过程不能直接访问该类的私有数据。类表现为一种数据结构，对外提供的界面包括一组数据及操作这些数据的方法（函数或过程），而隐藏了内部实现的细节，对象操作者只需要了解该对象的界面即可。这样可以大大增强模块化程度，很好地实现了软件重用和信息的隐藏。

封装机制是通过对象来实现的。对象中的成员不仅包含了数据，还包含了对这些数据进行处理的操作代码。对象中的成员可以根据需要定义为公有的或私有的，私有成员在对象中被隐蔽起来，对象以外的访问被拒绝；公有成员提供了对象与外界的接口，外界只能通过这个接口与对象发生联系。可见，对象有效地实现了封装的两个目标：对数据和行为的结合和信息隐蔽。

抽象和封装是互补的，一个好的抽象有利于封装，封装的实体则有利于维护抽象的完整性，但抽象优先于封装。

### 4．继承性

继承就是让某个类型的对象获得另一个类型的对象的特征。通过继承可以实现代码的重用：从已存在的类派生出的新类将自动具有原来那个类的特性，同时，它还可以拥有自己的新特性。

类通过继承定义成不同的层次结构，将相关类的特点抽象出来作为父类，子类继承父类的结构和方法后，再定义各自特定的数据和操作，还可以通过重载将父类的某些特殊操作进行重新定义。继承一个单一的父类叫单继承，如果有两个或两个以上的父类则是多继承。继承不仅体现了软件重用技术，同时又可最大限度地精简程序，减少冗余代码，极大地提高了程序开发和运行效率。

### 5．多态性

多态性是面向对象程序设计的重要特性之一，是指不同的对象收到相同的消息时产生不同的操作行为，或者说同一个消息可以根据发送消息的对象的不同而采用不同的操作行为。多态机制使具有不同内部结构的对象可以共享相同的外部接口，通过这种方式减少代码的复杂度。例如，当用鼠标单击不同的对象时，各对象就会根据自己的理解做出不同的动作，产生不同的结果，这就是多态性。

### 6．消息传递

对象之间需要相互沟通，沟通的途径就是对象之间收发信息。将一个对象向另一个对象发出的请求称为消息，它是一个对象要求另一个对象执行某个操作的规格说明（包括接收消息的对象的标识、需要调用的函数的标识及必要的信息），通过消息传递才能完成对象之间的相互请求和协作。例如，学生对象请求教师对象辅导，学生对象向教师对象发出消息，教师对象接收到这个请求或消息后，才决定做什么辅导并执行辅导。通常把发送消息的对象称为消息的发送者或请求者，而把接收消息的对象称为消息的接收者或目标对象。接收者只有在接收到消息时，才能被激活，之后才能根据消息的要求调用某个方法完成相应的操作。

## 11.3.2　面向对象程序设计的优点

面向对象程序设计出现以前，结构化程序设计是程序设计的主流。在结构化程序设计中，问题被看做一系列需要完成的任务，函数用于完成这些任务，解决问题的焦点集中于函数。在多函数程序中，许多重要的数据被放置在全局数据区，这样它们可以被所有的函数访问。同时，每个函数也可以具有自己的局部数据。这种结构很容易造成全局数据在无意中被其他函数改动，因而程序的正确性不易保证。

面向对象程序设计的出发点之一就是弥补结构化程序设计的缺点。对象是程序的基本元素，它将数据和操作紧密地连接在一起，并保护数据不会被外界的函数意外地改变。除此之外，面向对象程序设计还具有以下几方面优点：

① 数据抽象的概念可以在保持外部接口不变的情况下改变内部实现，从而减少甚至避免对外界的干扰。

② 通过继承大幅减少冗余的代码，并可以方便地扩展现有代码，提高编码效率，也减少了出错概率，降低软件维护的难度。

③ 结合面向对象分析、面向对象设计，允许将问题域中的对象直接映射到程序中，减少软件开发过程中间环节的转换过程。

④ 通过对对象的辨别、划分，可以将软件系统分割为若干相对独立的部分，在一定程度上更便于控制软件的复杂度。

⑤ 以对象为中心的设计可以帮助开发人员从静态（属性）和动态（方法）两个方面把握问题，从而更好地实现系统。

⑥ 通过对象的聚合、联合，可以在保证封装与抽象的前提下实现对象在内在结构及外在功能上的扩充，从而实现对象由低到高的升级。

# 11.4　工程化程序设计

软件工程的目标是提高软件的质量与生产率，最终实现软件的工业化生产。质量是软件需求方最关心的问题，生产率是软件供应方最关心的问题。质量与生产率之间有着内在的联系，高生产率必须以质量合格为前提；质量与生产率之间不存在根本的对立，好的软件工程方法可以同时提高质量与生产率。

## 11.4.1　软件工程的基本概念

软件工程是一门研究软件开发与维护的普遍原理和技术的工程学科。软件工程研究范围非常广泛，包括软件开发的技术方法、软件开发的工具、软件开发过程中的管理及软件的维护等方面。

### 1. 软件危机

计算机软件（Software）在计算机系统中与硬件相互依存，是包括程序、数据及相关文档的完整集合。软件在开发、生产、维护和使用方面与计算机硬件相比存在明显的差异。随着计算机技术的发展，计算机软件开发和维护过程中所遇到的一系列严重问题，导致了软件开发和维护日益复杂，这种现象称为软件危机。

### 2. 软件工程

1968 年北大西洋公约组织的计算机科学家在联邦德国召开国际会议，讨论软件危机问题，在这次会议上正式提出并使用了"软件工程"这个名词，从此诞生了"软件工程"学科。

软件工程是指导计算机软件开发和维护的工程学科，它涉及哲学、计算机科学、工程科学、管理科学、数学和应用领域知识。软件工程通过采用工程的概念、原理、技术和方法来开发与维护软件，把经过时间检验而证明正确的管理技术和当前能够得到的最好的技术方法结合起来。

　　软件工程的核心思想是把软件看做一个工程产品来处理，把需求计划、可行性研究、工程审核、质量监督等工程化概念引入软件生产中。软件工程包括 3 个要素：方法、工具和过程。方法是完成软件工程项目的技术手段；工具支持软件的开发、管理，文档的生成；过程支持软件开发的各个环节的控制和管理。通过三要素来达到工程项目的三个基本目标：进度、经费和质量。

### 3．软件生命周期

　　同任何其他事物一样，一个软件产品或软件系统也要经历孕育、产生、成长、成熟、衰亡等阶段，一般称为软件生存周期（软件生命周期），即从软件的产生直到软件消亡的周期。可以把整个软件生存周期划分为若干阶段，使得每个阶段有明确的任务。通常，软件生存周期包括可行性分析、需求分析、系统设计（概要设计和详细设计）、编码、测试、维护等阶段，如图11.3所示。

图 11.3　软件工程的主要环节

　　（1）可行性分析

　　确定软件系统开发目标和总的要求，给出功能、性能、可靠性及接口等方面的可能方案，制订完成开发任务的实施计划。

　　（2）需求分析

　　对用户提出的需求进行分析并给出详细定义。编写软件规格说明书及初步的用户手册，提交评审。

　　（3）软件设计

　　系统设计人员和程序设计人员在反复理解软件需求的基础上给出软件结构、模块划分、功能分配及处理流程。在系统比较复杂时，设计阶段可分解成概要设计阶段（总体设计）和详细设计阶段，编写概要设计说明书、详细设计说明书和测试计划初稿，提交评审。

　　（4）软件实现

　　把软件设计转换为程序代码，即完成程序编码，编写用户手册、操作手册等面向用户的文档，编写单元测试计划。

　　（5）软件测试

　　在设计测试用例基础上，检验软件的各个组成部分，编写测试分析报告。

　　（6）运行和维护

　　交付软件，投入运行，并在运行中不断维护，根据新提出的需求进行必要的扩充和删改。

### 11.4.2　可行性分析

　　可行性分析决定"做还是不做"，是整个项目的第一步，其最根本的任务是对以后的行动方针提出建议。这一步涉及成本、人力资源、环境分析、预计回报等诸多因素。可行性分析不能以偏概全，必须为决策提供有价值的证据。

一般地，软件领域的可行性分析主要考虑四个要素：经济、技术、社会环境和人。

经济可行性分析主要包括：成本分析和收益分析。成本一般包括开发成本、维护成本。收益包括短期收益和长远收益。技术可行性是指参与开发人员的技术水平与软、硬件资源能否满足开发要求。技术可行性分析可以简单地表述为：是否能做？能否做得好？是否做得快？社会环境的可行性至少包括两种因素：市场与政策，市场又分为未成熟的市场、成熟的市场和将要消亡的市场。　软件开发是复杂的过程，需要各种人员的相互配合，最好是人尽其才。

经过可行性分析，如果问题没有可行的解，分析员应该建议停止开发，以避免时间、资源、人力和金钱的浪费；如果问题值得解，分析员应该推荐一个较好的解决方案，并且为工程制订一个初步的计划。

### 11.4.3　需求分析

#### 1. 基本概念

需求分析处于软件开发过程的初期，它对于整个软件开发过程及软件产品质量至关重要。在该阶段，开发人员要准确理解用户的要求，进行细致的调查分析，将用户非形式的需求陈述转化为完整的需求定义，再由需求定义转化到相应的形式功能规约（需求规格说明）。随着软件系统复杂性的提高及规模的扩大，需求分析在软件开发中的地位愈加突出，也愈加困难。

#### 2. 基本原则

在进行需求分析时应遵守以下原则。

① 必须能够表达和理解问题的数据域和功能域。数据域包括数据流、数据内容和数据结构，而功能域反映了数据域三方面的控制信息。

② 可以把一个复杂问题按功能进行分解并可逐层细化。

③ 建立符合要求的数据模型，建立模型可以帮助分析人员更好地理解软件系统的信息、功能、行为，这些模型也是软件设计的基础。

#### 3. 基本任务

需求分析阶段要完成以下几个主要任务。

（1）问题识别

在功能需求上明确所要开发的软件必须具备的功能；在性能需求上明确所要开发的软件的技术性能指标；在环境需求上明确所要开发软件运行时所需要的软、硬件的要求；在用户界面需求上明确人机交互方式、输入/输出数据格式。

（2）分析与综合，导出软件的逻辑模型

分析人员对获取的需求，进行一致性的分析检查，然后在分析、综合中逐步细化软件功能，划分成各个子功能，以图文结合的形式建立起新系统的逻辑模型。

（3）编写文档

编写"需求规格说明书"，把双方共同的理解与分析结果用规范的方式描述出来，作为今后各项工作的基础。编写初步用户使用手册，着重反映被开发软件的用户功能界面和用户使用的具体要求，用户手册能强制分析人员从用户的角度考虑软件。编写确认测试计划，作为今后确认和验收的依据。修改完善软件开发计划，在需求分析阶段对所要开发的系统有了更进一步的了解，更准确地估计开发成本、进度及资源要求，对原计划中不太合适的部分进行必要的修正。

需求分析在系统开发过程中的作用如图11.4所示。

图11.4　需求分析在系统开发过程中的作用

可以看出，需求分析的核心就是借助当前系统的逻辑模型导出目标系统的逻辑模型，解决目标系统"做什么"的问题。

#### 4．基本方法

需求分析有多种方法，常见的有面向数据流的结构化分析（SA）方法和面向对象的分析（OOA）方法。下面以 SA 方法为例来说明需求分析。

具体来说，SA 就是用抽象模型的概念，按照软件内部数据传递、变换的关系，自顶向下逐层分解，直到找到满足功能要求的可实现的软件为止。

结构化分析方法使用的工具包括：数据流图、数据词典、判定表与判定树。

数据流图表达了数据处理过程中对数据加工的情况，图 11.5 表示了数据流图中的主要图形元素，图11.6 为描述银行取款过程的数据流图。

图 11.5　数据流图中的主要图形元素　　　图 11.6　描述银行取款过程的数据流图

数据流图，简称 DFD，是 SA 方法中用于表示系统逻辑模型的一种工具，它以图形的方式描绘数据在系统中的流动和处理过程，由于它只反映系统必须完成的逻辑功能，所以它是一种功能模型。数据字典（Data Dictionary，DD）用来定义数据流图中的各个元素的具体含义，它以一种准确的、无二义性的说明方式为系统的分析、设计及维护提供了有关元素的一致的定义和详细的描述。它和数据流图共同构成了系统的逻辑模型，是需求规格说明书的主要组成部分。在数据词典中，需要对数据流图中每一个被命名的图形元素加以定义，其内容有名字、编号、描述、定义等。

判定树是用来表达加工逻辑的一种工具，它比判定表更直观。加工逻辑说明是结构化分析方法的一个组成部分，要对每一个加工进行说明。

### 11.4.4　概要设计

在软件需求分析阶段，已经搞清楚了软件"做什么"的问题，并把这些需求通过规格说明书进行了详细描述，这也是目标系统的逻辑模型。系统分析员审查软件计划、软件需求分析提供的文档，提出候选的最佳推荐方案供专家审定，审定后进行概要设计。

进入概要设计阶段，要把软件的逻辑模型变换为物理模型，即着手实现软件的需求，并将设计的结果反映在"设计规格说明书"中，所以概要设计是一个把软件需求转换为软件表示的过程，这种表示只是描述了软件总的体系结构，所以概要设计也称为结构设计。

#### 1．基本任务

概要设计阶段有以下主要任务。

（1）设计软件系统结构

软件系统结构简称软件结构，软件结构的设计是以模块为基础的。在设计阶段，以需求分析的结果为依据，从实现的角度进一步进行模块划分。软件结构的设计是概要设计中关键的一步，直接影响详细设计与编码，而且软件结构的设计还决定了软件系统的质量及一些整体特性。

（2）数据结构及数据库设计

对于完成大型数据处理的软件系统，除控制结构的模块设计外，还要进行数据结构与数据库的设计。

（3）编写概要设计文档

设计的结果是以文档的形式表现的，文档主要有：概要设计说明书；数据库设计说明书（主要给出所使用的 DBMS 简介、数据库的概念模型、逻辑设计、结果）；用户手册（对需求分析阶段编写的用户手册进行补充）；修订测试计划（对测试策略、方法、步骤提出明确要求）等。

（4）评审

设计完成后，还需要经过评审来判断对设计部分是否完整地实现了需求中规定的功能、性能等要求，以及设计方案的可行性，关键的处理及内外部接口定义的正确性、有效性，各部分之间的一致性等。

#### 2．基本过程

概要设计的基本过程如下所述。

首先研究、分析和审查数据流图。然后从软件的需求规格说明中理清数据流加工的过程，对于发现的问题应及时解决。接下来根据数据流图决定问题的类型，数据处理问题可分为两种：变换型和事务型，针对两种不同的类型分别进行分析处理。然后由数据流图推导出系统的初始结构图，利用一些启发式原则来改进系统的初始结构图，直到得到符合要求的结构图为止。图 11.7 所示为变换型系统结构图。对于变换型结构而言，可以从逻辑上划分成 3 个部分：输入部分（把输入 A 变换成所需要的 B），加工部分（把 B 加工成 C），输出部分（把 C 变换成 D 输出）。

对变换型系统结构图，模块划分的基本思路是：每个处理划为一个模块。

图 11.8 所示为事务型系统结构图。对于事务型结构而言，具有事务加工的并行模块，事务进入后有事务分类的加工过程，然后分给不同的模块去处理。

对事务型系统结构图，模块划分的基本思路是：首先确定事务中心、输入、发送部分（有很多条出口的地方就是事务中心），再将结构图中的三部分对应成三个模块：输入、分类、输出模块，然后再进一步细化。最后修改和补充数据词典，制订测试计划。

图 11.7　变换型系统结构图

图 11.8　事务型系统结构图

## 11.4.5　详细设计

详细设计也叫过程设计或软件算法设计，该阶段不进行程序编码，是编码的先导，为后编码做准备。在这一阶段，主要设计模块的内部实现细节，对用到的算法进行精确的表达，包括以下 6 项主要任务。

① 为每个模块进行详细的算法设计。用图形、表格、语言等工具将每个模块处理过程的详细算法描述出来。

② 为模块内的数据结构进行设计。对需求分析、概要设计确定的概念性的数据类型进行确切的定义。

③ 对数据结构进行物理设计。确定数据库的物理结构，物理结构主要指数据库的存储记录格式、存储记录安排和存储方法，这些都依赖于具体使用的数据库系统。

④ 其他设计。根据软件系统的类型，还可能要进行以下设计。

　　a．代码设计。为了提高数据的输入、分类、存储、检索等操作的效率，节约内存空间，对数据库中的某些数据项的值要进行代码设计。

　　b．输入/输出格式设计。

　　c．人机对话设计。对于一个实时系统，用户与计算机频繁对话，因此要进行对话方式、内容、格式的具体设计。

　　⑤ 编写详细的设计说明书。

　　⑥ 评审。处理过程的算法和数据库的物理结构都要进行评审。

　　下面以"人事档案管理系统"中的"验证用户"模块为例来说明设计的过程。

　　（1）功能描述

　　"验证用户"模块用于对登录系统的用户进行身份验证，确定用户是否拥有使用系统的资格。验证用户身份的处理过程由图11.9所示的系统用户登录界面中的"确定"按钮触发。

　　（2）主要算法

　　① "确定"按钮触发的处理：验证用户的合法性。

　　处理流程如下：

　　a．取得用户输入的用户名和口令；

　　b．将用户输入的用户名和口令传输到数据库并与"账户表"进行一致性验证。

　　　　if 用户名 and 口令正确

　　　　　　以该用户身份进入系统总控制界面并获得相应的系统权限

　　　　else

　　　　　　提示"用户名或口令错误"

　　　　　　累计错误三次，系统自动关闭

　　　　End if

图 11.9　系统用户登录界面

　　② "取消"按钮触发的处理：关闭用户登录窗口。

　　（3）流程图

　　用户登录流程图如图11.10所示。

　　（4）接口

　　接口模块是系统的启动模块，它需要用户交互输入用户 ID 和口令，本模块调用系统的主控制模块（主窗体模块）。

　　（5）存储分配

　　存储分配模块由机器自行分配内存。

　　（6）注释设计

　　在模块首部注释：用户验证程序。

　　（7）限制条件

　　当用户第一次使用时，具有统一的用户 ID 和口令：administrator 和 123456。在三次验证错误后，系统自动关闭。

　　（8）测试计划

　　① 初次安装系统后，测试初始用户 ID 和密码能否登录到系统。

　　② 正确登录后，对用户名和密码进行修改，测试修改后的用户名和密码能否登录到系统。

图 11.10　用户登录流程图

### 11.4.6　编码

编码阶段的主要任务是使用选定的程序设计语言，把模块的过程性描述翻译为用该语言书写的源程序（源代码）。需注意应根据项目的应用领域选择适当的编程语言、编程的软/硬件环境，同时应该使程序具有良好的程序设计风格。

**1．选择程序设计语言**

选择语言时不能只考虑理论上的标准，同时还要兼顾实用标准。

（1）理论标准

理论标准从以下两个方面考虑。

① 理想的模块化机制、易于阅读和使用的控制结构及数据结构。

② 完善、独立的编译机制：完善的编译系统可尽可能多地发现程序中的错误，便于程序的调试和提高软件的可靠性，并可使生成的目标代码紧凑、高效；独立的编译机制便于程序的开发、调试和维护，可以降低软件开发和维护的成本。

（2）实用标准

实用标准从以下六个方面考虑。

① 用户的要求。由于用户是软件的使用者，因此软件开发者应充分考虑用户对开发工具的要求。特别是当用户要负责软件的维护工作时，用户会要求采用他们熟悉的语言进行编程。

② 工程的规模。语言系统的选择与工程的规模有直接关系。例如，FoxPro 与 Oracle 及 Sybase 都是数据库处理系统，但 FoxPro 适用于解决小型数据库问题，而 Oracle 和 Sybase 则适用于解决大型数据库问题。

③ 软件的运行环境。软件在提交给用户后，将在用户的机器上运行，在选择语言时应充分考虑到用户运行软件的环境对语言的约束。此外，目标系统的运行环境可以提供的编译程序往往也限制了可以选用的语言范围。

④ 可以得到的软件开发工具。受开发经费的制约，开发人员往往无法任意选择、购买

合适的正版开发系统软件。若能选用具有支持该语言程序开发的软件工具的程序设计语言，则将有利于目标系统的实现和验证。

⑤ 软件开发人员的知识。软件开发人员采用自己熟悉的语言进行开发，可以充分运用积累的经验使开发的目标程序具有更高的质量和运行效率，并可以大大缩短编码的时间。

⑥ 软件的可移植性要求。要使开发出的软件能适应不同的软、硬件环境，应选择具有较好通用性的、标准化程度高的语言。

### 2. 编写程序

选择完程序设计语言后，就可以开始着手程序的编写。采用软件工程思想进行软件开发时，编写程序是相对简单的工作，其主要工作是将详细设计阶段所设计的算法用选定的语言实现。

### 11.4.7　软件测试

程序编写完成后需要进行测试，软件测试是保证软件质量的关键步骤，是对软件规格说明、设计和编码的最后复审，其工件量约占总工作量 40% 以上。软件测试的目的是尽可能发现并改正被测试软件中的错误，提高软件的可靠性。因此，测试阶段的基本任务是：根据软件开发各阶段的文档资料和程序的内部结构，精心设计一组"高效"的测试用例，利用这些测试用例找出软件中潜在的错误和缺陷，并验证其是否达到需求分析说明书中规定的功能、性能要求，软件测试的基本流程如图11.11所示。

图 11.11　软件测试的基本流程

### 1. 测试的目的

软件测试的主要目的包括：

① 发现错误。

② 验证软件是否满足用户需求。

③ 一个好的测试用例能够发现至今尚未发现的错误。

### 2. 测试的原则

为了保证良好的测试效果，在软件测试中，应遵循以下原则。

① 测试用例应由输入数据和预期的输出数据两部分组成，不仅要选用合理的输入数据，还要选择不合理的输入数据，并长期保留测试用例。

② 除了检查程序是否做了它应该做的事，还应该检查程序是否做了它不应该做的事。

③ 制订严格的测试计划，排除随意性。

④ 注意"错误类聚"现象，对发现错误较多的程序段，应进行更深入的测试。

⑤ 程序员避免测试自己的程序，由其他人或机构来测试程序员编写的程序会更客观、更有效。

### 3. 测试的层次

一般来说，测试主要分为两个层次：第一个层次是开发过程中的软件测试；第二个层次是第三方测试，测试与软件开发各阶段的关系如图11.12所示。

图 11.12　测试与软件开发各阶段的关系

（1）开发过程中的软件测试

开发过程中的软件测试是由软件产品开发方进行的测试，包括单元测试、集成测试、系统测试三个主要环节，其目的主要在于发现软件的缺陷并及时修改。

① 单元测试。单元测试针对编码过程中可能存在的各种错误，如用户输入验证过程中的边界值错误等。

② 集成测试。集成测试主要针对详细设计中可能存在的问题，尤其是检查各单元与其他程序之间的接口上可能存在的错误。

③ 系统测试。系统测试主要针对概要设计，检查系统作为一个整体是否有效地运行，如在产品设置中是否达到了预期的高性能。系统测试是保证软件质量的最后阶段。

（2）第三方测试

经集成测试和系统测试后，已经按照设计要求把所有模块组装成一个完整的软件系统，接口错误也已经基本排除，接着就要进行第三方测试。第三方测试有别于开发人员或用户进行的测试，其目的是保证测试工作的客观性，主要包括确认测试和验收测试。

① 确认测试

确认测试又称有效性测试，是第三方测试机构根据软件开发商提供的用户手册，对软件进行的质量保证测试。确认测试的任务是验证软件的功能和性能及其他特性是否与用户的要求一致、是否符合国家相关标准法规、系统运行是否安全可靠等。

② 验收测试

验收测试是软件开发结束后，用户对软件产品投入实际应用以前进行的最后一次质量检验活动。它不只是检验软件某个方面的质量，而是要进行全面的质量检验，并且要决定软件是否合格，因此验收测试是一项严格的正式测试活动，需要根据事先制订的计划，进行软件配置评审、功能测试、性能测试等多方面检测。

### 4. 测试的方法

从测试是否针对系统的内部结构和具体实现算法的角度来看，测试可分为黑盒测试和白盒测试。

（1）黑盒测试

黑盒测试也称功能测试或数据驱动测试，它是在已知产品应具有功能的基础上，通过测试来检测每个功能是否都能正常使用。在测试时，把程序看做一个不能打开的黑盆子，在完全不考虑程序内部结构和内部特性的情况下，测试者在程序接口进行测试，它只检查程序功能是否符合需求规格说明书的规定，程序是否能适当地接收输入数据而产生正确的输出信息并保持外部信息（如数据库或文件）的完整性。

黑盒测试是穷举输入测试，不仅要测试所有合法的输入，还要对不合法的可能输入进行测试。黑盒测试主要有等价类划分、边值分析、因果图、错误推测等方法，主要用于软件确认测试。

（2）白盒测试

白盒测试也称结构测试或逻辑驱动测试，是指知道产品内部工作过程，通过测试来检测产品内部动作是否按照规格说明书的规定正常进行，按照程序内部的结构测试程序，检验程序中的每条通路是否都能按预定要求正确工作。白盒测试是穷举路径测试。在使用这一方案时，测试者必须检查程序的内部结构，从检查程序的逻辑着手，得出测试数据。

白盒测试的主要方法有逻辑覆盖法、基本路径测试法等，主要用于软件验证。

### 11.4.8　软件维护

**1. 软件维护的基本概念**

软件维护是在软件已交付使用后，为了改正错误或满足用户新需求而修改软件的过程。要求进行维护的原因多种多样，归结起来有三种类型：

① 改正在特定使用条件下暴露出来的一些潜在程序错误或设计缺陷。

② 因在软件使用过程中数据环境发生变化（如一个事务处理代码发生改变）或处理环境发生变化（如安装了新的硬件或操作系统），需要修改软件以适应这种变化。

③ 用户和数据处理人员在使用时常提出增加新的功能及改善总体性能的要求，为满足这些要求，就需要修改软件，以把这些要求纳入到软件中。

对应于这三类问题需要进行三种维护：纠错性维护、适应性维护和完善性维护。

（1）纠错性维护

软件交付使用后，由于前期的测试不可能发现软件系统中所有潜在的错误，必然会有一部分隐藏的错误被带到运行阶段来。这些隐藏下来的错误在某些特定的使用环境下就会暴露出来。为了识别和纠正软件错误、改正软件性能上的缺陷、排除实施中的误使用，应当进行的诊断和改正错误的过程，就叫做纠错性维护。

（2）适应性维护

随着计算机技术的飞速发展，外部环境（新的硬、软件配置）或数据环境（数据库、数据格式、数据输入/输出方式、数据存储介质）可能发生变化，操作系统和编译系统也不断升级，为了使软件能适应新的环境而引起的程序修改和扩充活动称为适应性维护。

（3）完善性维护

在软件的使用过程中，用户往往会对软件提出新的功能与性能要求。为了满足这些要求，需要修改或再开发软件，以扩充软件功能、增强软件性能、改进加工效率、提高软件的可维护性。这种情况下进行的维护活动叫做完善性维护。

实践经验表明，在这四类维护活动中，各类维护活动所占比例的大致情况为：纠错性维护占 20% 左右，完善性维护占 50% 左右，适应性维护占 25% 左右，其他维护活动占 5% 左右。根据这些统计可以看出，软件维护不仅是改错，大部分维护工作是围绕软件完善性维护展开的。

### 2. 维护时应注意的问题

从原则上讲，软件开发工作应严格按照软件工程的要求，遵循特定的软件标准或规范进行，实际上，往往由于种种原因并不能真正做到。此外，许多维护要求并不是因为程序出错而提出的，而是为适应环境变化或需求变化而提出的。

软件开发时就要考虑到维护问题，主要包括以下几方面：

① 在需求分析阶段：明确维护范围及责任，审查系统要求；研究运行/维护的支持；明确性能要求及变更；明确扩充或收缩；检验关键资源的可扩充性。

② 在设计阶段：考虑系统的扩展、压缩和变更及设计通用性等。

③ 在编程阶段：查找源程序错误、度量源程序可理解性等。

④ 在测试阶段：维护人员参与集成测试、统计分析错误等。

在解决了问题之后，还有一项重要的工作就是编写软件维护文档。软件维护文档包括：软件问题报告、软件变动记录、软件维护记录。这样，当需要修改时，便可以很快找到问题的原因，避免了从繁多的代码中去寻找错误。

# 习　题　11

## 一、填空题

1. 在结构化分析中，_____用于详细地定义数据流图中的成分。

2. 开发软件所需高成本和产品的低质量之间有着尖锐的矛盾，这种现象称为_____。

3. 一般来说，在管理软件中，软件生存周期各个阶段的工作量以_____阶段所占的比例最大。

4. 模块内部的算法设计在结构化方法的_____阶段进行。

5. _____测试解决的主要问题是模块间接口和连接的测试。

6. 软件维护活动包括以下几类：纠错性维护、_____和完善性维护。

## 二、选择题

1. 下列叙述中，正确的是（　　）。

　　A. 软件就是程序清单　　　　　　　　　　B. 软件就是存放在计算机中的文件

　　C. 软件应包括程序清单及运行结果　　　　D. 软件包括程序和文档

2. 结构化设计是一种应用最广泛的系统设计方法，是以（　　）为基础、自顶向下、求精和模块化的过程。

　　A. 数据流　　　　　B. 数据流图　　　　　C. 数据库　　　　　D. 数据结构

3. 使用结构化分析方法时，采用的基本手段是（　　）。

　　A. 分解和抽象　　　B. 分解和综合　　　　C. 归纳与推导　　　D. 试探与回溯

4. 划分软件生存周期的阶段时所应遵循的基本原则是（　　）。

　　A. 各阶段的任务尽可能相关性　　　　　　B. 各阶段的任务尽可能相对独立

　　C. 各阶段的任务在时间上连续　　　　　　D. 各阶段的任务在时间上相对独立

5. 需求分析是：由分析员了解用户的要求，认真细致地调研、分析，最终应建立目标系统的逻辑模型并写出（　　）。

　　A. 模块说明书　　　B. 软件规格说明书　　C. 项目开发计划　　D. 合同文档

6. 概要设计的结果是提供一份（　　）。

    A. 模块说明书　　　　B. 框图　　　　　　　C. 程序　　　　　　　D. 数据结构

7. 模块结构图是在软件工程的（　　）阶段要采用的描述工具。

    A. 需求分析　　　　　B. 概要设计　　　　　C. 详细设计　　　　　D. 编码（实现）

8. 软件的（　　）设计又称为总体设计，其主要任务是建立软件系统的总体结构。

    A. 概要　　　　　　　B. 抽象　　　　　　　C. 逻辑　　　　　　　D. 规划

9. 模块内部的算法设计在结构化方法的（　　）阶段进行。

    A. 系统分析　　　　　B. 概要设计　　　　　C. 详细设计　　　　　D. 编码（实现）

10. 在软件测试中，确认（验收）测试主要用于发现（　　）阶段的错误。

    A. 软件计划　　　　　B. 需求分析　　　　　C. 软件设计　　　　　D. 编码

11. 为了提高测试的效率，应该（　　）。

    A. 随机地选取测试数据　　　　　　　　　　B. 取一切可能的输入数据作为测试数据库

    C. 在完成编码后制订软件测试计划　　　　　D. 选择发现错误可能性大的数据作为测试数据

12. 软件生存周期中，运行期的主要任务是（　　）。

    A. 软件开发　　　　　B. 软件维护　　　　　C. 版本更换　　　　　D. 功能扩充

13. 按用户要求增加新功能或修改已有的功能而进行的维护工作，称为（　　）。

    A. 完善性维护　　　　B. 适应性维护　　　　C. 预防性维护　　　　D. 改正性维护

## 三、简答题

1. 什么是软件？软件具有哪些基本特征？

2. 结构化程序设计的基本特征是什么？

3. 什么是面向对象程序设计？

4. 面向对象方法具有哪些优点？

5. 什么是软件危机？

6. 什么是软件工程？它包括哪些内容？

7. 软件生存周期包含哪些内容？

8. 软件开发与编写程序有什么不同？

9. 软件开发时，为什么要进行可行性分析？应该从哪些方面分析目标系统的可行性？

10. 概要设计和详细设计有什么区别？

11. 软件测试时应注意哪些问题？

# 附录 A　Visual C++集成环境使用指南

Visual C++是一个功能强大的可视化软件开发工具，已成为专业程序员进行软件开发的首选工具。其中，Visual C++ 6.0（简称 VC 6.0）不仅是一个 C++编译器，还是一个基于 Windows 操作系统的可视化集成开发环境（Integrated Development Environment, IDE）。VC 6.0 由许多组件组成，包括编辑器、调试器及程序向导 AppWizard、类向导 Class Wizard 等开发工具。这些组件通过一个名为 Developer Studio 的组件集成为和谐的开发环境。

## 一、VC 6.0 的安装和启动

现在常用的 VC 6.0 版本虽然已有公司推出汉化版，但只是把菜单汉化了，并不是真正的中文版 VC 6.0，而且汉化的用词不准确，因此许多人都使用英文版。如果计算机中未安装 VC 6.0，则应先安装。VC 是 Microsoft Visual Studio 的一部分，因此需要找到 Visual Studio 的光盘，执行其中的 setup.exe，并按照屏幕上的提示进行安装。

安装成功后，在 Windows 的"开始"菜单中的"程序"子菜单中会出现 Microsoft Visual Studio 子菜单。在需要使用 VC 时，只需从电脑上选择"开始"→"程序"→Microsoft Visual Studio→VisualC++ 6.0 即可。运行成功后，出现 VC 6.0 的主窗口，如图 A.1 所示。

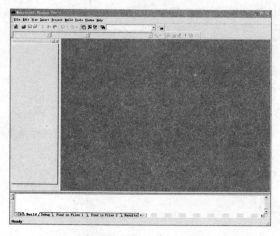

图 A.1　VC 6.0 主窗口

主窗口顶部的菜单栏包括 9 个菜单项：File（文件）、Edit（编辑）、Insert（插入）、Project（项目）、Build（构建）、Tools（工具）、Window（窗口）、Help（帮助）。主窗口的左侧是项目工作区窗口，右侧是程序编辑窗口，下面是调试信息窗口。

工作区窗口显示所设定的工作区的信息，程序编辑窗口用来输入和编辑源程序，调试信息窗口用来显示程序出错信息和结果有无错误或警告。

## 二、VC 6.0 基本编程环境

下面介绍如何在 VC 6.0 环境中编译运行 C 语言程序。在这里主要介绍比较简单的情况：
单文件程序，即程序只由一个源程序文件组成。

### 1．新建文件

新建一个 C 语言源程序，其编译运行的步骤如下。

在 VC 主窗口的菜单栏中单击 File（文件），在其下拉菜单中选择 New（新建）命令，
如图 A.2 所示。

弹出"新建"对话框，打开此对话框的 File 选项卡，选择 C++ Source File 选项，如图 A.3
所示。

图 A.2　新建

图 A.3　File 选项卡

其中，Location 文本框用于指明文件的存储路径，若要使用默认路径，则不必更改 Location
文本框；若要更改文件的存储位置，则需要在对话框右半部分的 Location 文本框中输入文件
的存储路径，也可以单击右边的省略号（…）按钮来选择存储的目标文件夹。

File 文本框用于指明源文件的文件名，如 test.c。

注意：如果不写后缀，系统会默认指定为.cpp，表示要建立的是 C++源程序；若要建立
C 语言源程序，必须加上后缀.c。

单击 OK 按钮后，进入程序编辑状态，如图 A.4 所示，现在就可以输入程序代码了。

### 2．程序的编辑

输入的程序代码如下：

```
#include "stdio.h"
main( )
{
    printf("This is my first C program!\n")
}
```

在输入过程中，故意设计了一个错误（printf( )函数后面丢失了"；"），如图 A.5 所示。

### 3．程序的编译和调试

输入完毕后，就可以编译和调试程序，单击主菜单栏中的 Build（编译），在下拉菜单中
选择 Compile（编译）命令，如图 A.6 所示。

图 A.4　程序编辑状态

图 A.5　编辑程序

图 A.6　编译源文件

单击 Compile 命令后，弹出创建默认工作区对话框，如图 A.7 所示。单击"是（Y）"按钮，同意建立一个默认的项目工作区。

图 A.7　建立默认的项目工作区

Windows 应用程序一般由很多相关联的文件共同组成，包括程序源文件、头文件、资源文件等，VC 通过引入工程文件，使组成应用程序的所有文件形成一个有机的整体。

在 VC 6.0 开发环境中，工程又置于工作区的管理下，所以工作区又称为工程工作区，一个工作区可以管理多个工程，甚至是不同类型的工程。同一个工作区中的工程之间相互独立，但公用一个工作区的设置环境。VC 6.0 的集成环境中专门设置了一个工作区窗口，用来显示当前工作区的内容。在新建一个工程时，可以选择是为该工程新建一个工作区还是加入当前工作区。

如果事先已经建立了工作区，就不会弹出对话框，单击"是（Y）"按钮，表示同意由系统建立默认的项目工作区。若屏幕继续出现"将改动保存到……"，则单击"是（Y）"按钮。

系统开始编译，屏幕下面的调试信息窗口指出源程序有无错误。

本例显示 1error(s)，0 warning(s)，如图 A.8 所示。

现在开始改正程序中的错误。编译系统能检查程序中的语法错误。语法错误分为两类：一类是致命错误，用 error 表示，如果程序有这类错误，就通不过编译，无法形成目标程序；

另一类是轻微错误，用 warning 表示，这类错误不影响生成目标程序和可执行程序，但有可能影响运行的结果，因此也应当改正。

错误修改后，选择 compile 项重新编译，结果如图 A.9 所示。此时，编译成功，并产生一个 test.obj 文件。

图 A.8　编译结果　　　　　　　　　　图 A.9　正确编译结果

得到目标程序后，还需要对程序进行连接，选择主菜单 Build→Build test.exe，成功完成连接后，生成可执行文件 test.exe。

编译和连接既可分步完成，又可一次性完成，如果选择菜单 Build→Build 就可以一次完成编译和连接。

### 4. 运行程序

得到了可执行文件 test.exe 后，就可以直接执行 test.exe。选择 Build→!Execute test.exe。

程序执行后，屏幕切换到输出结果的窗口，显示出运行结果，如图 A.10 所示。

第 2 行 Press any key to continue 并非程序所指定的输出，而是 VC 6.0 在输出完运行结果后系统自动加上的一行信息，通知用户"按任何键以便继续"。当按下任意键后，输出窗口消失，回到 VC 6.0 主窗口，此时可以继续对源程序进行修改补充或进行其他的工作。

### 5. 工作区的关闭

选择 File（文件）→Close Workspace（关闭工作区），提示对话框如图 A.11 所示。

图 A.10　程序运行结果　　　　　　　　图 A.11　关闭工作区

单击"是"按钮关闭工作区以结束对该程序的操作，然后又可以写新程序了。如果不关闭工作区就编写新程序，原来的程序可能还在工作区内，会给初学者运行程序带来麻烦。

# 附录 B　常用运算符及其优先级和结合性

表 B.1　常用运算符及其优先级和结合性

| 优　先　级 | 运　算　符 | 含　义 | 要求运算对象的数目 | 结　合　方　向 |
|---|---|---|---|---|
| 1 | （　） <br> ［　］ <br> → <br> · | 圆括号 <br> 小标运算符 <br> 指向结构体成员运算符 <br> 结构体成员运算符 | | 从左向右 |
| 2 | ! <br> — <br> ++ <br> −− <br> − <br> （类型） <br> * <br> & <br> sizeof | 逻辑非运算符 <br> 按位取反运算符 <br> 自增运算符 <br> 自减运算符 <br> 负号运算符 <br> 类型转换符 <br> 指针运算符 <br> 地址与运算符 <br> 长度运算符 | 1 <br> （单目运算符） | 从右向左 |
| 3 | * <br> / <br> % | 乘法运算符 <br> 除法运算符 <br> 求余运算符 | 2 <br> （双目运算符） | 从左向右 |
| 4 | + <br> − | 加法运算符 <br> 减法运算符 | 2 <br> （双目运算符） | 从左向右 |
| 5 | << <br> >> | 左移运算符 <br> 右移运算符 | 2 <br> （双目运算符） | 从左向右 |
| 6 | < <br> <= <br> > <br> >= | 关系运算符 | 2 <br> （双目运算符） | 从左向右 |
| 7 | == <br> != | 等于运算符 <br> 不等于运算符 | 2 <br> （双目运算符） | 从左向右 |
| 8 | & | 按位与运算符 | 2 <br> （双目运算符） | 从左向右 |
| 9 | ∧ | 按位异或运算符 | 2 <br> （双目运算符） | 从左向右 |
| 10 | \| | 按位或运算符 | 2 <br> （双目运算符） | 从左向右 |
| 11 | && | 逻辑与运算符 | 2 <br> （双目运算符） | 从左向右 |
| 12 | \|\| | 逻辑或运算符 | 2 <br> （双目运算符） | 从左向右 |
| 13 | ?　: | 条件运算符 | 3 <br> （三目运算符） | 从右向左 |
| 14 | =　+= <br> -=　*= <br> /=　%= <br> >>=　<<= <br> &=　∧= <br> \|= | 赋值运算符 | 2 <br> （双目运算符） | 从右向左 |
| 15 | , | 逗号运算符 <br> （顺序求值运算符） | | 从左向右 |

# 附录 C 标准 C 语言头文件

C 语言（C99）标准库函数的 24 个头文件清单如表 C.1 所示。

表 C.1 标准 C 语言头文件

| 头 文 件 | 标 准 | 基 本 内 容 |
|---|---|---|
| assert.h | C89（1989 年） | 定义宏 assert() |
| ctype.h | C89（1989 年） | 字符处理 |
| errno.h | C89（1989 年） | 错误报告 |
| float.h | C89（1989 年） | 定义与实现相关的浮点 |
| limits.h | C89（1989 年） | 定义与实现相关的各种极限值 |
| locale.h | C89（1989 年） | 支持函数 setlocale() |
| math.h | C89（1989 年） | 数学函数库使用的各种定义 |
| setjmp.h | C89（1989 年） | 支持非局部跳转 |
| signal.h | C89（1989 年） | 定义信号值 |
| stdarg.h | C89（1989 年） | 支持可变长度的变元列表 |
| stddef.h | C89（1989 年） | 定义常用常数 |
| stdio.h | C89（1989 年） | 支持文件输入和输出 |
| stdlib.h | C89（1989 年） | 其他各种声明 |
| string.h | C89（1989 年） | 支持串函数 |
| time.h | C89（1989 年） | 支持系统时间函数 |
| iso646.h | C95（1995 年） | 在 1995 年第一次修订时引进，用于定义对应各种运算符的宏 |
| wchar.h | C95（1995 年） | 在 1995 年第一次修订时引进，用于支持多字节和宽字节函数 |
| wctype.h | C95（1995 年） | 在 1995 年第一次修订时引进，用于支持多字节和宽字节分类函数 |
| complex.h | C99（1999 年） | 支持复数算法 |
| fenv.h | C99（1999 年） | 给出对浮点状态标记和浮点环境的其他方面的访问 |
| inttypes.h | C99（1999 年） | 定义标准的、可移植的整型类型集合，也支持处理最大宽度整数的函数 |
| stdbool.h | C99（1999 年） | 支持布尔数据类型类型。定义宏 bool，以便兼容于 C++ |
| stdint.h | C99（1999 年） | 定义标准的、可移植的整型类型集合。该文件包含在 <inttypes.h> 中 |
| tgmath.h | C99（1999 年） | 定义一般类型的浮点宏 |

# 附录 D　C 语言系统关键字

C 语言的关键字共有 32 个，根据关键字的作用，可分为数据类型关键字、控制语句关键字、存储类型关键字和其他关键字四类。

## 1. 数据类型关键字

数据类型关键字共有 12 个，含义如表 D.1 所示。

表 D.1　数据类型关键字

| 关键字 | 含义 | 关键字 | 含义 | 关键字 | 含义 | 关键字 | 含义 |
|---|---|---|---|---|---|---|---|
| char | 字符型 | double | 双精度 | enum | 枚举型 | float | 单精度 |
| int | 整形 | long | 长整型 | short | 短整型 | signed | 带符号 |
| struct | 结构体 | union | 共用体 | unsigned | 无符号 | void | 无返回值 |

## 2. 控制语句关键字

控制语句关键字共有 12 个，含义如表 D.2 所示。

表 D.2　控制语句关键字

| 关键字 | 含义 | 关键字 | 含义 |
|---|---|---|---|
| break | 终止，用于循环和 switch 语句中 | case | 分支情况，用于 switch 语句中 |
| continue | 继续下一次循环，用于循环语句中 | default | 默认处理，用于 switch 语句中 |
| do | 循环 | else | 否则，用于 if 语句中 |
| for | 循环 | goto | 跳转 |
| if | 分支 | return | 返回，用于函数中 |
| switch | 多分支 | while | 循环 |

## 3. 存储类型关键字

存储类型关键字共有 4 个，含义如表 D.3 所示。

表 D.3　存储类型关键字

| 关键字 | 含义 | 关键字 | 含义 |
|---|---|---|---|
| auto | 自动型存储类别 | extern | 外部型存储类别 |
| register | 寄存器型存储类别 | static | 静态型存储类别 |

## 4. 其他关键字

其他关键字共有 4 个，含义如表 D.4 所示。

表 D.4　其他关键字

| 关键字 | 含义 | 关键字 | 含义 |
|---|---|---|---|
| const | 限定一个变量不允许被改变 | sizeof | 求对象在内存中所占字节数 |
| typedef | 为数据类型定义一个新名字 | volatile | volatile 变量随时可能发生变化，与 volatile 变量有关的运算，不要进行编译优化，以免出错 |

# 附录 E  ASCII 码表

128 个基本字符的 ASCII 码如表 E.1 所示，其中，特殊控制字符含义如表 E.2 所示。

表 E.1  基本字符的 ASCII 码

| ASCII 值 | 控制字符 | ASCII 值 | 控制字符 | ASCII 值 | 控制字符 | ASCII 值 | 控制字符 |
|---|---|---|---|---|---|---|---|
| 0 | NUT | 32 | (space) | 64 | @ | 96 | 、 |
| 1 | SOH | 33 | ! | 65 | A | 97 | a |
| 2 | STX | 34 | ” | 66 | B | 98 | b |
| 3 | ETX | 35 | # | 67 | C | 99 | c |
| 4 | EOT | 36 | $ | 68 | D | 100 | d |
| 5 | ENQ | 37 | % | 69 | E | 101 | e |
| 6 | ACK | 38 | & | 70 | F | 102 | f |
| 7 | BEL | 39 | , | 71 | G | 103 | g |
| 8 | BS | 40 | ( | 72 | H | 104 | h |
| 9 | HT | 41 | ) | 73 | I | 105 | i |
| 10 | LF | 42 | * | 74 | J | 106 | j |
| 11 | VT | 43 | + | 75 | K | 107 | k |
| 12 | FF | 44 | , | 76 | L | 108 | l |
| 13 | CR | 45 | - | 77 | M | 109 | m |
| 14 | SO | 46 | . | 78 | N | 110 | n |
| 15 | SI | 47 | / | 79 | O | 111 | o |
| 16 | DLE | 48 | 0 | 80 | P | 112 | p |
| 17 | DCI | 49 | 1 | 81 | Q | 113 | q |
| 18 | DC2 | 50 | 2 | 82 | R | 114 | r |
| 19 | DC3 | 51 | 3 | 83 | X | 115 | s |
| 20 | DC4 | 52 | 4 | 84 | T | 116 | t |
| 21 | NAK | 53 | 5 | 85 | U | 117 | u |
| 22 | SYN | 54 | 6 | 86 | V | 118 | v |
| 23 | TB | 55 | 7 | 87 | W | 119 | w |
| 24 | CAN | 56 | 8 | 88 | X | 120 | x |
| 25 | EM | 57 | 9 | 89 | Y | 121 | y |
| 26 | SUB | 58 | : | 90 | Z | 122 | z |
| 27 | ESC | 59 | ; | 91 | [ | 123 | { |
| 28 | FS | 60 | < | 92 | / | 124 | I |
| 29 | GS | 61 | = | 93 | ] | 125 | } |
| 30 | RS | 62 | > | 94 | ^ | 126 | ~ |
| 31 | US | 63 | ? | 95 | — | 127 | DEL |

表 E.2  特殊控制字符含义

| 控制字符 | 含 义 | 控制字符 | 含 义 | 控制字符 | 含 义 |
|---|---|---|---|---|---|
| NUL | 空 | VT | 垂直制表 | SYN | 空转同步 |
| SOH | 标题开始 | FF | 走纸控制 | ETB | 信息组传送结束 |
| STX | 正文开始 | CR | 回车 | CAN | 作废 |
| ETX | 正文结束 | SO | 移位输出 | EM | 纸尽 |
| EOY | 传输结束 | SI | 移位输入 | SUB | 换置 |
| ENQ | 询问字符 | DLE | 空格 | ESC | 换码 |
| ACK | 承认 | DC1 | 设备控制 1 | FS | 文字分隔符 |
| BEL | 报警 | DC2 | 设备控制 2 | GS | 组分隔符 |
| BS | 退一格 | DC3 | 设备控制 3 | RS | 记录分隔符 |
| HT | 横向列表 | DC4 | 设备控制 4 | US | 单元分隔符 |
| LF | 换行 | NAK | 否定 | DEL | 删除 |

# 参 考 文 献

[1] 耿国华，董卫军，邢为民. 计算机导论与 C 语言（第二版）. 北京：电子工业出版社，2010.

[2] 耿国华，邢为民，董卫军. 计算机导论与 C 语言. 北京：电子工业出版社，2006.

[3] 张磊. C 语言程序设计. 北京. 高等教育出版社，2005.

[4] 吴文虎，经彤. 程序设计基础（第 2 版）. 北京：清华大学出版社，2004.

[5] 谭浩强. C 程序设计. 北京：清华大学出版社，2006.

[6] 姚琳. C 语言程序设计（第 2 版）. 北京：人民邮电出版社，2010.

[7] 教育部高等学校计算机基础课程教学指导委员会. 高等学校计算机基础教学发展战略研究报告暨计算机基础课程教学基本要求. 北京：高等教育出版社，2009.